子不语译注

（清）袁枚 著

叶天山 译注

北京联合出版公司
Beijing United Publishing Co.,Ltd.

目录

卷　二

卷　三

卷　四

卷　五

卷　六

卷　七

卷　八

卷　九

卷　十

卷十一

卷十二

卷十三

卷十四

卷十五

卷十六

卷十七

卷十八

卷十九

卷二十

卷二十一

卷二十二

卷二十三

卷二十四

续·卷一

续·卷二

续·卷三

续·卷四

续·卷五

续・卷六

续・卷七

续・卷八

续・卷九

续・卷十

前　言

清代袁枚的《子不语》，是一部较为优秀的笔记体志怪小说。书名取自《论语·述而》："子不语怪、力、乱、神。"后来，他看到元代人已经写有一部同名的小说，于是将书名改为《新齐谐》。无论是《子不语》，还是《新齐谐》，都反映出袁枚的同一意图，即要让书名揭示本书题材的基本取向。《齐谐》，也是一部志怪书。《庄子·逍遥游》中说："《齐谐》者，志怪者也。"六朝时，又有人作过《齐谐记》。因此，袁枚在书名前加一"新"字，以示区别。这种情形，犹如南朝刘义庆沿用刘向《世说》一书之名，而别称己书为《世说新书》（后人讹作《世说新语》）。之所以改成"新齐谐"，而不直接作"新子不语"，大概是元人的《子不语》，远不如《庄子》中提到的《齐谐》影响广泛。这样看来，"新齐谐"是此书最终正式的名称。至于初名"子不语"，则是该书常见的通行称呼。我们的译注本，姑且依从今天大多数读者的习惯，仍以"子不语"为名。

袁枚（1716—1797），字子才，号简斋，钱塘（今浙江杭州）人。乾隆四年（1739）进士，做过县令；三十三岁便辞官，居于南京小仓山随园，“优游其中者五十年”，晚号仓山叟、随园老人等。他是一位名声颇著的才子。在诗坛上，袁枚是“乾隆三大家”之一；诗论主张“性灵”，认为“性情以外本无诗”“灵犀一点是吾师”，从学者很多，影响深广。他的《子不语》，是继《聊斋志异》之后，清代文言小说创作呈现出兴盛局面的产物。其叙事行文，较此前的《聊斋志异》朴实而少藻饰，又比同时的《阅微草堂笔记》率意近自然，在文言小说系列中占有一席之地。

在学术思想上，袁枚既不满于汉学，也不完全肯定宋学，而是主张“随之时，义大矣哉”（见《麒麟喊冤》篇）。对好讲古制而不切于今用的做法，他直接给予嘲讽（见《刘迂鬼》篇）。这些在《子不语》中均有体现。袁枚这一随时代变化的学术思想，与《儒林外史》中体现的敬仰泰伯，希望通过托古改制来恢复制礼作乐的社会面貌的理念，显然大异其趣。袁枚与吴敬梓曾同在南京生活，他们的交游圈也基本相同，但迄今为止，我们并未发现两人之间有交游的记载。如果两人确实视同陌路，其原因，恐怕不无上述思想上的分歧。

此次我们整理的《子不语译注》为一选本，共选录作品一百零七篇。选录的总体标准是：作品具有一定的社会思想意义或艺术性。对于情节奇特者，如《雁荡动静石》《撮土避贼》《多角兽》等，也酌情收录，以符合“随园戏编”的意趣。选文内容涉及婚恋、公案、科举、神怪、侠义、历史、宗教、博物等方面，展现了我国古代尤其是清朝在物质、制度、精神等层面的文化魅力，也间或反映出作者的宇宙观和人生观。

其中，比较有代表性的，如《江秀才寄话》《天壳》二则故事，涉及作者对浑天说的理解和对道家三十三天说的想象。《痴鬼恋妻》一则，叙述了丈夫死后，孀妻被兄嫂凌逼改嫁、孩子受嫂嫂虐待的全过程，不仅刻画出家庭的内部矛盾，也反映了当时妇女普遍的人身依附状况和没有独立地位可言的悲惨处境。《雷诛营卒》和《雷打扒手》的内容，具有相似性，它们都是对社会问题出现恶性连锁反应的暴露。当事人一时的恶念与恶行，虽然主观上针对的仅是某一个受害者，但客观上往往会导致其他人，甚至一个家庭的覆灭。而后一则故事，又是对“勿以恶小而为之”的形象化阐释。这是一般理性箴言较难达到的。《狗熊写字》以非人的血泪经历，揭露了社会的阴暗一角，控诉了不法分子的罪恶及其道德的沦丧。在科举制度方面，《乡试弥封》写皇帝因故弥封八股文答卷中的段落，造成时文荒疏者竟然名列前茅的笑话，委婉地讽刺了八股取士并不能真正检验人才的弊病。《李倬》一篇，则撕掉某些学官道貌岸然的假面具，揭发其受贿弄权、坑害举子的腐败卑劣行径，同时又赞扬以直报怨、适可而止的反抗举动。以上这些，显然都浸透了作者对社会的思考，虽然有些问题由于时代制度的痼弊而无法合理解决，不得不寄托于雷神天谴或冤魂索命等文学想象，但毕竟代表一位富有社会阅历的士大夫关心民瘼的态度。由此不难想象，袁枚在仕宦期间，还是做了一些实实在在的事的。即便他退居林下，但在精神世界里，也还是超越了吟风月、弄花草的有闲阶级同伴。

此外，《江秀才寄话》及《程嘉荫》，还记述了留声筒和木牛的基本制作原理。《铜人演〈西厢〉》《谷佛》等篇，展示了中外文明交流下的某些成果，体现出西学东渐影响下士大夫对百工奇器的兴趣。

由于《子不语》涵盖了广泛的生活内容，其中不少的优秀篇章寄庄于谐，因而，对于受众来说，实际上已经超出了“戏编”的层面，客观上起到寓教于乐的作用。该书问世之后，影响很大。其中像《沙弥思老虎》的故事，已经家喻户晓了。再加上有的故事语言雅中带俗，文不甚深，所以至今拥有广大的读者群。像时下流行的《鬼吹灯·精绝古城》中所说的“阴沉木”，在《子不语》里，即已有明确的记载。

袁枚虽然才气纵横，但他的世俗生活过于放浪，因而招致时议，像后来的小说《品花宝鉴》里，对他就颇有微词。这种生活情形，加上其“戏编”心态，投射到他的小说中，便造就不少庸俗露骨的篇章。在选译过程中，我们首先汰除了此类作品，以提升选本的思想高度。而《子不语》中体现出的宗教观与鬼神观，有些却是为了劝善惩恶或抚慰伤痛而存在的。因而，站在时代前列的现代读者，固然不乏甄别的眼光，但更需要的是对此类观念的人性宽容与价值肯定。至于那些重在写魂记魄、描鬼画神的故事，诸如《南昌士人》《鬼乖乖》《禹王碑吞蛇》等，则正如作者在自序中所云：“记而存之，非有所惑也。”读者自能以解颐之资来对待。

《子不语》包括正、续两部分：正集二十四卷，续集十卷，成书于乾隆末嘉庆初年。这次整理，我们以乾隆嘉庆间刻随园三十种本为底本，参校民国间进步书局石印本，进行遴选，并做注译。遴选之后，首先是校勘底本文字，夺者补之，讹者正之，倒者乙之，限于体例，暂不出校勘记。原文文字与文意不合，而未见别本更正者，为遵从原书起见，不做改动。如《水虎》“网得一雄虎……腹中有三小虎”一句中，“雄”恐为“雌”字，仅存疑。其次，对文中的冷僻字词、通假字、专有名词等加以注解，并适当给出难字、多音字的拼音，以满足广大读者的阅读要求。再次，直译全文，力求通俗简洁。其中，我们对职官称谓做了对应的今译；将格律诗译为现代诗，同时保持字句的建筑美。原文中诸如“以手持之”“以手自批”“手抱怪腰”等语的对译，则尽量去除现代汉语中“背上”“背着”之类的赘词。总之，本书的译注，既便于一般读者阅读，也可供研究人员参考。

由于时间仓促，本书中的不足之处，在所难免。敬请广大读者在欣赏的过程中，予以批评指正。

叶天山

二零一三年七月　于重庆南坪

卷一

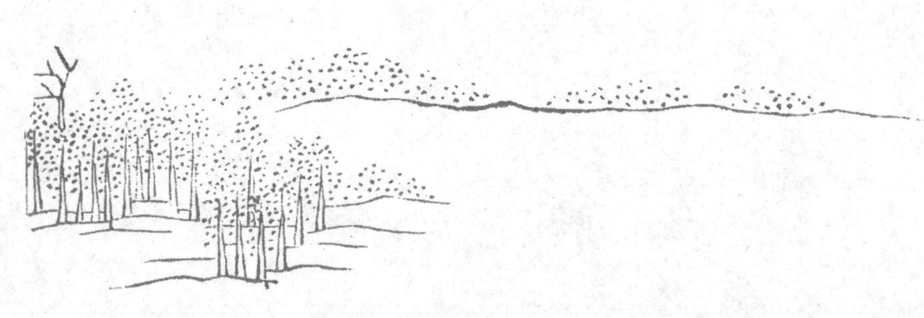

李通判

广西李通判者[①]，巨富也，家畜七姬，珍宝山积。通判年二十七，疾卒。有老仆者，素忠谨，伤其主早亡，与七姬共设斋醮[②]。忽一道人持簿化缘，老仆呵之曰："吾家主早亡，无暇施汝！"道士笑曰："尔亦思家主复生乎？吾能作法，令其返魂。"老仆惊，奔语诸姬。群讶然出拜，则道士去矣。老仆与群妾悔轻慢神仙，致令化去，各相归咎。未几[③]，老仆过市，遇道士于途。老仆惊且喜，强持之，请罪乞哀。道士曰："非我靳尔主之复生也[④]，阴司例，死人还阳，须得替代，恐尔家无人代死，吾是以去。"老仆曰："请归商之。"拉道士至家，以道士语告群妾。群妾初闻道士之来也，甚喜；继闻将代死也，皆恚[⑤]，各相视，噤不发声[⑥]。老仆毅然曰："诸娘子青年可惜，老奴残年何足惜！"出见道士曰："如老奴者代，可乎？"道士曰："尔能无悔无怖则可。"曰："能。"道士曰："念汝诚心，可出外与亲友作别。待我作法，三日法成，七日法验矣。"老仆奉道士于家，旦夕敬礼；身至某某家告以故，泣而诀别。其亲友有笑者，有敬者，有怜者，有揶揄不信者[⑦]。老仆过圣帝庙，素所奉也，入而拜，且祷曰："奴代家主死，求圣帝助道士，放回家主魂魄。"语未竟，有赤脚僧立案前叱曰：

"汝满面妖气，大祸至矣！吾救汝，慎弗泄。"赠一纸包，曰："临时取看。"言毕不见。老仆归，偷开之，手爪五具，绳索一根，遂置怀中。俄而三日之期已届，道士命移老仆床与家主灵柩相对，铁锁扃门[8]，凿穴以通食饮。道士于群姬相近处，筑坛诵咒。居亡何，了无他异。老仆疑之，心甫动，闻床下飒然有声。两黑人自地跃出，绿睛深目，通体短毛，长二尺许，头大如车轮，目睒睒视老仆[9]，且视且走，绕棺而行，以齿啮棺缝。缝开，闻咳嗽声，宛然家主也。二鬼启棺之前和，扶家主出，状奄然，若不胜病者。二鬼手摩其腹，口渐有声。老仆目之，形是家主，音则道士，愀然曰："圣帝之言，得无验乎？"急揣怀中纸，五爪飞出，变为金龙，长数丈，攫老仆于空中，以绳缚梁上。老仆昏然，注目下视。二鬼扶家主自棺中出，至老仆卧床，无人焉者。家主大呼曰："法败矣！"二鬼狰狞，绕屋寻觅，卒不得。家主怒甚，取老仆床帐被褥碎裂之。一鬼仰头见老仆在梁，大喜，与家主腾身取之。未及屋梁，震雷一声，仆坠于地，棺合如故，二鬼亦不复见矣。群妾闻雷，往启户视之。老仆具道所见。相与急视道士，道士已为雷震死坛所。其尸上有硫黄大书"妖道炼法易形，图财贪色，天条决斩。如律令"十七字[10]。

注释

①通判：明清时设于各府，分掌粮运及农田水利等事务的官职。

②斋醮jiào：这里指请僧道设斋坛，祈祷神佛超度亡魂。

③未几：不久。后文“俄而”“居亡何”，意思与此相近。

④靳：吝惜，不肯给予。

⑤恚huì：愤恨。

⑥噤：闭口。

⑦揶揄：嘲弄。

⑧扃jiōng门：关上门。

⑨睒shǎn睒：目光闪烁的样子。

⑩如律令：按照法令执行。

译文

广西有个李通判，是富豪，娶了七房姨太太，家中财宝堆积如山。通判二十七岁时因病而亡。家里有个老仆人，向来忠厚老实，哀痛主人早死，和这七个小妾一起共设斋坛祭奠。忽然一位道人拿着簿子来化缘，老仆责骂道：“我家主人死得早，没空施舍你！”道士笑着说：“你也想主人复活吗？我能作法，让他返魂。”老仆急忙跑去告诉小妾们。当大家惊奇地出来拜会时，道人已离开了。老仆和群妾后悔怠慢了神仙，致使他走了，互相埋怨着。没几天，老仆上街，路上遇见了那位道士。老仆又惊又喜，硬拉着他，请罪乞求。道士说："不是我不肯让你家主人复活，阴间规定，死人还阳得有人替代，怕你家没人替死，我因此离开。"老仆说："请您跟我回家商议。"于是老仆拉道士到家中，把道士的话告诉群妾。小妾们一听说道士来了，很高兴；但继而听说要替死，都生气了，互相打量着，也不作声。老仆果敢地说："诸位娘子年轻可惜，老奴残年，有何顾虑的！"他出来拜见道士说："如果老奴替代，可以吗？"道士说："你能不后悔不害怕就行。"老奴说："能。"道士说："念你诚心，可出去和亲友诀别。等我作法，三天完成，七天可应验。"老仆在家中接待道人，早晚敬礼；去各家诉说原因，哭泣诀别。亲友中有笑他的，有敬他的，有可怜他的，也有觉得荒唐不可信的。老仆路过自己一直敬奉的关帝庙，进去拜祷说："我替主人死，祈求关帝帮助道士，放回主人魂魄。"话没说完，有个赤脚和尚站在案前喝道："你满脸妖气，大祸临头了！我救你，千万别泄露。"和尚给了他一个纸包，说："到时候打开看。"说罢不见了。老仆回到家，悄悄打开，里面是五根指甲，一根绳索，于是放在怀里。不久三天期限到了，道士命人把老仆的床移到主人灵柩的对面，铁锁锁上门，凿出洞以供食物。道士在靠近群妾的地方，设坛念咒。过了些时候，没见什么灵异。老仆怀疑道人，心里才想，就听到床下飒飒有响动。只见两个黑人从地下跳出来，绿眼睛、深眼窝，全身短毛，半米来高，头有车轮那么大，目光闪闪盯着老仆，边盯边绕着棺材打转，又用牙齿咬棺材缝隙处。缝隙裂开，听见里面有咳嗽声，正是“家主人”。两个黑鬼启开棺材前端，扶“家主”出来，“家主”像生了大病一样。二鬼抚摩主人的肚子，“家主”慢慢说出话来。老仆看他外表是家主，但口音是道士的，伤心地说：“关帝的话，恐怕真的应验了！”忙拿出怀中纸，只见五爪飞出，变成数丈长的金龙，将老仆抓到空中，把他捆在房梁上。老仆觉得眩晕，向下凝视。但见二鬼从棺材里扶出“家主”，来到老仆床前，床上却无老仆的身影。于是“家主”大叫道：“法术被破坏了！”两鬼凶恶地绕着屋子找，却始终找不到。“家主”大怒，撕碎了老仆床上的帐子被褥。一鬼仰头猛然看见老仆在梁上，大喜，与“家主”跳上来抓老仆。还没跳到房梁上，忽然一声暴雷，老仆跌落在地，棺材重新合上，二鬼也消失了。小妾们听到雷声，都开门来察看。老仆向她们诉说了刚才的经历。于是他们赶紧一同去看道士，道士已经被雷震死在法坛上了。他的尸首上有硫黄写的“妖道炼法易容，谋财贪色，天条处斩。如律令”十七个大字。

南昌士人

江西南昌县有士人某，读书北兰寺，一长一少，甚相友善。长者归家暴卒，少者不知也，在寺读书如故。天晚睡矣，见长者披闼入[①]，登床抚其背曰："吾别兄不十日，竟以暴疾亡。今我鬼也。朋友之情，不能自割，特来诀别。"少者阴噶不能言[②]。死者慰之曰："吾欲害兄，岂肯直告？兄慎弗怖。吾之所以来此者，欲以身后相托也。"少者心稍定，问托何事。曰："吾有老母，年七十馀，妻年未三十，得数斛米[③]，足以养生，愿兄周恤之。此其一也。吾有文稿未梓[④]，愿兄为镌刻，俾微名不泯[⑤]。此其二也。吾欠卖笔者钱数千，未经偿还，愿兄偿之。此其三也。"少者唯唯。死者起立，曰："既承兄担承，吾亦去矣！"言毕欲走。少者见其言近人情，貌如平昔，渐无怖意，乃泣留之曰："与君长诀，何不稍缓须臾去耶？"死者亦泣，回坐其床，更叙平生。数语复起，曰："吾去矣！"立而不行，两眼瞠视[⑥]，貌渐丑败。少者惧，促之曰："君言既毕，可去矣！"尸竟不去。少者拍床大呼，亦不去，屹立如故。少者愈骇，起而奔，尸随之奔。少者奔愈急，尸奔亦急。追逐数里，少者逾墙仆地。尸不能逾墙，而垂首墙外，口中涎沫，与少者之面相滴涔涔也[⑦]。天明，路人过之，饮以姜汁，少者苏。

尸主家方觅尸不得，闻信，舁归成殡[8]。识者曰：人之魂善而魄恶，人之魂灵而魄愚。其始来也，一灵不泯，魄附魂以行。其既去也，心事既毕，魂一散而魄滞。魂在则其人也，魂去则非其人也。世之移尸走影，皆魄为之。惟有道之人为能制魄。

注释

①披闼 tà：推门。

②阴 yìn 喝：语塞不能对答。

③斛：量词。古代多以十斗为一斛。

④梓：制版印刷。

⑤俾：使得。

⑥瞠视：瞪着眼睛看。

⑦涔涔：这里指唾液不断滴出的样子。

⑧舁yú：抬。

译文

江西南昌有两个书生在北兰寺读书，年龄一大一小，相处得很好。一天，年长的回家突然死了，年少的不知这事,还和平常一样在寺里读书。到晚上睡觉时，年长的书生推门进来，坐在床边抚摩着年少书生的背说:“我离开你不到十天,竟然暴病而亡。现在我是鬼了。但朋友之情不忍割舍，所以特来诀别。”那小的恐惧得说不出话来。死者于是安慰他说:“假如我想加害你，怎肯把实情告诉你？你千万别怕。我之所以来这儿，是想把我身后之事托付给你。”那小的这才稍稍稳定了情绪，问托付什么事情。死者说：“我的老母亲七十多岁了，妻子还不满三十，她们每年只要几斛米，便足以维持生活了。希望你照顾她们。这是第一件事。我的文稿还没出版，望你代为操办，将其刻版印刷，使我的微名不致埋没。这是第二件事。我欠下卖笔人几千文钱，还没还他，拜托你代为付清。这是第三件事。”年少书生一一答应下来。这时，死者站起身说：“既然承蒙你担当这些，我也就走了！”说完想要离开。年少书生见他话语很近人情，样子一如既往，也就渐渐不怕了，于是哭着挽留说：“就要跟你永诀了，何不稍等片刻再走呢？”死者也哭了，又坐回床边，与之述说往事。说了几句，又站起身说：“我走了！”说完站起来，却不走开，两眼圆睁，容貌愈发难看。年少书生害怕，催促他说：“兄长既然说完，就请回吧。”可尸体竟然不走。年少书生拍床大叫，尸体也不动，照样挺着。年少书生更害怕了，起身就跑，尸体跟着追来。年少书生跑得越快，尸体追得越紧。追了几里路，年少书生翻过墙头跌在地上。尸体不会跳墙，把头伸出墙头，口水滴在年少书生的脸上，湿答答的。天亮后，有人路过，发现年少书生，给他灌了姜汤，年少书生苏醒过来。死者家人正找不到尸首，闻讯赶来，把尸体抬回去安葬。明白事理的人说：“人的魂是善良的，而魄是凶恶的；魂是聪明的，而魄是愚笨的。那年长书生刚来的时候，尚有一丝灵气没有泯灭，魄随着魂而动。等他要走的时候，心事交代完了，魂一散，魄便凝滞不动。魂在时还是这书生，魂离开就不是他了。世间的行尸走肉，都是魄在驱使着身体。只有贤德的人，才能够控制住自己的魄。”

钟孝廉

余同年邵又房[①]，幼从钟孝廉某[②]，常熟人也。先生性方正，不苟言笑。与又房同卧起，忽夜半醒，哭曰："吾死矣！"又房问故，曰："吾梦见二隶人从地下耸身起，至榻前，拉吾同行。路泱泱然，黄沙白草，了不见人。行数里，引入一官衙，有神，乌纱冠,南向坐。隶掖我跪堂下[③]。神曰:'汝知罪乎？'曰:'不知。'神曰:'试思之。'我思良久,曰:'某知矣。某不孝，某父母死，停棺二十年，无力卜葬，罪当万死。'神曰：'罪小。'曰：'某少时曾淫一婢，又狎二妓。'神曰:'罪小。'曰:'某有口过,好讥弹人文章。'神曰:'此更小矣。'曰:'然则某无他罪。'神顾左右曰:'令渠照来[④]！'左右取水一盘沃其面，恍然悟前生姓杨名敞,曾偕友贸易湖南,利其财物,推入水中死。不觉战栗，匐伏神前[⑤]，曰：'知罪。'神厉声曰：'还不变么？'举手拍案，霹雳一声，天崩地坼，城郭、衙署、神鬼、器械之类，了无所睹，但见汪洋大水，无边无岸，一身渺然，飘浮于菜叶之上。自念叶轻身重，何得不坠？回视己身，已化蛆虫，耳目口鼻，悉如芥子[⑥]，不觉大哭而醒。吾梦若是，其能久乎！"又房为宽解曰："先生毋苦，梦不足凭也。"先生命速具棺殓之物[⑦]。越三日，呕血暴亡。

注释

①同年：古代科举考试，同科考中的人的互称。清代乡试、会试同榜登科者皆称“同年”。

②孝廉：明清时对举人的称呼。

③掖：拉人手臂。

④渠：他。

⑤匐伏：伏地。

⑥芥子：芥菜的种子。常用作极细小之物的比喻。

⑦棺殓：用棺木收殓死者。

译文

我的同科邵又房，幼时跟一位姓钟的举人读书。钟先生是常熟人，性情刚正，严肃庄重，和邵又房同住一室。一天半夜，钟先生忽然醒来，哭着说：“我快死了！”又房忙问缘由。钟举人说：“我梦见两个公差从地下挺身而出，走到床前，拉我一起走。道路又宽又长，遍地是黄沙和白草，荒无人烟。走了几里路，我被带进一个衙门。有一位头戴乌纱的官老爷，面朝南坐着。当差的把我摁跪在堂下。那神官说：‘你知罪吗？’我说：‘不知。’官老爷说：‘且想想。’我想了很久，说：‘我知道了。我有不孝之罪，父母死了有二十年，我因无钱安葬，灵柩一直没入土。我罪该万死。’神官说：‘这罪小。’我又说：‘我年轻时曾奸污一名女仆，又和两个妓女鬼混过。’官老爷说：‘这罪也小。’我说：‘我喜欢讥笑指摘别人的文章，有言语过失。’神官说：‘这罪更小了。’我说：‘如此，那么我再没有别的罪了。’那老爷便对左右公差说：‘让他明白过来。’当差的取来一盆水，浇在我的脸上，我这才恍然大悟。原来我前世叫杨敞，曾经和朋友去湖南做生意，因为贪图朋友的财物，把他推入水中淹死了。想到这儿，我不禁抖作一团，趴倒在神官面前说：‘我知罪了。’那神官厉声呵斥道：‘你还不变么？’举手一拍桌子，只听霹雳一声，天崩地裂，原先的城墙、衙门、神鬼、刑具之类，全不见了，只看到汪洋一片，没有边际。我似乎变得很渺小，独自飘浮在菜叶上头。想到菜叶那么轻，而身体这么重，怎能不掉进水里呢？回头一看自己，身子竟然已经变成蛆虫，耳目口鼻都像芥子般大小，不禁放声大哭，于是醒了。我做这样的梦，恐怕活不长了！”又房安慰他说：“老师不必苦恼，梦是假的，不足为凭。”可是钟先生赶忙叫人备办棺材等下葬物品。过了三天，他突然吐血而亡。

南山顽石

海昌陈秀才某[①]，祷梦于肃愍庙[②]。梦肃愍开正门延之，秀才逡巡[③]。肃愍曰："汝异日我门生也，礼应正门入。"坐未定，侍者启："汤溪县城隍禀见[④]。"随见一神峨冠来。肃愍命陈与抗礼[⑤]，曰："渠属吏，汝门生，汝宜上坐。"秀才皇恐而坐。闻城隍神与肃愍语甚细，不可辨，但闻"死在广西，中在汤溪，南山顽石，一活万年"十六字。城隍告退，肃愍命陈送之。至门，城隍曰："向与于公之言，君颇闻乎？"曰："但闻十六字。"神曰："志之，异日当有验也。"入见肃愍，言亦如之。惊而醒。以梦语人，莫解其故。陈家贫，有表弟李姓者，选广西某府通判，欲与同行。陈不可，曰："梦中神言'死在广西'，若同行，恐不祥。"通判解之曰："神言'始在广西'，乃始终之始，非死生之死也。若既死在广西矣，又安得'中在汤溪'乎？"陈以为然，偕至广西。通判署中西厢房，封锁甚秘，人莫敢开。陈开之，中有园亭花石，遂移榻焉。月馀无恙。八月中秋，在园醉歌曰："月明如水照楼台。"闻空中有人拊掌笑曰："'月明如水浸楼台'，易'照'字便不佳。"陈大骇，仰视之，有一老翁，白藤帽，葛衣，坐梧桐枝上。陈悸[⑥]，急趋卧内。老翁落地，以手持之曰："无怖。世有风雅之鬼如我者乎？”问：“翁何神？”曰：“勿言。吾且与汝论诗。”陈见其须眉古朴，不异常人，意渐解。入室内，互相唱和。老翁所作字皆蝌蚪形[7]，不能尽识。问之，曰：“吾少年时，俗尚此种笔画。今颇欲以楷法易之，缘手熟一时未能骤改。”所云少年时，乃娲皇前也。自此每夜辄来，情甚狎。通判家僮常见陈持杯向空处对饮，急白通判。通判亦觉陈神气恍惚，责曰：“汝染邪气，恐‘死在广西’之言验矣！”陈大悟，与通判谋归家避之。甫登舟，老翁先在，旁人俱莫见也。路过江西，老翁谓曰：“明日将入浙境，吾与汝缘尽矣，不得不倾吐一言。吾修道一万年未成正果，为少檀香三千斤刻一玄女像耳。今向汝乞之，否则将借汝之心肺。”陈大惊，问翁修何道。曰：“斤车大道。”陈悟“斤车”二字合成一“斩”字，愈骇，曰：“俟归家商之。”同至海昌，告其亲友，皆曰：“肃愍所谓‘南山顽石’者，得毋此怪耶[8]？”次日老翁至，陈曰：“翁家可住南山乎？”翁变色骂曰：“此非汝所能言，必有恶人教汝！”陈以其语语友。友曰：“然则拉此怪入肃愍庙可也！”如其言。将至庙，老翁失色反走[9]。陈两手夹持之，强掖以入。老翁长啸一声，冲天去。自此怪遂绝。后陈生冒籍汤溪，竟成进士。会试房师[10]，乃状元于振也。

注释

①海昌：古地名，在今浙江海宁市。

②祷梦：古代举子在应试前，向自己信奉的神祈祷祝福，请求以托梦的形式预告考试的吉凶。也叫求梦、乞梦。肃愍：明代大臣于谦死后谥号“肃愍”。这里代指于谦。

③逡巡：退让。

④城隍：守护城池的神。

⑤抗礼：行对等的礼节。

⑥悸：惊惧。

⑦蝌蚪形：这里指上古汉字的一种字体，形如蝌蚪。

⑧得毋：莫非，莫不是。

⑨反：回。后来多写作“返”。

⑩会试：明清科举制度，每三年会集各省举人在京城参加的考试，为“会试”。房师：明清时乡、会试考中的人对分房阅卷的房官的尊称。

译文

海昌有位陈秀才，一次到于谦庙里求梦。他梦见于谦打开正门邀请他，陈秀才赶忙退让。于谦说：“你是我未来的学生，礼应从正门进来。”刚入座，就有仆人来报告：“汤溪县的城隍求见。”随后看见一位戴着高帽子的神走了进来。于谦让陈秀才与城隍神行对等礼，说：

“他是我下属，你是我门生，你应该坐上座。”陈秀才不安地坐着，听不清城隍神和于谦的细声交谈，只听得“死在广西，中在汤溪，南山顽石，一活万年”十六个字。城隍告辞，于谦命陈秀才送他。送到门口，城隍说：“刚才我和于公的谈话，你都听见了？”陈秀才说：“只听到十六个字。”城隍说：“记住它，他日会有应验的。”秀才回来见于谦时，于谦也说了与城隍相同的话。陈秀才惊醒之后，把这个梦告诉了别人，可是没人理解十六个字的意思。陈秀才家里贫穷，有个姓李的表弟，被选派到广西某府任通判，想请陈秀才陪他同行。陈秀才不答应，说：“梦中的神人说过‘死在广西’，如果跟你同去，恐怕不吉利。”李通判解释道：“神人说的是‘始在广西’，是始终的‘始’字，不是死生的‘死’字。如果已经死在广西了，那么又怎么能够‘中在汤溪’呢？”陈秀才觉得有道理，就陪他一起到了广西。李通判的衙门里有间西厢房，紧紧地锁着，没人敢打开它。陈秀才打开房门，看见里面有别致的园亭花石，就搬进来住下了。转眼一个多月，也没出什么问题。八月中秋晚上，陈秀才在花园里饮酒赋诗：“月明如水照楼台……”就听见半空里有人拍手笑道：“‘月明如水浸楼台’才好，如果把‘浸’字换成‘照’字，便没滋味了。”陈秀才大惊，仰头看去，有一个老翁戴着白藤帽，穿着葛布衣，正坐在梧桐树枝上。秀才吓坏了，急忙跑向卧室。老翁跳到地上，拉住他说：“别怕。你听说过世上有像我这样风雅的鬼吗？”秀才问：“老人家是何方神圣？”老翁说：“暂不提这个，我且和你谈论诗吧。”陈秀才见老人胡须、眉毛古朴，与平常人没什么两样，也就渐渐不怕了。两人走入房内，互相吟诗唱和。老翁所写的字体都像蝌蚪文，陈秀才不是不全认得。他向老翁请教，老翁说：“我年轻时，流行这种字体。现在很想换用楷体字，只因写惯了，一时间没能马上改过来。”老翁所说的“年轻时”，竟然是女娲以前。从此以后，老翁每夜都来陈秀才这儿，两人很亲近。李通判的家僮常常看到陈秀才拿着酒杯向空中对饮，急忙报告李通判。李通判也觉得陈秀才精神恍惚，便责怪道：“你染上邪气了，只怕‘死在广西’的话要应验。”陈秀才恍然大悟，就与通判谋划回家躲避灾难。可他们才上船，老翁已坐在船上了，旁人都看不见。船经过江西时，老翁对陈秀才说：“明天就要进入浙江地界，我和你的缘分也到头了。我有句话不得不说。我修道已有一万年，可是还没能修成正果，不过是因为缺少三千斤檀香木刻的一尊玄女像罢了。现在我向你讨要，否则我就要借你的心肺一用。”陈秀才大吃一惊，问老翁修行的是什么道术。老头回答：“斤车大道。”陈秀才知道“斤车”二字合起来是个“斩”字，更加恐惧，说：“等我回家商量此事。”于是，老翁和他一起到了海昌。陈秀才将这件事告诉了亲朋好友，亲友都说：“于谦所说的南山顽石，莫非就是这个妖怪？”第二天，老翁来了。陈秀才说：“老人家是不是住在南山？”老翁听罢，变了脸色，骂道："这话不是你能说出的，一定有恶人在教你。"陈秀才又把老翁的话说给朋友听。朋友说："既然如此，拉这老妖怪到于谦庙里去！"陈秀才照着朋友的话去做。快到的时候，老翁大惊失色，回头便跑。陈秀才两手挟持住老翁，硬把他拉进庙。那老翁长啸一声，冲天逃去。自此以后，这妖怪就再也不见了。后来，陈秀才假冒汤溪县的籍贯，终于考中进士。会试时，他的阅卷老师恰好是一位叫于振的状元。

酆都知县

四川酆都县，俗传人鬼交界处。县中有井，每岁焚纸钱帛镪投之[①]，约费三千金，名纳阴司钱粮。人或吝惜，必生瘟疫。国初，知县刘纲到任，闻而禁之。众论哗然[②]。令持之颇坚。众曰："公能与鬼神言明乃可。"令曰："鬼神何在？"曰："井底即鬼神所居，无人敢往。"令毅然曰："为民请命，死何惜！吾当自行。"命左右取长绳缚而坠焉。众持留之，令不可。其幕客李诜，豪士也，谓令曰："吾欲知鬼神之情状，请与子俱。"令沮之[③]，客不可，亦缚而坠焉。入井五丈许，地黑复明，灿然有天光。所见城郭宫室，悉如阳世。其人民藐小，映日无影，蹈空而行，自言在此者不知有地也。见县令，皆罗拜曰："公阳官，来何为？"令曰："吾为阳间百姓请免阴司钱粮。"众鬼啧啧称贤，手加额曰："此事须与包阎罗商之。"令曰："包公何在？"曰："在殿上。"引至一处，宫室巍峨，上有冕旒而坐者[④]，年七十馀，容貌方严。群鬼传呼曰："某县令至。"公下阶迎，揖以上坐，曰："阴阳道隔，公来何为？"令起立拱手曰："酆都水旱频年，民力竭矣。朝廷国课[⑤]，尚苦不输，岂能为阴司纳帛镪，再作租户哉？知县冒死而来，为民请命。"包公笑曰："世有妖僧恶道，借鬼神为口实，诱人修斋打醮[6]，倾家者不下千万。鬼神幽明道隔，不能家喻户晓，破其诬罔。明公为民除弊[7]，虽不来此，谁敢相违？今更宠临，具征仁勇。”语未竟，红光自天而下。包公起曰：“伏魔大帝至矣！公少避。”刘退至后堂。少顷，关神绿袍长髯，冉冉而下，与包公行宾主礼，语多不可辨。关神曰：“公处有生人气，何也？”包公具道所以。关曰：“若然，则贤令也！我愿见之。”令与幕客李惶恐出拜。关赐坐，颜色甚温，问世事甚悉，惟不及幽明之事。李素戆[8]，遽问曰：“玄德公何在？”关不答，色不怿[9]，帽发尽指，即辞去。包公大惊，谓李曰：“汝必为雷击死，吾不能救汝矣！此事何可问也？况于臣子之前，呼其君之字乎？”令代为乞哀。包公曰：“但令速死，免致焚尸。”取匣中玉印方尺许，解李袍背印之。令与幕客李拜谢毕，仍缒而出[10]。甫至酆都南门，李竟中风而亡。未几，暴雷震电绕其棺椁，衣服焚烧殆尽，惟背间有印处不坏。

注释

①帛镪 qiǎng：帛做的银子或银锭，用以供奉鬼神。

②哗然：大家议论纷纷，声音嘈杂的样子。

③沮之：阻止他。

④冕旒 liú：古代大夫以上的礼冠。

⑤国课：国家征收的赋税。

⑥打醮：道士为人做法事，求福除灾。

⑦明公：旧时对有名位者的尊称。

⑧戆 zhuàng：刚直，愚直。

⑨不怿：不高兴。

⑩缒 zhuì：这里指用绳拴人而上。

译文

四川酆都县，相传是阳世和阴间交界的地方。县里有口井，老百姓每年焚烧纸钱和用布做的银子，投入井中，大概要花费三千两银子，叫作“纳阴司钱粮”。如果有谁怠慢一点，就会流行瘟疫。清朝初年，刘纲任酆都县令，听说此事，就下令禁止。这下引起百姓的普遍议论。县令坚持禁止纳阴司钱粮。百姓说：“老爷能跟鬼神说好了，倒也没事。”刘纲问：“鬼神在哪里？”大家说：“鬼神就住在这井底，只是没有人敢去。”刘县令毅然说：“为民请命，就算死了又有什么可惜！我自己下去好了。”于是命令差役拿来长绳，绑住自己，准备下井。大家坚持挽留他，可他不听。刘纲有个幕僚叫李诜，是一位豪杰，对他说：“我想看看鬼神的模样，请允许我跟您一同去。”刘纲劝阻他，可是李诜偏要去，只好也绑上他一同下井。入井五丈多深，黑洞洞的地底下重又明亮起来，阳光明媚。所看到的城墙宫殿，都和阳间一样。这里的百姓长得矮小，太阳底下照不出影子，而且都是腾空行走，他们自称这儿的人不知道有地。见到刘县令，大伙都围着下拜说："老爷是阳间的官，来这里做什么？"刘纲说："我来为阳间的百姓请求免除纳阴司钱粮。"群鬼都啧啧称赞他是个好官，把手放在额头上表示敬意，说："这事得和包阎罗商量才行。"县令说："包大人在哪里？"大伙说："在大殿上。"于是带两人来到一座巍峨的宫殿，殿上坐着一位戴着礼冠的官长，七十多岁的样子，容貌端庄严肃。群鬼传呼说："酆都县令驾到。"包公走下台阶迎接，向刘纲作揖，让他坐上座，说："阴阳之间路途阻隔，您来这儿有何贵干？"刘县令起立拱手回答："酆都县年年水旱灾害，百姓财力枯竭。光是朝廷下派的课税尚且没法交足，怎能再为阴司交纳钱粮，一身承担两份租税呢？本官冒死而来，为民请命。"包公笑道："阳间有些丑恶的和尚与道士，打着鬼神的口号，骗人设斋、打醮，成千上万的人为此倾家荡产。鬼神所在的阴间，和阳世道路阻隔，所以不能告知阳间的百姓，破除这些僧道的鬼把戏。阁下为百姓除弊，即便不来这儿，谁敢违拗？现在劳驾光临本府，足以体现您的仁义刚勇。"话还没说完，红光从天而降。包公起身说："伏魔大帝来了！请您稍作回避。"刘纲和李诜就退到后堂。一会儿，关公身穿绿袍，飘着长须，缓缓而来，和包公行了宾主之礼，他们的谈话大多听不清楚。关公说："您这儿怎么有生人的气息呢？"包公便将缘由详细说了一遍。关公道："要是这样说来，那么这是位贤明的县官！我愿意会见他。"刘县令和幕僚李诜慌忙出来拜见。关公请他们入座，表情很温和，详细询问了阳世的事情，唯独不谈阴间的事。李诜向来憨直，突然问道："刘玄德先生如今在哪里？"关公不回答，神情不高兴，怒发冲冠，登时辞别而去。包公大惊，对李诜说："你定会被雷击死，我也救不了你了！这事怎么可以问呢？更何况怎么能在臣子的面前，直呼他君主的字号呢？"刘纲代李诜求情。包公说："那就只有让李诜赶快死掉，才能够免受焚尸的后果。"于是从匣中取出一方玉印，有一尺见方，解开李诜的袍子，在他背上敲了印。刘纲与幕僚李诜拜谢过包公之后，仍从井里吊出来。他们才走到酆都城南门，李诜竟然就中风死了。没几天，有暴烈的雷电绕着李诜的棺材，尸体上的衣服几乎被烧光，唯独背上有印处的衣服完好无损。

张士贵

直隶安州参将张士贵[①]，以公廨太仄，买屋于城东。俗传其屋有怪，张素倔强，必欲居之。既移家矣，其中堂每夜闻击鼓声。家人惶恐，张乃挟弓矢，秉烛坐。至夜静时，梁上忽伸一头，睨而相笑[②]。张射之，全身坠地，短黑而肥，腹大如五石匏[③]，矢中其脐，入一尺许。鬼以手摩腹，笑曰："好箭！"复射之，摩笑如前。张大呼，家人齐进。鬼升梁而走，詈曰："必灭汝家！"次日天明，参将之妻暴卒；天暮，参将之子又卒。张棺殓毕，悲悔不已。居月馀，闻复壁中有呻吟声，往视，即其所殡之妻子也[④]。饮以姜汁，扬扬如平生。问之，皆曰："吾未尝死，但昏昏如梦，见两大黑手掷我于此。"开棺视之，荡然无有，方知人死有命，虽恶鬼相怨，亦仅能以幻术揶揄之，不能杀也。

注释

①安州：这里指今河北省的安新县。参将：清代武官名，官位次于副将。

②睨：斜眼看。

③五石匏 páo：可容纳五十斗的大葫芦。

④妻子：妻子和孩子。

译文

直隶安州府的参将张士贵，嫌居住的衙门太小，便在城东买了房屋。据说这屋子闹鬼，但张士贵一向倔强，非要住进来。搬好家之后，每到夜里，就听到中间厅堂有击鼓的声音。家人很害怕，张士贵就带着弓箭，点亮蜡烛坐等鬼怪。夜深人静时分，房梁上忽然伸出一个头来，斜着眼面对着张士贵发笑。张士贵朝它射箭，那鬼中箭掉落地上，形状黑矮肥胖，肚子大得像能容五十斗粮食的葫芦。那箭射进鬼怪肚脐里一尺左右。鬼抚摸着腹部，笑道："好箭！"张参将又射一箭，鬼照样摸腹而笑。张士贵一声大呼，家人一齐奔了进来。那鬼跳上屋梁便跑，边逃边骂："我一定灭掉你全家！"第二天早晨，他的妻子突然死亡；到晚上，他的儿子又死了。张参将葬完妻小，悲伤后悔不已。一个多月之后，听见夹壁里有呻吟声，过去一看，正是已殡葬的妻子和孩子。张参将赶忙给他们喝姜汁，于是妻小又和从前一样有了生气。他问是怎么回事，都说："我们并没死，只觉得昏昏沉沉像在做梦，看见两只大黑手把我们投在夹壁里。"打开棺材一看，果然是空的。这才明白，原来人死生有命，即使恶鬼使坏，也只能用幻术欺弄人，不能真的杀人。

大乐上人

洛阳水陆庵僧，号大乐上人[1]，饶于财。其邻人周某充县役，家贫，承催税租，皆侵蚀之。每逢比期[2]，辄向上人借贷，数年间积至七两。上人知其无力偿还，不复取索。役颇感恩，相见必曰："吾不能报上人恩，死当为驴马以报。"居无何，晚有人叩门甚急。问为谁。应声曰："周某也，来报恩耳。"上人启户，了不见人，以为有相戏者。是夜，所畜驴产一驹。明旦访役，果死。上人至驴旁，产驹奋首翘足，若相识者。上人乘之一年，有山西客来宿，爱其驹，求买之。上人弗许，不忍明言其故。客曰："然则借我骑往某县一宿可乎？"上人许之。客上鞍揽辔，笑曰："吾诈和尚耳。我爱此驴，骑之未必即返。我已措价，置汝几上，可归取之。"不顾而驰。上人无可奈何，入房视之，几上白金七两，如其所负之数。

注释

①上人：对和尚的尊称。

②比期：官府催缴租税的限期。

译文

洛阳水陆庵有位法号叫"大乐上人"的和尚，家中十分富有。他的邻居周某，在县衙当差，家里贫穷。县衙差役的上司让周某催收税租，上司总要从中侵占。每到上交租税的限期，周某便向大乐上人借钱，补上被侵占的部分。几年下来，共欠和尚七两银子。上人知道他无力偿还，也不再向他索要。周某因此很感激和尚的恩德，看见上人总会说："我报不了您的恩德，死了定当变作驴马相报。"没过多久，晚上有人很急切地敲和尚家的门。上人问是谁，门外回答："我是邻居周某啊，我报恩来了。"和尚开门，门外全无人影，以为有人跟他开玩笑。这天夜里，和尚养的驴子产下一头小驴。第二天早上，上人去看周某，发现周某果然死了。和尚来到驴子旁边，那头刚生下的小驴抬头翘蹄的，好像是和尚的老熟人。后来，上人把它当坐骑，骑了一年，有位山西客人来投宿，喜爱这头驴子，请求买下它。上人不答应，也不忍心说明其中的缘故。山西客人说："既然这样，那么借我骑一晚去县里一趟，好吗？"和尚答应了他。客人骑上驴背，揽着缰绳笑道："我不过是骗和尚您的啊。我喜爱这头驴，骑走了未必就会回来的。我已估了价，把买驴钱放在您的桌案上了，你回屋收好吧。"说完，客人头也不回地骑走了。和尚没有办法，回房一看，桌案上有白银七两，恰好是周某以前欠下的钱数。

山西王二

熊翰林涤斋先生为余言[1]：康熙年间游京师，与陈参政仪[2]、计副宪某[3]，饮报国寺。三人俱早贵，喜繁华，以席间不得声妓为怅，遣人召女巫某唱秧歌劝酒。女巫唱终半席，腹胀将溲焉。出至墙下，少顷返，则两目瞪视，跪三人前，呼曰："我山西王二也。某年月日为店主赵三谋财杀死，埋骨于此寺之墙下。求三长官代为伸冤。"三人相顾大骇，莫敢发声。熊晓之曰[4]："此司坊官事，非我辈所能主张。"女巫曰："现任司坊官俞公，与熊爷有交。但求熊爷转请俞公到此掘验足矣。"熊曰："此事重大，空言无信，如何可行？"巫曰："论理某当自陈，但某形质朽烂，须附生人而言。诸位老爷替我筹之。"言毕，女巫仆地。良久醒，问之，茫然无知。三公谋曰："我辈何能替鬼诉冤？诉亦不信。明日盍请俞司坊官共饮此处[5]，召女巫质之，则冤白矣。"次日，招俞司坊至寺饮，告之故，召女巫。巫大惧，不肯复来。司坊官遣役拘之，巫始至。未入寺门，言状悉如昨日。司坊官启巡城御史[6]，发掘墙下，得白骨一具，颈下有伤。询之土人，云："从前此墙系山东济南府赵三安歇客寓之所。某年卷店逃归山东。"乃移文专差关提[7]，至济南，果有其人。文到之日，赵三一叫而绝。

注释

①翰林：清代翰林院属官。

②参政：清代于各部所设的官职之一。

③副宪：清代都察院副长官左副都御史的别称。

④晓：告知，使明白。

⑤盍：何不。

⑥巡城御史：负责城区治安管理的长官。

⑦关提：行文逮捕罪犯。

译文

翰林熊涤斋先生对我说过一个故事：康熙年间，熊涤斋在北京任职。一天，他与参政陈仪、副宪计某，在报国寺喝酒。三个人都是年少得志，喜欢繁华，觉得宴席上没有歌妓是个遗憾，于是派人召来一个女巫，唱秧歌助酒。女巫唱完一曲，酒席正进行到一半，她感到腹胀，要出去小解。女巫离席，到墙下荒僻处去了片刻，当她回来时，却瞪着两眼，跪在三人面前大叫道：“我是山西人王二。某年某月某日，我被店主赵三谋财害命，尸骨就埋在这寺院的墙下。求三位大人为我申冤。”三人面面相觑，大惊失色，不敢说话。过了一会儿，熊涤斋劝告她说：“这是司坊官管的事，不是我们所能做主的。”女巫说：“现任司坊官俞公，与熊老爷有交情，但求熊老爷转请俞公到这里发掘尸首，加以验证就行了。”

熊涤斋说:“命案重大，你空说无凭，我可怎么去转告？”女巫说:“按道理我应当亲自去报案，可是我躯体已经腐烂，必须附在活人身上才能说话。恳请诸位老爷替我想办法。”说完，女巫瘫倒在地，很久才醒来。问她刚才发生的事，她茫然不知。三人商量道:“我等怎能替鬼申冤？就算报了案，也没人相信。何不明天请俞司坊一起来这里喝酒，传唤女巫，当面质问，那么冤案也就弄清了。”第二天，三人约了俞司坊来报国寺饮酒，告诉他昨天发生的事情，并传唤女巫过来。女巫吓得不肯再来。俞长官就派差役拘捕她，女巫这才到寺。还没跨进寺门，忽又被王二鬼魂附体，言语动作都和昨天一样。司坊官便将此案通知巡城御史，到寺院墙下挖掘，挖到一具白骨，颈骨下有伤痕。调查当地居民，居民说:“从前这寺墙是山东济南府人赵三开的一个旅馆。某年，赵三卷店逃回了山东。”于是，俞长官发出公文，搜捕犯人，到济南一查，果然有赵三这个人。拘捕公文送达犯人家当天，赵三大叫一声断了气。

蒲州盐枭

岳水轩过山西蒲州盐池，见关神祠内塑张桓侯像[①]，与关面南坐。旁有周将军像，怒目狰狞，手拖铁练，锁朽木一枝，不解何故。土人指而言曰："此盐枭也。"问其故。曰："宋元祐间，取盐池之水，熬煎数日而盐不成。商民惶惑，祷于庙。梦关神召众人谓曰：'汝盐池为蚩尤所据[②]，故烧不成盐。我享血食，自宜料理。但蚩尤之魄，吾能制之；其妻名枭者，悍恶尤甚，我不能制，须吾弟张翼德来，始能擒服。吾已遣人自益州召之矣。'众人惊寤[③]，旦即在庙中添塑桓侯像。其夕风雷大作，朽木一根，已在铁索之上。次日取水煮盐，成者十倍。"始悟今所称盐枭，实始于此。

注释

①张桓侯：桓侯，三国时张飞的谥号。

②蚩尤：传说中古代九黎族的首领。

③寤：醒悟。

译文

岳水轩路过山西蒲州的盐池，看见关帝庙里，也塑着张飞的像，与关公塑像一起面朝南坐着。旁边有周仓将军的像，怒目圆睁，形象凶狠，手里拖着铁链，链上锁着一根朽木。岳水轩不明白为什么这样。当地居民指着朽木说:“这是盐枭。”水轩又问为什么叫盐枭。居民说:“宋朝元祐年间，老百姓用盐池的水熬盐，熬了几天也熬不出盐。盐商和百姓既困惑又害怕，就到关帝庙里祷告。夜里，大家梦见关帝召见众人说:‘你们的盐池被蚩尤霸占，所以烧不出盐。我在这儿享用你们的祭祀，自然应当为你们处理这事。但是蚩尤的魂魄，我能制服；而他那位名字叫“枭”的老婆，特别凶暴，我制不住，得我兄弟张翼德来，才能擒服。我已派人去益州请他了。’大家被这梦惊醒，天一亮就在庙里添塑了张飞的像。当天夜里，狂风暴雨，电闪雷鸣，一根朽木，被锁在这铁链子上。第二天，大家重新取水煮盐，出盐量竟比以往多了十倍。”这才明白，现在所说的“盐枭”一词，其实是由此开始的。

地穷宫

保定督标守备李昌明暴卒[①]，三日尸不寒，家人未敢棺殓。忽尸腹胀大如鼓，一溺而苏，握送殓者手曰："我将死时，苦楚异甚，自脚趾至于肩领，气散出不可收。既死，觉身体轻倩[②]，颇佳于生时。所到处，天色深黄无日色，飞沙茫茫，足不履地。一切屋舍人物，都无所见。我神魂飘忽，随风东南行。许久，天色渐明，沙少止。俯视东北角，有长河一条，河内牧羊者三人，羊白色，肥大如马。我问家安在，牧羊人不答。又走约数十里，见远处隐隐宫殿，瓦皆黄琉璃，如帝王居。近前有二人，靴帽袍带，立殿外，如世上所演高力士、童贯形状。殿前有黄金扁额[③]，书'地穷宫'三字。我玩视良久，袍带者怒来逐我，曰：'此何地，容尔立耶？'我素刚，不肯去，与之争。殿内传呼曰：'外何喧嚷？'袍带者入，良久出曰：'汝毋去，听候谕旨。'二人环而守之。天渐暮，阴风四起，霜片如瓦。我冻久战栗，两守者亦瑟缩流涕，指我怨曰：'微汝来作闹[④]，我辈岂受此冷夜之苦哉！'天稍明，殿内钟动，风霜亦霁[⑤]。又一人出曰：'昨所留人，着送归本处。'袍带者拉以行，仍过原处，见牧羊人尚在。袍带者以我授之曰：'奉旨交此人与汝，送他还家，我去矣。'牧羊人殴我以拳，惧而坠河，饮水腹胀，一溺遂苏。”言毕后，盥手沐面，饮食如常。后十日馀，仍卒。先是，李之邻张姓者，睡至三更，床侧闻人呼声。惊起，见黑衣四人，各长丈馀，曰：“为我引路至李守备家。”张不肯。黑衣人欲殴之，惧而同行。至李门，先有二人蹲于门上，貌更狞恶。四人不敢仰视，偕张穿篱笆侧路以入。俄而哭声内作。此事傅卓园提督所言；李，其友也。

注释

①督标：清朝总督所辖部队的编制单位。一标有三营。

②轻倩：轻快美好。

③扁额：即匾额。

④微：不是。

⑤霁：风雪停止，天气转晴。

译文

河北保定的绿营统兵官李昌明，猝死三天后，尸体还是温的，家人不敢装棺入殓。忽然看见尸体腹部膨胀得像鼓一样，撒出了尿，接着竟然活了过来。李昌明握着送葬亲友的手说：“我临死的时候，特别难受，从脚趾到肩膀、脖子，一直往外冒气，控制不住。死了以后，觉得浑身轻松自如，比活着的时候感觉还要好。所到之处，天色深黄，不见太阳，飞沙漫无边际，我腾空而行。任何房屋、人影，都看不到。我的灵魂飘飘荡荡，就这样随风往东南方向飘了很久，天色才渐渐亮起来，飞沙也稍微停歇。我俯视东北角，看到一条长河。河边有三个牧羊人；羊是雪白的，肥大得像马一样。我问牧羊人家住在哪儿，他们不回答。又走了大概几十里路，隐隐约约看到远处有座宫殿，都是黄色的琉璃瓦，和帝王的住所一般。走到近处，面前有两个靴帽袍带穿戴整齐的人，站在宫殿门外，那样子就如同阳间戏台上的高力士和童贯。大殿前挂着黄金匾额，上面写着‘地穷宫’三个字。我仔细看了半天，那两个人怒气冲冲地过来赶我走，说道:‘这是什么地方！也是你站的？’我向来刚直，不肯离开，就和他们吵了起来。这时，殿里传出话来:‘外面为何吵吵嚷嚷？’那两个人走进殿里，过了好久才出来，对我说:‘你别走，听候圣旨。’于是他们一同看守着我。天色渐渐暗了，四下里刮起阴风，霜片大得像瓦块。我因冻得久了，瑟瑟发抖，那两个守卫也缩成一团，流着鼻涕，指着我抱怨:‘要不是你来捣乱，今夜我们怎么会吃这种苦啊！’天刚亮时，殿内响起钟声，风霜也停了。又走出一个人来，对守卫说:‘派你们把昨天拘留的那个人遣回原籍。’两个守卫就拉着我走，仍旧经过原先的地方。看到牧羊人还在河边，守卫把我交给他们说:‘奉圣旨把这个人交给你们，送他回家。告辞。’接着，牧羊人朝我抡拳便打，我吓得掉进河里，因为呛了水，肚子胀起来，尿完便醒了。”说完，李昌明洗手洗脸，饮食和平常一样。但又过了十几天，他还是死了。

此前，李昌明的邻居张某，睡到三更天，听到床边有人叫他。他惊醒起床，见有四个身穿黑衣的人，各有一丈多高，说道:“为我们带路，到李昌明守备家！”张某不肯，黑衣人想要打他。张某怕挨打，只好同行。到了李家门口，已经有两个人蹲守在此了，形貌长得更加狰狞凶恶。四个黑衣人不敢抬头看，扯着张某跨过篱笆，沿着院子的小路进入李家。一会儿，李宅内响起了哭声。这件事是傅卓园提督说的。李昌明，是他的朋友。

卷二

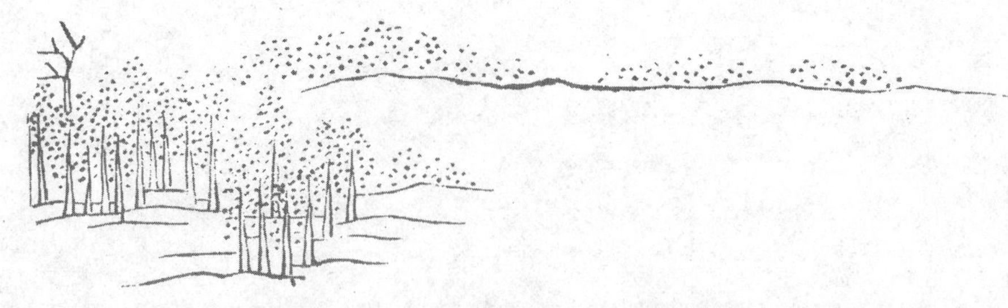

滇绵谷秀才半世女妆

蜀人滇谦六，富而无子，屡得屡亡。有星家教以压胜之法[①]，云："足下两世，命中所照临者多是雌宿，虽获雄，无益也。惟获雄而以雌畜之，庶可补救。"已而绵谷生[②]。谦六教以穿耳、梳头、裹足，呼为小七娘，娶不梳头、不裹足、不穿耳之女以妻之。果长大，入泮[③]，生二孙。偶以郎名，孙即死。于是每孙生，亦以女畜之。绵谷韶秀无须[④]，颇以女自居，有《绣针词》行世。吾友杨刺史潮观与之交好，为序其颠末。

注释

①压胜：用符咒等法除邪得吉。

②已而：不久。

③入泮：考取秀才，入学念书。

④韶秀：美好，秀丽。

译文

四川人滇谦六，家中富有，却没个儿子。每得一子，都活不长久。有个算命先生，教给滇谦六符咒去邪之术，说道："阁下两代子孙，命里所照临的，大多属于雌性星宿之光，即使得了儿子，也没有用。只有将出生的儿子当作女孩来养育，才大致可以补救。”不久，绵谷出生了。滇谦六便给儿子穿耳眼儿、梳女头、裹小脚，还取了个女孩子的小名叫“小七娘”；又为他娶了个不梳女头、不裹小脚、不穿耳眼儿的童养媳。果然应了算命先生的话，滇绵谷长大成人，还考中秀才。不过，后来生了两个孙子，偶一疏忽，给孙子取了男孩名字，孙子便夭折了。于是，每当生了孙子，也当作女孩来抚养。滇绵谷长得清秀美丽，没有胡须，很以自己长得像女子而得意。他爱写词，有《绣针词》集子流传。我的朋友杨潮观刺史，与绵谷是好朋友，为他的词集写了序，序中记述了这一故事的始末。

叶老脱

有叶老脱者，不知其由来。科头跣足①，冬夏一布袍，手挈竹席而行②。常投维扬旅店③，嫌客房嘈杂，欲择洁地。店主指一室曰：“此最静僻，但有鬼，不可宿。”叶曰：“无害。”径自扫除，摊竹席于地。夜卧至三鼓，门忽开，见有妇人系帛于项，双眸抉出，悬两颐下，伸舌长数尺，彳亍而来④。旁有无头鬼，手提两头继至。尾其后者：一鬼遍体皆黑，耳目口鼻甚模糊；一鬼四肢黄肿，腹大于五石匏。相诧曰：“此间有生人气，当共攫之！”群作搜捕状，卒不得近叶。一鬼曰：“明明在此，而搜之不得，奈何？”黄胖者曰：“凡吾辈之所以能摄人者，以其心怖而魂先出也。此人盖有道之士，心不怖，魂不离体，故仓猝不易得。”群鬼方彷徨四顾，叶乃起坐席上，以手自表曰：“我在此！”群鬼惊悸，齐跪地下。叶一一讯之，妇人指三鬼曰：“此死于水者，此死于火者，此盗杀人而被刑者，我则缢死此室者也。”叶曰：“若辈服我乎？”皆曰：“然。”曰：“然则各自投生，勿在此作祟！”各罗拜去。迨晓⑤，为主人道其事。嗣后此室宴然⑥。

注释

①跣足：光着脚。

②挈：携带。

③常：通“尝”，曾经。

④彳亍chìchù：小步走，走走停停的样子。

⑤迨：等到。

⑥宴然：平安的样子。

译文

有位叫叶老脱的人，不知是何方人氏。他蓬头赤脚，不管冬夏，都穿一件布袍，来往时随身带一张竹席。老脱曾经投宿在扬州一家旅店。他嫌旅店的客房太嘈杂，要店主安排个清静的地方。店主指着一间空房说：“这个房间最僻静，但是闹鬼，恐怕不能住。”老脱说：“不碍事。”于是叶老脱自己打扫房间，把竹席摊在地上休息。睡到夜半三更，房门忽然打开，就见一个妇人，脖子上系着绸带，俩眼珠子暴突出来，挂到下巴底下，伸着好几尺长的舌头。女鬼小步挨近，摇摇摆摆。身旁是个无头鬼，手里提着两颗头跟着她走。尾随其后的，又有两个鬼：一个浑身黑色，耳目口鼻模糊不清；另一个四肢黄肿，肚子比五石水瓢还大。四个鬼进屋之后觉得奇怪，说：“怎么今天房间里有活人的气息，我们得一起抓住他。”说完，群鬼在房里四处搜捕起来，可就是靠近不了叶老脱。一个鬼说：“明明在这屋里，却抓不到，怎么回事？”那个黄肿的鬼说：“我们之所以能捉住那些活人，都是因为他们吓得魂飞魄散。今天这人恐怕是个有道行的，一点儿也不害怕，魂不离身，所以一下子不容易抓住。”正当群鬼犹豫不定、东张西望的时候，叶老脱竟从席上坐了起来，指着自己说：“我在这里。”群鬼大吃一惊，一齐跪倒在地。叶老脱挨个儿审问。那女鬼指着其他三鬼说：“这个是死在水里的，这个是被火烧死的，那个是因杀人越货而被砍头的。我则是吊死在这间房里的。”老脱问群鬼：“你们服我吗？”群鬼齐声道：“服。”叶老脱说：“既然这样，那么你们各自投生去吧，别在这里闹鬼作怪。”群鬼围着老脱拜了一拜，离开屋子。到了早上，叶老脱给房东讲了昨夜发生的事情。从此以后，这间客房就平安无事了。

天壳

浑天之说：天地如鸡卵，卵中之黄白未分，是混沌也；卵中之黄白既分，是开辟也。人不能游于卵壳之外，则道家三十三天之说，终属渺茫。秦中地厚，往往崩裂，全村皆陷，有冲起黑水者，有冒出烟火者，有裂而仍合者。惟所陷之人民家室，从无再出土者，亦不知何往矣。顺治三年，武威地陷[①]。有董遇者，学炼形之术，能伏气沉海中不死。全家遭此劫，九日后，竟一身自地下起。云："初陷时，沉沉然。一日一夜，坠至于泉。其坠下之势，似飞非飞，似晕非晕，颇为顺适，犹与家人答问。一至于泉，则家口尽溺死。"董伏气入水底千馀丈，乃复干燥，觉四面纯黄色。已而渐明，下视苍苍然，有天在下。细听之，人民鸡犬之声因风而至。"我意此是天壳之外天也，得落第二层天宫固佳，即落在人家瓦上，岂不敬我为天上人耶？"因极力将身挣坠，为罡风所勒[②]，兜卷空中，终不得下。俄而有古衣冠人，长二丈馀，叱曰："此两天分界处，万古神圣不破此关。汝何人，作此妄想！速趁地未合时，仍归汝世界，否则大地一合百万丈，汝能穿水，不能穿土，死矣！"语未毕，忽金光万道，自远而来，热不可耐。古衣冠者抚其背曰："速行速行！日轮至矣！我且避去，汝血肉之身，不走，将炽为飞灰！”董闻之悚然[3]，即运气腾身而上。面目为水土所蚀，黑如焦炭，衣服肌肤，粘结一片。逾月始复人形，自称劫外叟[4]。余按《淮南子》曰：温带之下，无血气之伦。日轮所近，即温带矣。

注释

①武威：今甘肃武威市。

②罡风：高空之风。

③悚然：惊惧的样子。

④劫：浩劫，大灾难。

译文

古人解释天地生成的学说中，有一种“浑天”说。此说认为：最初天地浑然一体，像个鸡蛋，蛋中的蛋黄和蛋清没有分开，此时处于混沌状态；一旦蛋黄和蛋清分开，便是天地开辟的时代。人是不能游离到这蛋壳之外的。因此，道教宣称的三十三重天的说法，终究属于渺茫玄虚之谈。关中一带的土层很厚，但往往因发生地震而崩裂，致使整个村子陷落下去。当土层崩裂时，有时会有黑水冲出来，有时则会冒烟喷火，还有裂开后随即又合拢的现象。只是塌陷下去的居民和房屋，再也没有出来的，不知道陷到哪里了。顺治三年，甘肃武威县发生了大地塌陷的灾情。有个名叫董遇的人，学习修炼形体的法术，能够控制呼吸，沉入大海中而不死。董遇全家遭遇了这次灾祸，九天之后，他竟然独自从地下钻出来。他告诉乡亲们说：“刚刚陷进土里时，觉得全身昏昏沉沉，不断下坠。一天一夜之后，下落到黄泉里。那下坠的状态和感觉，像在飞翔而又不是飞翔，有些眩晕而又不是眩晕，非常顺畅舒适，还可以和家里人说话。一落到黄泉里，家人就全被淹死了。”董遇赶紧控制住呼吸，直沉到水底一千多丈深，才觉得四周恢复了干燥，周围一片纯黄色。一会儿，天色渐亮，董遇往下一看，苍苍茫茫，下面竟然是苍天。倾耳细听，风中传来百姓和鸡犬的声音。“我想，这恐怕就是天壳之外的天了，能够落到第二层天宫当然好，即使落在人家瓦房顶上，他们难道不敬奉我是天上的神仙吗？”于是，董遇极力将身子往下坠落，不料被天风挡住，身体卷在空中打转，终究下不去。不久，来了一个穿古装的人，身高二丈多，大声责备道：“这里是两重天的分界处，万古以来的神圣都不能越过这道关口。你是什么人，竟然妄想穿越世界？赶快趁地还没合拢时，仍旧回到你的世界去。否则大地一旦合拢，有百万丈厚，纵使你能穿水，却不能穿土，肯定活不成！”话还没说完，忽然金光万道，从远处射来，顿时热得受不了。那穿古装的人抚着董遇的背说：“快走快走！太阳来了！我尚且要避开，你这血肉之躯，要是不避开，将烧成飞灰了！”董遇听罢毛骨悚然，立即运气飞身而上。面目被水土侵蚀，黑得像焦炭，衣服和皮肤粘成了一片，直到一个月后，才恢复了人形。从此，他自称“劫外老人”。我考察《淮南子》上说，温带下面，没有生物。由此来看，太阳附近，就是所谓的温带了。

卷三

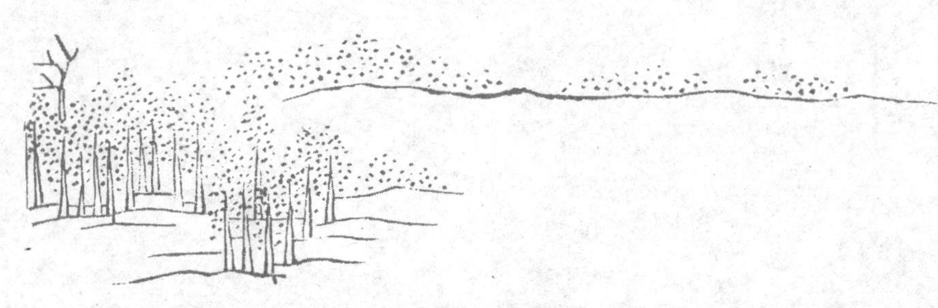

水仙殿

杭州学院临考，诸廪生会集明伦堂[①]，互保应试童生[②]，号曰保结。廪生程某，在家侵晨起，肃衣冠出门。行二三里，仍还家闭户坐，嚅嚅若与人语。家人怪之，不敢问。少顷又出，良久不归。明伦堂待保童生到其家问信，家人愕然。方惊疑间，有箍桶匠扶之而归[③]，则衣服沾湿，面上涂抹青泥，目瞪不语。灌以姜汁，涂以朱砂，始作声曰："我初出门，街上有黑衣人向我拱手。我便昏迷，随之而行。其人云：'你到家收拾行李，与我同游水仙殿，何如？'我遂拉渠到家，将随身钥匙系腰，同出涌金门[④]。到西湖边，见水面宫殿，金碧辉煌，中有数美女，艳妆歌舞。黑衣人指向余曰：'此水仙殿也。在此殿看美女，与到明伦堂保童生，二事孰乐？'余曰：'此间乐。'遂挺身赴水。忽见白头翁在后喝曰：'恶鬼迷人，勿往勿往！'谛视之，乃亡父也。黑衣人遂与亡父互相殴击，亡父几不胜矣。适箍桶匠走来，如有热风吹入水中者，黑衣人逃，水仙殿与亡父亦不见，故得回家。"家人厚谢箍桶匠，兼问所以救之之故。匠曰："是日也，涌金门内杨姓家唤我箍桶。行过西湖，天气炎热，望见地上遗伞一柄，欲往取之遮日。至伞边，闻水中有屑索声，方知有人陷水，扶之使起。

而君家相公埋头欲沉，坚持许久，才得脱归。”其妻曰：“人乃未死之鬼也，鬼乃已死之人也。人不强鬼以为人，而鬼好强人以为鬼，何耶？”忽空中应声曰：“我亦生员读书者也。书云：‘夫仁者，己欲立而立人，己欲达而达人。’我等为鬼者，己欲溺而溺人，己欲缢而缢人，有何不可耶？”言毕大笑而去。

注释

①廪生：明清时称由国家供给伙食的秀才。明伦堂：旧时称各地孔庙的大殿。

②童生：习举业而未考取秀才的读书人。

③箍桶匠：用竹篾或金属做成圈形，套在圆桶上，可以使桶片之间紧固而不渗水；从事这种技术工作的匠人，称作“箍桶匠”。

④涌金门：地名，在杭州。

译文

杭州学校每当临近考试时，诸位廪生都要会集到明伦堂，为应试的童生作担保，这叫作“保结”。有个程秀才，一大早起来，穿戴好衣帽出门。走了二三里路，又折回家中，关门坐着，唧唧哝哝好像跟谁说话。家人感到奇怪，却又不敢过问。不一会儿，程秀才又出门去，好久不见回来。本以为去了学校，可是明伦堂等候程秀才担保的童生来程家问讯，家人这才疑惑起来。正在惊疑不定的时候，有个箍桶匠扶着程秀才回来了，只见秀才浑身湿透，脸上满是青泥，眼神呆滞，一语不发。家人给他灌下姜汁，又在他脸上涂了朱砂，他这才苏醒，说道："我起先出门后，街上有个穿黑衣服的人向我拱了拱手，我便昏昏沉沉，跟着他走。那人说：'你回家收拾一下行李，跟我一起去水仙殿游玩，怎么样？'我就拉他一起到家，将随身钥匙系在腰上，一同走出涌金门。到了西湖边上，就见水面上有座金碧辉煌的宫殿。殿中有几个美女，打扮得妖娆，正在唱歌跳舞。黑衣人指着对我说：'这里就是水仙殿。你说，在水仙殿看美女，与到明伦堂去担保童生，这两件事哪个快乐？'我说：'在这里快乐。'于是我挺身入水。忽然看见有个白头老翁在我身后大声喝道：'恶鬼在迷惑人，别去别去！'定睛一看，却是先父。黑衣人发怒，就跟先父打了起来，打着打着，先父快要抵挡不住了。恰好这位箍桶匠来到，顿时好像有股热风吹进水中。黑衣人被吓跑，水仙殿和先父也不见了，我这才回来。"程秀才家人听后，重谢了箍桶匠，又问匠人救秀才的原委。箍桶匠说："今天，涌金门里有个姓杨的人家叫我去箍桶。我经过西湖，天气炎热，远远望见地上遗落一柄伞，就想过去拿着遮太阳。走到伞边，听见水里有窸窸窣窣的声音，才知道有人落水。我就把秀才扶起来。当时你家相公非要埋头沉到水里去不可，相持了好一会儿，终于把他拖出水，才得以回来。"秀才媳妇说："人是还没有死的鬼，而鬼是已经死去的人。人不去勉强鬼做人，鬼却好强拉人做鬼，这是怎么回事？"忽然空中有鬼答道："我也是一个读书的秀才。书上说：'有仁德的人，自己想要立身，也会让别人立身；自己想要通达，也会让别人通达。'像我这等做鬼的，自己淹死在水里，也希望淹死别人；自己上吊自尽，也想要吊死别人，这有什么不可以的呢？"说完，那鬼大笑着离去。

两神相殴

孝廉钟悟，常州人。一生行善，晚年无子，且衣食不周，意郁郁不乐。病临危，谓其妻曰："我死，慎毋置我棺中。我有不平事，将诉冥王，或有灵应，亦未可知。"随即气绝，而中心尚温。妻如其言，横尸以待。死三日后果苏，曰："我死后到阴间，所见人民来往，与阳世一般。闻有李大王者，司赏善罚恶之事。我求人指引，到他衙门，思量具诉。果到一处，宫殿巍峨，中坐尊官。我进见，自陈姓名，将生平修善不报之事一一诉知，且责神无灵。神笑曰：'汝行善行恶，我所知也。汝穷困无子，非我所知，亦非我所司。'问何神所司。曰：'素大王。'我心知李者理也，素者数也，因求神送至素王处一问。神曰：'素王尊严，非如我处无人拦门者。我正有事要与素王商办，汝可随行。'少顷，闻呼驺声①，所从吏役皆整齐严肃。行至半途，见相随有沥血者，曰'受冤未报'，有嚼齿者，曰'逆党未除'，有美妇人而拉丑男者，曰'夫妇错配'。最后有一人，衮冕玉带，状若帝王，貌伟然而衣履尽湿，曰：'我周昭王也，我家祖宗自后稷、公刘，积德累仁，我祖父文、武、成、康，圣贤相继，何以一传至我，而依例南征，无故为楚人溺死？幸有勇士辛游靡长臂多力，曳我尸起，归葬成周，否则徒为江鱼所吞矣！后虽有齐侯小白，藉端一问，亦不过虚应故事，草草完结。如此奇冤，二千年来，绝无报应。望神替一查。’李王唯唯。馀鬼闻之，纷纷然俱有怒色。钟方悟世事不平者，尚有许大冤抑，如我贫困，固是小事，气为之平。行少顷，闻途中喝道而至[②]，曰：‘素王来。’李王迎上，各在舆中交谈，始而絮语，继而忿争，哓哓不可辨[③]。再后两神下车，挥拳相殴。李渐不胜，群鬼从而助之，我亦奋身相救，终不能胜。李神怒云：‘汝等从我上奏玉皇，听候处分。’随即腾云而起，二神俱不见，少顷俱下。云中有霞帔而宫装者[④]，二仙女相随来，手持金尊玉杯，传诏曰：‘玉帝管三十六天事，无暇听些些小讼。今赐二神天酒一尊，共十杯，有能多饮者，便直其事[⑤]。’李神大喜，自称‘我量素佳’，踊跃持饮。至三杯，便捧腹欲吐。素神饮毕七杯，尚无醉色。仙女曰：‘汝等勿行，且俟我复命后再行。’须臾又下，颁玉帝诏云：‘理不胜数，自古皆然。观此酒量，汝等便该明晓。要知世上凡一切神鬼圣贤、英雄才子、时花美女、珠玉锦绣、名画法书，或得宠逢时，或遭凶受劫。素王掌管七分，李王掌管三分。素王因量大故，往往饮醉，颠倒乱行。我三十六天日食星陨，尚被素王把持擅权，我不能作主，而况李王乎？然毕竟李王能饮三杯，则人心天理、美恶是非，终有三分公道，直到万古千秋，绵绵不断。钟某阳数虽绝，而此中消息，非到世间晓谕一番，则以后告状者愈多。故且开恩，增寿一纪[6]，放他还阳，此后永不为例。'" 钟听毕还魂，又十二年乃死。常语人云："李王貌清雅，如世所塑文昌神。素王貌陋，团团浑浑，望去耳目口鼻，不甚分明。从者诸人，大概相似。千百人中，亦颇有美秀可爱者，其党亦不甚推尊也。" 钟本名护，自此乃改名悟。

注释

①驺 zōu：这里指马队车驾。

②喝道：封建时代官员出行，仪仗前列导引传呼，令行人回避，称为"喝道"。

③哓 xiāo 哓：吵嚷。

④霞帔：贵族妇女礼服的一部分，类似披肩。

⑤直：以……为有理。

⑥一纪：岁星(木星)绕地球一周约需十二年，所以古代称十二年为一纪。

译文

常州有个叫钟悟的举人，一生做好事，可直到晚年也没有儿子，而且缺吃少穿，因此闷闷不乐。钟悟病危时，对妻子说："我死后，千万别把我放进棺中，我有不平之事，要向阎王申诉，或许有灵验，也说不定。" 随后气绝而死，但胸口尚有余温。妻子听从他的话，停尸等待。

死后三日，钟悟果然复活，说："我死后到了阴间，所看到的来来往往的百姓，和阳间一样。听说有个李大王，负责赏善罚恶的事。我请人带我到他的衙门中，一路上思量着准备告状。果然到了一个地方，宫殿雄伟高大，殿里坐着一位大官。我进殿求见，做了自我介绍，把平生行善却没有好报的情况一一说与他，接着抱怨神明不灵验。神笑着说：'你行善还是行恶，我都知道。你穷困，没有儿子，我不知道，这也不是我该管的。'我问他这该由哪个神管。神说：'素大王。'我心知，李其实就是理，素其实就是数，于是求他把我送到素大王那里去询问。神说：'素王威严，不像我这儿没人拦你进门。不过我正好有事要去和素王商量，你可以跟我一起去。'一会儿，就听到车马声，李王的随从人员都穿戴整齐，表情严肃。走到半路，见跟在后面的人群中，有流着血的人，说'受了冤枉，没有平反'；有咬牙切齿的人，说'奸党尚未消灭'；有美妇人拉着丑男子，说'夫妇错配了'。最后面有一人，龙袍皇冠，束着玉带，样子像是帝王，相貌伟岸却浑身湿透，说：'我是周昭王。我家祖宗从后稷、公刘以来，代代积累仁德，我祖辈文王、武王、成王、康王，接连都是圣贤。为何一传到我，按惯例南巡，无缘无故地被楚人淹死？幸亏有勇士辛游靡，手长力大，捞起我的尸体，运回洛邑安葬。否则，我就白白地被江中大鱼吞掉了。虽然后来有齐桓公借故问过此事，也不过是随口提起旧话，还是草草了事。如此重大的冤情，两千年来一点儿报应也没有。望神替我查一查。’李王连声答应。其他鬼听了周昭王的事，个个面带怒色。我这才知道，世间不公平的事情中，还有这么大的冤枉，而像我贫穷无子，实在是小事，于是因此消了气。又走了一会儿，听到路上有喝道的人来了，说：‘素王驾到！’李王上前迎接，两人各自坐在车上交谈起来。开始是小声说话，接着争吵起来，闹哄哄地听不明白。再后来，两个神下了车，挥拳打起来。李王渐渐招架不住，众鬼上去帮他，我也挺身前去相救，结果还是打不过素王。李王发怒道：‘你们等我到玉皇大帝那儿上诉去，听候判决。’随即腾云飞升，二神都不见了。不一会儿，二神又都下来。云中还有两位披着彩衣、身穿宫装的仙女随同，拿着金樽玉杯，传旨说：‘玉帝管着三十六重天的大事，没时间听区区小案。现在赐二位神王天酒一樽，共十杯，谁喝得多，此案谁就胜诉。’李神大喜，自称‘酒量向来很好’，忙拿过杯子就喝，不料喝到第三杯，便捧着肚子想吐。素王喝了七杯，还没有醉意。仙女说：‘你等别走，且等我回复玉帝后再走。’很快，仙女又颁下玉帝诏书说：‘理不胜数，自古就是如此。看看两位神王的酒量，你们就该明了。要知道世上所有一应神鬼圣贤、英雄才子、鲜花美女、珠玉锦绣、名画法帖，有的碰上机会得宠了，有的遭厄运受灾难。素王掌管其中的七分，李王掌管其中三分。素王凭着酒量大，往往喝多了，于是颠倒是非，乱下判决。我三十六重天的日食星陨等事，尚且被素王专门把持着，连我也做不了主，何况李王呢？然而，毕竟李王还能饮三杯，所以良心天理、美恶是非，到底还有三分公道，直到万古千秋，不断保持这种状态。钟某阳寿虽已告终，但刚才说的这些情况，如果不到阳间去宣扬一番，那么以后来告状的人会越来越多。所以暂且开恩，增加他十二年寿命，放他还阳，但下不为例。'”钟悟听完诏书，便还了魂。又过十二年才去世。他常对人说：“李王眉清目秀，如同世间所塑的文昌神。素王外貌丑陋，糊糊涂涂，看上去耳目口鼻不怎么分明。跟从他们的下属，也大致相似。千百人当中，也多有貌美可爱的，只是其同伙不怎么尊重他们。”钟举人本来名叫护，自此以后才改名叫悟。

李香君荐卷[①]

吾友杨潮观，字宏度，无锡人，以孝廉授河南固始县知县。乾隆壬申乡试[②]，杨为同考官[③]。阅卷毕，将发榜矣，搜落卷为加批焉。倦而假寐[④]，梦有女子，年三十许，淡妆，面目疏秀，短身，青绀裙[⑤]，乌巾束额，如江南人仪态，揭帐低语曰："拜托使君，桂花香一卷，千万留心相助。"杨惊醒，告同考官，皆笑曰："此噩梦也。焉有榜将发而可以荐卷者乎？"杨亦以为然。偶阅一落卷，表联有"杏花时节桂花香"之句，盖壬申二月表题[⑥]，即谢开科事也。杨大惊，加意翻阅，表颇华赡，五策尤详明，真饱学者，以时艺不甚佳[⑦]，故置之孙山外。杨既感梦兆，又难直告主司，欲荐未荐，方徘徊间，适正主试钱少司农东麓先生，嫌进呈策通场未得佳者，命各房搜索。杨喜，即以桂花香卷荐上。钱公如得至宝，取中八十三名。拆卷填榜，乃商丘老贡生侯元标[⑧]，其祖侯朝宗也。方疑女子来托者，即李香君。杨自以得见香君，夸于人前，以为奇事。

注释

①荐卷：科举考试中推荐的试卷。

②乡试：明清两代，秀才每三年一次在各省省城参

加的考试，考中者称举人。

③同考官：明清乡试、会试中协同主考、总裁阅卷的官员。

④假寐：和衣打盹。

⑤绀 gàn：深青透红色。

⑥表题：指科举考试中的表章文体的试题。

⑦时艺：即时文、八股文。

⑧贡生：指科举时代，考选府、州、县秀才，送到国子监学习的人。

译文

我的朋友杨潮观，字宏度，无锡人，以举人资格做河南固始县的县官。乾隆十七年乡试，杨潮观任同考官。阅卷完毕，即将发榜，潮观将落选的试卷汇集起来，再加批阅。一会儿困倦了，他打着盹，便做了一个梦。梦中有一女子，三十来岁，淡妆，眉清目秀，身材小巧，青红裙，黑头巾束着额头，像是江南人的举止。她掀开帐子，对杨潮观低声说道："拜托长官，烦请千万留心帮助有'桂花香'句的那张卷子。"杨潮观惊醒后，把这件事告诉其他考官。他们都笑着说："这不过是个噩梦罢了。哪里有即将发榜了，还来推荐试卷的道理？"杨潮观也觉得大家说得对。可是，他碰巧就看到一份落选试卷，表文中有"杏花时节桂花香'的联语。因为本年二月乡试的表章试题，即是感谢恩科开考的事情。杨潮观大吃一惊，用心审阅，见谢表写得华美富丽，而五道策论尤其翔实明晰，确实是饱学之士，只是因为八股文写得不太好，所以名落孙山。杨潮观一方面觉得这试卷应了梦里的预兆，另一方面又难向主考直接说明，想推荐又难以推荐。正在犹豫不决的当儿，恰好主考少司农钱东麓先生嫌录取的试卷中策论全场没有好的，要求各房考官再行搜选。杨潮观大喜，就将“桂花香”的卷子推荐上去。钱主考看后，如获至宝，录取为第八十三名。等到拆开试卷填写榜名时，才知道考生乃是商丘的老贡生侯元标，他祖上是侯朝宗。杨潮观这才猜测那个托梦荐卷的女子便是李香君。潮观自以为能够见到李香君，所以常在人前夸说此事，以此作为他的传奇故事。

卷四

替鬼做媒

江浦南乡有女张氏，嫁陈某，七年而寡。日食不周，改适张姓[①]。张亦丧妻七年，作媒者以为天缘巧合。婚甫半月，张之前夫附魂妻身曰：“汝太无良，竟不替我守节，转嫁庸奴！”以手自批其颊[②]。张家人为烧纸钱，再三劝慰，作厉如故。未几，张之前妻又附魂于其夫之身，骂曰：“汝太薄情，但知有新人，不知有旧人！”亦以手自击撞。举家惊惶。适其时原作媒者秦某在旁，戏曰：“我从前既替活人作媒，我今日何妨替死鬼作媒！陈某既在此索妻，汝又在此索夫，何不彼此交配而退，则阴间不寂寞，而两家活夫妻亦平安矣！何必在此吵闹耶？”张面作羞缩状，曰：“我亦有此意，但我貌丑，未知陈某肯要我否？我不便自言。先生既有此好意，即求先生一说何如？”秦乃向两处通陈，俱唯唯。忽又笑曰：“此事极好，但我辈虽鬼，不可野合，为群鬼所轻。必须媒人替我剪纸人作舆从[③]，具锣鼓音乐，摆酒席，送合欢杯，使男女二人成礼而退，我辈才去。”张家如其言。从此两人之身安然无恙。乡邻哄传某村替鬼做媒，替鬼做亲。

注释

①适：嫁给。

②批：手击。

③舆从：车马随从。

译文

南京江浦县的南乡有个张氏女子，嫁给陈某为妻。七年以后，张氏成了寡妇。由于难以维持生计，改嫁给张某为妻。而张某的妻子也死了七年，媒人觉得这是天缘巧合。不料结婚才半个月，但前夫的鬼魂附在她身上说："你太狠心，竟然不替我守节，改嫁给一个无用的奴才。"说着，便打自己的耳光。张某家人为陈某烧纸钱，再三劝说安慰，但还是闹鬼。没过多久，张某前妻的鬼魂也附在张某的身上，骂道："你太薄情，只晓得有新人，不晓得有旧人。"同样自己击打自己。全家人因此惶恐不安。恰好这时候，原来做媒人的秦某在一旁，于是开玩笑说："我从前既然替活人做媒，那么今日何妨替死鬼做媒呢！陈某既然在这里追讨妻子，你又在这里追讨丈夫，为何你俩不配成一对而离开呢？如此，则你俩在阴间不冷清，而两家活着的夫妻也平安了。何必在这里大吵大闹的？"张某的鬼妻听后，脸上露出难为情的样子，说："我也有这个意思，但我长得丑，不知陈某肯不肯要我？我不好意思自己开口。先生既然有这番好意，就烦请先生替我说媒，怎么样？”秦某就给两人所附的鬼魂讲明道理，双方都连声答应。忽然，二鬼又笑着说：“这件事很好，只是我们虽然是鬼，也不愿私通，以免被群鬼轻视。必须媒人替我俩剪纸人充作婚嫁的轿夫随从，摆列好锣鼓音乐，办酒席，送合欢酒，让我俩举行完婚礼再离开。这样我们才肯回阴间去。”张家人都按照要求办了。从此，张女与张某两人安然无恙。乡里邻居争相传说某村某某替鬼做媒，某人家替鬼做亲。

三斗汉

三斗汉者，粤之鄙人也[①]。其饭须三斗粟乃饱，人故呼为三斗汉。身长一丈，围抱不周，须虬面黑，乞食于市，所得莫能果腹。一日，之惠州，戏于提督军门外，双手挈二石狮去。提督召之，则仍双挈石狮而来。提督命五牛曳横木于前，三斗汉挽其后，用鞭鞭牛，牛奋欲奔，终不能移尺寸。提督奇其力，赏食马粮，使入伍学武。乃跪求云："小人食需三斗粟，愿倍其粮。"提督许之。习武有年，驰马辄坠，箭发不中，乃改步卒。郁郁不得志而归。游于潮州。值潮之东门修湘子桥，桥梁石长三丈馀，宽厚皆尺五。众工构天架，数十人挽之，莫能上。三斗汉从旁笑曰："如许众人，赪面汗背[②]，犹不能升一条石块耶？"众怒其妄，命试之。遂登架独挽而上，众股栗[③]。桥洞故有百数，辛卯年圮其三[④]。郡丞范公捐俸倡修[⑤]，见此人能独挽巨石，费省工速，遂命尽挽其馀。赏钱数十千，不一月食尽，去，莫知所之。或云饿死于澄江。

注释

①鄙人：指居住在郊野的人。

②赪 chēng 面：这里指因用力而涨红了脸。

③栗：通“慄”，发抖。

④圮pǐ：坍塌。

⑤郡丞：副郡守。郡守是郡的长官，主一郡之政事。

译文

三斗汉，是广东乡下人。他吃饭要三斗粮食才饱，人们因此叫他“三斗汉”。此人身高一丈，腰粗得一人抱不过来，络腮胡子，乌黑面皮，在街上讨饭，讨得的食物终究填不饱肚子。一天，三斗汉来到惠州，在提督军门外戏耍，双手提起一对石狮子，扬长而去。提督派人召唤他，三斗汉仍又提着两只石狮子回来。提督命人将五头牛套在一根横木前，叫三斗汉挽住这根横木，同时派人鞭打牛。牛奋力想往前奔，可就是动不了半步。提督惊讶于三斗汉的力气，赏给他马匹军粮，让他加入军队学习武艺。于是三斗汉跪在提督面前恳求说：“小人一顿饭要吃三斗粮，望大人颁发双倍口粮。”提督同意了。他学了几年武艺却不行，骑上马一跑就掉下来，射箭又射不中靶子，只好改做步兵。三斗汉郁郁不得志，就退伍了，在潮州游荡。恰逢潮州东门修湘子桥，桥梁石料有三丈多长，宽与厚各一尺五寸，民工们搭好高架，几十个人拖拽石梁，可就是上不了架。三斗汉在旁笑着说：“这么多人，涨红了脸，汗流浃背，还拖不上一条石块吗？”众人听了很恼火，觉得他口出狂言，就叫他试试。于是三斗汉就花自托着石梁登上了架子，众人见状，吓得腿直抖。湘子桥的桥洞原本有百来个，辛卯年有三个桥洞坍塌了。地方副长官范公捐出自己的俸禄，倡议修桥，见三斗汉能独力搬运巨石，既省费用，进度又快，于是就让他把剩余的石料都搬了。搬完后，给了他几万钱。没到一个月，三斗汉吃光了这些钱，离开潮州，不知下落。有人说，他后来在澄江饿死了。

叶生妻

桐城邑西牛栏铺界叶生，笔耕糊口，父兄业农。乾隆癸卯春，佃其族人田于牌门庄，阖室移居于是。其妻年十八，素端重寡言，忽发颠慢骂[①]，其音不一，惟骂“李某丧绝天良，毁我辈十人冢，盖造房屋，好生受用，将我等骸骨践踏污秽！”叶生不解，询邻老，始知房主李某于康熙时平坟架屋，事实有之。乃诘其妻云：“平坟做屋，实李某事，于我何干？”妻答云：“当时李某气焰甚高，我等忍气不言，多出游避之。今看尔家运低，故在此泄忿。”骂音中惟此厉声者最恶，其九音偶尔相间，亦略平和。生许以拆屋培冢。答云：“屋有主人，尔不能擅拆，盍往商量？”生奔请李姓来，其妻引至堂西两正屋内，指示曰：“此二椁也，此四坟也，其牖旁乃二女坟[②]，我坟在床后墙下。”李问：“尔何人？”答云：“我阮姓孚名，年二十二，前明正德间儒生。读书白鹤观，戏习道教，竟成羽士。偶为贪色，逾墙被辱，自缢葬此。十人中惟我受践踏污秽更苦，故我纠合伊等同来。”李云：“汝骨在何处？”答曰：“正中一冢，掘下三尺，见棺黑色者是我也。”李踌躇不敢掘。鬼骂不息。远近观者络绎而至，有问必答。或烧纸钱求之，其九鬼亦从旁劝解，音皆自其妻口中出。缢鬼骂曰："汝等九个赌贼，得受叶家纸钱，彼此赶老羊快活[3]，便来劝我么！"自是九鬼无声，惟缢鬼独闹。生请羽士禳解，属塾师陈某作荐送文。鬼大笑曰："不通之极，某故事用错[4]，某处文词鄙俗。况送我文，当求我，不应以威胁我。"塾师惭赧[5]，唯唯而已。道士诵经略错，必加切责。生之戚有程氏者，家素丰，方到门，鬼曰："富翁来矣，当备好茶。"章孝廉甫与生有姻，将到，鬼曰："文星至矣，求为我作墓志。"章口占一律赠之曰："当年底事竟投缳[6]，遗体飘零瘗此间[7]。茅屋妄成将拆去，高封误毁已培还。从兹独乐安黄壤，还望垂怜放翠鬟。他日超升借法力，直排阊阖列仙班[8]。"鬼谢曰："蒙奖太过。乎有风流罪过，安能排阊阖列仙班乎？惟五六二语见教极是，吾遵命去矣。"临去，呼叶生字告之曰："吾不受道士忏悔，受文人忏悔，亦未忘结习故也。尔盍镌诗墓石，以光泉壤？"生妻瞑目无言，越一日乃醒。

注释

①慢骂：同"谩骂"。

②牖 yǒu：窗户。

③赶老羊：一种赌输赢的游戏。以骰子六枚掷之，除去相同者三枚，视余下骰子点数之多少而定胜负。省称"赶羊"。

④故事：典故。

⑤赧 nǎn：因羞愧而脸红。

⑥底事：何事。投缳 huán：自缢。

⑦瘗 yì：埋葬。

⑧阊阖：传说中的天门。

译文

桐城城西的牛栏铺地界，有个叶生，靠卖文糊口。他的父亲和哥哥都务农为生。乾隆四十八年春天，他们在牌门庄租了一片本家的田耕种，全家也就迁居到那里。叶生的妻子十八岁，平常举止端庄、沉默寡言。一天，她忽然发狂乱骂，而且骂人的口音还不止一个人，但都骂的是："李某丧尽天良，毁了我们十个人的坟，去建造房屋，现在李某住得快活，却将我们的尸骨都践踏污秽了。"叶生不知怎么回事，询问邻居家的老人，才知道他现在住的房子，原是房主李某在康熙年间建造的，李某确实有平坟造房的事情。叶生便责问附在妻子身上的鬼说："平坟造房子，实际上是李某干的，跟我家有什么干系？"那鬼回答："当时李某气焰嚣张，我们忍气吞声，大都出去躲避。现在看你家运势低落，所以到这里发泄怨恨。"骂声中要数这个人的语气最凶恶，其他九个人的语音偶尔掺和着，也稍微平和些。叶生答应把这房子拆了，重新培土修坟。鬼魂回答说："这屋子有房东在，你不能擅自拆屋，何不去和房东商量？"叶生赶忙请来李家人。叶妻带他们到了堂屋西边的两间正房里，指给大家看，说："这里原有两口棺材，这里原有四座坟，窗子旁边是两个女鬼的坟，我的坟在床后的墙根下。"李房东问："你是什么人？"鬼魂答道："我叫阮孚，二十二岁，是明朝正德年间的儒生。我曾在白鹤观读书，随便学了点道教的东西，不料后来竟当了道士。因为偶然间贪迷女色，爬墙头时被人发觉，羞辱毒打了一顿，因此上吊自尽，葬在这里。十座坟中，只有我遭到的践踏和污秽最厉害，受苦最深，所以我纠集他们一起来算账。"李房东问："你的尸骨在什么地方？"回答道："在正中一座坟里，往地下挖大概三尺，看见有个黑色的棺材，就是我的。"房东犹豫了，不敢挖土。那鬼骂个不停。远近听说这事的人，陆陆续续都来围观。凡是有人问叶妻从前的事，附在她身上的鬼魂都会回答。叶家人就烧起纸钱，请求阮孚他们不要来闹鬼，其他九个鬼果然也在旁劝解阮孚，这些劝解的话都借叶妻口中说出来。阮孚骂道："你们这九个赌鬼，拿了叶家的纸钱，只知道一起赌博寻快活，没些正经，还好意思来劝我？"于是，九个鬼哑口无言，只剩下这个吊死鬼拼命闹腾。叶生请来道士，作法驱鬼，又嘱托私塾先生陈某写了送鬼文。阮鬼见了大笑道："这篇文章不通到了极点，有的地方典故用错了，有的地方文辞粗俗。何况想要送走我的文章，应当用请求我的语气写，不应当威胁我。"私塾陈先生被说得羞愧难当，面红耳赤，连连称是。道士诵念经文稍有差错，阮鬼必会加以斥责。叶生有个姓程的亲戚，家境富裕，刚到叶家门口，阮鬼就说："富翁来了，赶快准备好茶。"举人章甫和叶生是姻亲，快到叶家时，鬼又说："文曲星来了，请他替我写篇墓志。"章甫当即口头作了一首律诗赠给阮鬼，大意是："当年你为何竟要上吊自尽，埋葬此地只落得遗体飘零。因选错位置房屋将要拆掉，已修好因失误所毁坏的坟茔。从此你在黄泉下顺心快乐，还望可怜叶生妻放她安宁。凭你的能力日后定然超度，直接在天上仙班中留姓名。"阮鬼感谢说："承蒙过分夸奖。我阮孚犯有风流罪过，哪能奢望会名列仙班啊？只有第五、六两句，指教得极有道理。我应当遵从你说的，离开这里。"临走时，阮鬼敬称叶生的字，对他说："我不接受道士的忏悔经，却接受文人的忏悔诗，也是因为我毕竟不能除去文人的习气。你何不把章举人的诗刻在我墓碑上，让我在九泉之下蓬荜生辉？"说到这里，叶生的妻子闭上眼安静下来。过了一天，她就恢复正常了。

雷诛营卒

乾隆三年二月间，雷震死一营卒。卒素无恶迹，人咸怪之。有同营老卒告于众曰：“某顷已改行为善。二十年前披甲时[①]，曾有一事，我因同为班卒，稔知之[②]。某将军猎皋亭山下，某立帐房于路旁。薄暮，有小尼过帐外。见前后无人，拉入行奸。尼再四抵拦，遗其裤而逸。某追半里许，尼避入一田家。某怅怅而返。尼所避之家，仅一少妇，一小儿，其夫外出佣工。见尼入，拒之。尼语之故，哀求假宿。妇怜而许之，借以己裤。尼约以三日后当来归还，未明即去。夫归，脱垢衣欲换，妇启箧求之不得[③]，而己裤故在，因悟前仓卒中，误以夫裤借去，方自咎未言。而小儿在旁曰：‘昨夜和尚来穿去耳。’夫疑之，细叩踪迹，儿具告和尚夜来哀求阿娘，如何留宿，如何借裤，如何带黑出门。妇力辩是尼非僧。夫不信，始以詈骂[④]，继加捶楚，遍告邻佑[⑤]。邻佑以事在昏夜，各推不知。妇不胜其冤，竟缢死。次早，其夫启门，见女尼持裤来还，并篮贮糕饵为谢。其子指以告父曰：‘此即前夜借宿之和尚也。’夫悔痛，杖其子，毙于妇柩前，己亦自缢。邻里以经官不无多累，相与殡殓，寝其事[⑥]。次冬，将军又猎其地，土人有言之者。余虽心识为某卒，而事既寝息，遂不复言。曾密语某，某亦心动，自是改行为善，冀以盖愆[7]，而不虞天诛之必不可逭也[8]。”

注释

①披甲：从军。

②稔 rěn：熟悉。

③箧：这里指小衣箱。

④詈 lì 骂：责骂。

⑤邻佑：亦作“邻右”。邻居。

⑥寝：平息。

⑦愆 qiān：罪过。

⑧逭 huàn：逃避。

译文

乾隆三年的二月份，雷震死了兵营里的一个卒子。这个士兵平日没见做什么坏事，大家都为此感到意外。这时，有位和这卒子同营的老兵，把有关的事告诉了大家：“这个士兵现在已经弃恶从善了。可是，在他二十年前刚当兵的时候，曾做过一件坏事。我因为与他同在一个班，所以熟知此事详情。一次，某将军在皋亭山下打猎，我们就在山路边搭起了帐篷。傍晚，有个小尼姑经过帐篷外。他见前后无人，就将小尼姑拉进帐中，企图强暴。小尼姑拼命反抗，最终丢了裤子逃去。他追了约半里路，小尼姑逃进一户庄稼人家里。他这才懊丧地返回兵营。小尼姑所躲的那户人家，家中只有一个少妇和一个小男孩，丈夫外出打工去了。农妇见小尼姑来，开始不肯让她进门。小尼姑哭诉了刚才发生的事，哀求借宿一晚。农妇觉得可怜，就答应了，还把自己的裤子借给她。小尼姑约定三天后一定归还衣服，第二天天还没亮，小尼姑就离开农家。农妇的丈夫回到家中，脱掉脏衣服想换干净的，农妇打开衣箱，找不到丈夫的裤子，却看到自己的裤子还在，才明白是昨夜慌忙中竟把丈夫的裤子借给了小尼姑，她暗自责备没有明言。这时，小男孩却在一旁说道：'昨夜有个和尚穿走了裤子。'丈夫怀疑起来，仔细盘问事情原委。儿子一五一十地说，和尚昨夜来哀求阿妈，怎么留宿的，怎么借裤子的，怎么天没亮就出门的。农妇极力分辩，说借宿的是尼姑，不是和尚。丈夫不相信，开始责骂，接着动手打。农妇把这事告诉左右四邻，请求帮助，邻居觉得事情发生在夜里，各自推说不知此事。农妇受不了冤枉，竟然上吊自尽了。次日早上，丈夫开门，见小尼姑拿着裤子来还，还盛了一篮糕饼做谢礼。小男孩指着小尼姑对父亲说：'这就是前夜借宿的和尚。'丈夫听后悲痛欲绝，拿起棍子猛打孩子，打死在妻子的灵柩前，然后自己也上了吊。邻居们害怕此事经过官府会招来牵连，就一起出钱安葬完事。第二年冬天，将军又到皋亭山下打猎，当地人有说起这件事的。我心里知道这是兵友干的，不过事情已经过去，也就没再多说。我曾悄悄地把这事告诉过这个士兵，他也很吃惊，从此改恶从善，希望以此遮蔽自己的罪过。却不料老天必定要惩罚他，不管怎样，也无法逃避过去。”

卷五

某侍郎异梦

乾隆二十年，某侍郎督视黄河[①]，驻扎陶庄。岁除夕矣，侍郎素勤，骑匹马，跟从者四人，持悬火巡河[②]。行冰淖中，一望黄茅白苇，自觉凄然。见草中有支布帐而露烛光者，召问，则主簿某也。侍郎爱其勤，大加夸奖。主簿请曰："大人除夕至此，夜已三鼓，天寒风紧，回馆尚远。某有度岁酒肴，献上一醉，何如？"侍郎笑而受之。饮数觞，仍归公馆[③]。倦，解衣卧，梦中依旧骑马看河，觉所行处便非前境。最后黄沙茫茫，行二里许，有火光出庐舍间。就之，老妪迎门，细视，即其亡母太夫人也。见侍郎惊曰："汝何至此？"侍郎告以奉命看河之故。太夫人曰："此非人间。汝既来，如何能归？"侍郎方悟太夫人已亡，己身已死，遂大哭。太夫人曰："河西有老和尚，法力甚大，吾带汝往求之。"侍郎随行至一庙，庄严如王者居，南面坐一老僧，闭目无言。侍郎跪阶下，再拜，僧不为礼。侍郎问："我奉天子命看河，因何至此？"僧又无言。侍郎怒曰："我为天子大臣，纵有罪当死，亦须示我，使我心服，何嘿嘿如哑羊耶？"老僧笑曰："汝杀人多矣，禄折尽矣，尚何问为？"侍郎曰："我杀人虽多，皆国法应诛之人，非我罪也。"僧曰："汝当日办案时，果只知有国法乎？抑贪图迎合、固宠迁官乎？”取案上如意，直指其心，侍郎觉冷气一条，直逼五脏，心趌趌然跳不止④，汗如雨下，惶悚不能言。良久，曰：“某知罪矣。嗣后改过，何如？”僧曰：“汝非改过之人，今日恰非汝寿尽之日。”顾左右沙弥云：“领他出，放他归。”沙弥同行昏黑中，开其拳，出一小珠，光照黄河工次一段，直至陶庄公馆，历历如白昼。太夫人迎来，泣曰：“儿虽归，不久即来，无多时别也。”遂依原路归，及门，下马而醒，日已午矣。众河员贺节盈门，疑侍郎最勤，何以元旦不起。侍郎亦不肯明言其故。是年四月，病呕血，竟以不起。此事裘文达公为余言。

注释

①侍郎：古代官名。清雍正时，升至正二品，与尚书同为各部的堂官。

②悬火：可以手提的灯火。也称提灯。

③公馆：这里指做官时寓居的住所。

④趌jié趌：跳动的样子。

译文

乾隆二十年，某侍郎视察黄河，驻扎在陶庄。年逢除夕，侍郎向来勤勉尽职，骑着马，带了四个随从，手持提灯，在黄河边上巡视。他们走在一片冰封的泥淖地带，一眼望去，全是枯黄的茅草、灰白的芦苇，自己不禁觉得冷落凄凉。忽然，他看到苇草中支着一顶布帐篷，里面还有烛光透出来，派随从前去查问，原来是某主簿在守夜。侍郎很欣赏主簿的勤勉，大加夸奖。主簿也邀请侍郎说："大人在除夕之夜还到这里巡视，现在已经是三更天了，天寒风紧，回公馆还要走很远。我这里正备有过年的酒菜，请大人痛饮一杯怎么样？"侍郎笑着答应了。他喝了几杯酒，仍旧回到公馆，顿时一阵倦意袭来，便解衣而睡。睡梦中依旧骑马巡河，只是觉得所到之处已不是原先走过的地方。后面都是茫茫的黄沙地，走了二里多路，终于看见前面有房舍，还亮着灯。侍郎向房子走去，有位老太太来开门，仔细一看，竟是自己的亡母。太夫人见了侍郎，吃惊地说："你怎么到这儿来了？"侍郎告诉她自己是奉命巡河而来。太夫人说："这里不是人间，你既然来了，如何能回阳间去呢？"侍郎这才明白，母亲已死，自己也死了，于是大哭起来。太夫人说："河西有个老和尚，法力高强，我带你去求他帮忙。"侍郎跟着母亲而行，来到一座寺庙。庙宇庄严肃穆，像是帝王居住的地方。庙中有位老和尚面朝南坐着，闭着双眼，一言不发。侍郎跪在台阶下，拜了两拜，老和尚不还礼。侍郎问："我奉天子的命令巡河，怎么会到阴间来呢？"老和尚还是不说话。侍郎忍不住发怒说："我身为天子的大臣，即使有罪当死，也该让我知道自己所犯的罪行，使我心服，您为什么一言不发，像只哑巴羊呢？"老和尚笑着对侍郎说："你杀的人太多，已经折尽你的寿命，还有什么可问的？”侍郎说：“我杀人虽多，但所杀的都是按国法应当问斩的犯人，不是我的罪过。”和尚说：“你当时办案时，果真只知道有国法吗？还是贪图晋升，迎合上司的意图；草菅人命，以便和上司套牢关系，升官发财呢？”说着，老和尚拿起桌子上的一柄如意，直指侍郎心口。侍郎顿觉有一股冷气直逼五脏，心咚咚地跳个不停，汗如雨下，惊慌得说不出话来。过了好久，侍郎才说：“我知罪了。今后改正过错，可以吗？”和尚说：“你不是一个肯改过自新的人。不过今天恰好不是你的死期。”转脸对两旁的小和尚说：“领他出去，放他还阳！”侍郎和小和尚一起走在黑夜中，小和尚摊开手心，掌中有一颗小珠子，珠光照亮了一段黄河工地，直照到陶庄公馆，亮得如同白天一样。太夫人迎上来，哭着说：“孩儿虽然暂时回到阳间，可是不久又会来的，分别不会多久。”于是侍郎按原路返回公馆，到门口下马时，梦醒了。这时已经是大年初一的中午。众多的河道官员来公馆门前贺岁，都疑惑侍郎平日是最勤劳的人，怎么大年初一到这时候还没睡醒。侍郎也不肯说明其中的原因。当年四月，他得病吐血，果然因病而终。这个故事是裘文达先生讲给我听的。

卷六

人同

喀尔喀有兽，似猴非猴，中国人呼为“人同”①，番人呼为“噶里”②。往往窥探穹庐③，乞人饮食，或乞取小刀烟具之属，被人呼喝，即弃而走。有某将军畜养之，唤使莝豆樵汲等事④，颇能服役。居一年，将军任满归。人同立马前，泪下如雨，相从十馀里，麾之不去⑤。将军曰：“汝之不能从我至中国，犹我之不能从汝居此土也。汝送我可止矣！”人同悲鸣而去，犹屡回头仰视云。

注释

①中国：中原。

②番人：这里指当地的少数民族。

③穹庐：古代游牧民族居住的毡帐。

④莝cuò：铡草（喂马）。豆：借指食物，这里指做饭。

⑤麾：挥手（让人离开）。

译文

内蒙古的喀尔喀有种野兽，像猴子又不是猴子，中原人叫它“人同”，当地人称它“噶里”。这种野兽常常到帐篷里探看，向人讨吃的；有时讨要小刀、烟具之类的东西，被人大喝一声，马上丢了东西就逃。有个将军养了一头人同，使唤它做铡草料、做饭、砍柴、打水等事情，它很能吃苦。居住一年后，将军任期已满，准备回老家，人同立在将军的马前，泪如雨下，跟从将军走了十多里路。将军赶它回去，人同不肯离开。将军说："你不能跟我到中原去，就好比我不能跟你久住在喀尔喀一样。你送我送到这里就行了，你回去吧！"人同听完将军的话，悲鸣着离开了，还不时回头仰望将军的背影。

缚山魈[1]

湖州孙叶飞先生，掌教云南，素豪于饮。中秋夕，招诸生饮于乐志堂。月色大明，忽几上有声，如大石崩压之状。正愕视间，门外有怪，头戴红纬帽[2]，黑瘦如猴，颈下绿毛茸茸然，以一足跳跃而至。见诸客方饮，大笑去，声如裂竹。人皆指为山魈，不敢近前，伺其所往，则闯入右首厨房。厨者醉卧床上，山魈揭帐视之，又笑不止。众大呼，厨人惊醒，见怪，即持木棍殴击。山魈亦伸臂作攫搏状。厨夫素勇，手抱怪腰，同滚地上。众人各持刀棍来助，斫之不入。棍击良久，渐渐缩小，面目模糊，变一肉团。乃以绳捆于柱，拟天明将投之江。至鸡鸣时，又复几上有极大声响，急往视之，怪已不见。地上遗纬帽一顶，乃书院生徒朱某之物。方知院中秀才往往失帽，皆此怪所窃。而此怪好戴纬帽，亦不可解。

注释

①山魈 xiāo：一种狒狒之类的动物。古代传说以为山怪。

②纬帽：清代的一种凉帽。无帽檐，用竹或藤作胎，面料用纱。清代作为礼帽的红缨帽，在夏秋季即以纬帽做成。

译文

湖州人孙叶飞先生，在云南做教官，酒量一向很大。中秋之夜，他招来学生，在乐志堂喝酒赏月。当晚月光皎洁，忽然，众人听见靠边的桌子上一声巨响，好像大石块砸在上面的情形。正当众人惊奇地来察看的时候，门外出现了个妖怪，头戴红缨帽，像猴子一样又黑又瘦，脖子下长着茸茸的绿毛，用一只脚跳跃进来。妖怪看见众人正在喝酒，便哈哈大笑着离开了，笑声如同竹子裂开的声音。大家都说这是山魈，没有人敢靠近它，偷偷观察它往哪儿去，见它闯进了右边的厨房。厨师已喝醉了，睡在床上；山魈揭开帐子看着他，笑个不停。众人在房外大喊大叫，厨师被惊醒了，看见妖怪，拿起木棍就打。山魈也伸出双臂搏斗。这厨师向来勇猛，抱住山魈的腰，在地上滚打。大伙儿各自拿着刀棍来帮助厨师，可是刀砍不进山魈的身体。就用棍棒打了很长时间，山魈的身子渐渐缩小，面部五官变得模糊，最后变成一个肉团。众人就用绳子将怪物捆在柱子上，准备天亮之后把它扔到江里。到了鸡鸣时分，大家又听见桌子上一声巨响，赶忙来察看山魈的动静，不料那怪物已逃走了。地上留下一顶红缨帽，一看，原来是书院里学生朱某的。众人这才明白，平时书院里秀才们常常丢失礼帽，都是被这怪物偷去的。不过山魈竟然喜欢戴红缨帽，还是让人难以理解。

祭雷文

黄湘舟云，渠田邻某有子，生十五岁，被雷震死。其父作文祭雷云："雷之神，谁敢侮？雷之击，谁敢阻？虽然，我有一言问雷祖：说是我儿今生孽，我儿今年才十五。说是我儿前世孽，何不使他今世不出土？雷公雷公作何语？"祭毕，写其文于黄纸，焚之。忽又霹雳一声，其子活矣。

译文

黄湘舟说，和他家田地挨着的一户人家的儿子，才十五岁，被雷打死了。这位父亲作了一篇祭雷的文章，文章写道："雷公之神，谁敢侮辱？雷来劈击，谁敢拦阻？不过，我有句话请问雷祖：要说是我儿今世作孽，可我儿子今年才十五。若说是我儿前世作孽，为何早不让他不出娘肚？雷公雷公你有什么话请吐露？"祭告完，他把祭文写到黄纸上，然后焚烧。忽地里又一声巨雷响，他儿子竟然活了过来。

怪　风

凉州大靖营，有松山者，在沙碛中[①]，古战场也。将军搭思哈，因公领兵过其处，白草黄云，一望无际。忽见一山，高千仞[②]，中有火星万点，蔽日而来，声若雷霆，人马失色。哈大惊，谓是山移。俄而渐近，不及回避，乃同下马，闭目据地，互相抱持。顷之，天地如墨，人人滚地，马亦翻倒。良久始定，麾下三十六人满面皆血[③]，石子嵌入面皮，深者半寸。回望高山，已在数十里之外。日暮，抵大靖营，告总兵马成龙[④]。马笑曰："此风怪，非山移也。若山移，公等死矣。此等风，塞外至冬，常常有之，不伤性命。但公等为沙石所击，从此尽成麻面，年貌册又须另造矣。"

注释

①沙碛 qì：沙石地，沙漠。

②仞：古代长度单位。七尺为一仞。一说，八尺为一仞。

③麾下：部下。

④总兵：明清时统领一方军务的武官职位。总兵所辖者为镇，故而也称总镇。

译文

甘肃凉州的大靖营，附近有座松山，四周全是沙石地，原是古时候的战场。有位叫搭思哈的将军，因公务率领士兵经过松山。一眼望去，天上黄云，沙中白草，无边无际。忽见前面有座千仞高山，山中溅出万点火星，正遮天蔽日地移过来，发出的声音如响雷一般。见此情景，人和战马都吓慌了神。搭思哈大吃一惊，以为是山在运动。不一会儿，这座山逼近了部队，已来不及躲开。于是，全体人员下马，闭上眼睛，蹲在地上，互相抓牢。顷刻之间，天地墨黑一片，人人滚翻在地，战马也被掀翻。过了好久才重见天光。搭思哈将军部下三十六人，个个满脸是血，有不少还被石子嵌进面皮，深的有半寸。回头再看那座高山，已在几十里开外。傍晚，部队抵达大靖营。将军把途中遇到的事向总兵马成龙汇报。马成龙听后，笑着说：“这是风怪，不是山移。要真是山体移动，你们早就死了。这种怪风，在塞外的冬天常常会遇到，不至于伤害人的性命。不过，你们三十六人被石子打伤，从此都成了麻脸，原先的年龄外貌登记簿又得重新造册了。”

卷七

李倬

李倬者，福建人，乾隆庚午贡生。赴京乡试，路过仪征。有并舟行者，自称姓王名经，河南洛阳县人，赴试京师，资费不足，求李挈带，李许之。同舟，言笑甚欢。出所作制艺，亦颇清雅，惟篇幅稍短耳。与其食，必撒饭于地；每举碗，但嗅其气，无一粒纳喉者。李疑而憎之。王似解意，谢曰[①]："某染膈症，致有此累，幸毋相恶。"既至京师，将赁寓所，王长跪请曰[②]："公毋畏，我非人也，乃河南洛阳生员，有才学，当拔贡，为督学某受赃黜落，愤激而亡。今将报仇于京师，非公不能带往。入京城时，恐城门神阻我，需公低声三呼我名，方能入。"其所称督学某，即李之座师。李大骇，拒之。鬼曰："公党师拒我，我行且祟公。"李无奈何，如其言。舍馆定，即往谒座主。其家方环泣，声达户外。座主出曰："老夫有爱子，生十九年矣，聪明美貌，为吾宗之秀。前夜忽得疯疾，疾尤奇，持刀不杀他人，专杀老夫。医者莫名其病，奈何！"李心知其故，请曰："待门生入视郎君。"言未毕，其子在内笑曰："吾恩人至矣！吾当谢之，然亦不能解我事也。"李入室握郎君手，语移时，旁人不解，更骇愕，都来问李。李告之故。于是举家跪李前，求为关说。李谓其子曰：

"君过矣！君以被黜之故，气忿身死，毕竟非吾师杀君也。今若杀其郎君，绝其血食，殊非以直报怨之道[3]。况吾与君有香火情，独不为我地乎？"其子语塞，瞋目曰："公语诚是。然汝师当日得赃三千，岂能安享？吾败之而去足矣！"手指曰："某室有玉瓶价值若干，为我取来！"至则掷而碎之。又手指曰："某箱内有貂裘数领，价值若干，为我取来！"至则举火焚之。事毕，大笑曰："吾无恨矣！为汝赦老奴。"拱手作去状，其子霍然病已。李是年登第，行至德州，见王君复至，则前驱巍峨，冠带尊严，曰："上帝以我报仇甚直，命我为德州城隍。尚有求于吾子者，德州城隍为妖所凭，篡位血食垂二十年[4]。我到任时，彼必抗拒。吾已选神兵三千，与妖决战。公今夜闻刀剑声，切勿谛视，恐有所伤。邪不胜正，彼自败去，但非公作一碑记晓谕居民，恐四方未必崇奉我也。公将来爵禄，亦自非凡。与公诀矣！"言毕拜谢，垂泪而去。是夜，闻城内外兵马喧然，至五鼓始息。李诘朝往城隍庙焚香作记[5]，其道士已磨墨相待，云："昨夜大王到任，托梦贫道，教相迎也。"李为镌石立碑，今犹存德州大东门外。

注释

①谢：道歉。

②长跪：直身而跪，以示肃敬。

③以直报怨：用正直之道对待有怨恨的人。

④垂：将近。

⑤诘朝：天亮。

译文

福建人李倬，是乾隆十五年的贡生。他去京城参加乡试时，路过仪征。另一条船上有个自称姓王名经的，是河南洛阳县人，也去京城赶考，因为路费不够，请求李倬带他同船进京，李倬答应了。于是二人一路，有说有笑，十分欢快。王经拿出自己的文章，李倬看了，觉得写得也很清雅，只是篇幅稍嫌短小而已。李倬和他吃饭时，他总是把饭撒在地上；每次端起碗，只是闻一闻气味，一粒米也不入口。李倬心中疑惑，有点讨厌他。王经似乎明白李倬的心思，道歉说："我染了膈膜病，所以才有这样的麻烦，请你不要嫌弃我。"到了京城之后，李倬准备租一间住房，王经直身跪求说："你不要害怕，我不是人。我原是河南洛阳的秀才，有点才学，应当被选为贡生，由于某督学受贿，使我落选，我气愤而死。现在，我要在京城报仇，没有你携带我，我就进不了京城。进京城时，我担心城门神会拦住我，需要你低声叫三次我的名字，我才能够进城。"而王经所说的某督学，正是李倬的老师。李倬十分害怕，便拒绝他。王鬼说："你偏袒你的老师，拒绝我，那么就别怪我马上祸害你！"李倬没办法，只得照他的话去做。在客店住下后，李倬随即去拜访老师。老师家人正围在一起哭，哭声直传到门外。老师出来，对李倬说："老夫有一个可爱的儿子，十九岁了，聪明俊秀，是我们家族里的好苗儿。前夜他忽然得了疯病，病得很奇特，拿刀不杀别人，专要杀我。医生也说不出他的病因，如何是好？"李倬知道其中的缘故，请示道："让学生进去看看公子吧。"话还没说完，督学儿子在里屋笑着说："我的恩人到了！我应该感谢他，不过他也不能解决我的问题。"李倬进了内室，握住公子的手，谈了一会儿，别人不明白他们谈什么，更加害怕，都来问李倬。李倬就把事情的缘由说开了。于是，全家人都跪在李倬面前，求李倬说情。李倬对督学儿子说："这是你的不对了！你因为落选的缘故，气愤而死，但毕竟不是我老师杀死你的。现在，你如果杀了他的儿子，让他断子绝孙，这一点也不是书上说的用正直之道对待有怨恨的人。何况，我与你有结交朋友的情谊，你就不替我设身处地想一想吗？"公子一时哑口无言，接着瞪着眼说："你的话确实有道理！可是，你老师当日得到的三千两赃款，怎么能安心享用呢？我要毁了这些东西再走，才泄我心头之恨！"他指着说："某个房间里有一只玉瓶，价值若干，为我取来！"家人拿来了玉瓶，他就将玉瓶摔碎在地。又指着说："某只箱子里有几件貂皮大衣，价值若干，为我取来！"家人拿来貂皮大衣，他就一把火烧了大衣。做完这些事，王鬼大笑说："我无遗恨了！为了你，我饶了那老奴才。"说罢，拱手作揖，做离别的样子，督学儿子的病立刻就好了。李倬在这一年考中了举人，路经德州，看见王经又来了。这一回，他前面有威风八面的随从喝道，自己穿戴整齐，神情尊贵严肃，对李倬说："因为上帝见我报仇很公正，任命我为德州城隍。我尚有一事恳求您：德州城隍的位置现被妖怪占据着，他篡夺神位，享受人间的祭祀，快有二十年了。我到任时，他一定会抗拒。我已经挑选三千名神兵，准备与妖怪决战。你今夜听到刀剑打斗的声音，千万别去看，恐怕会受伤。邪恶胜不了正义，妖怪自然会败走。只是若没有你写一篇碑记，让人们们都知道这件事，恐怕四方的百姓未必敬奉我。你将来的爵位和俸禄，也不同凡响。我这里和你永别了！"说完，王经拜谢李倬，流泪而去。当夜，李倬果然听到城内外兵马厮杀喧闹的声音，到五更时分才平息下来。第二天早上，李倬前往城隍庙烧香写碑记。庙里的道士早已磨好墨，等着他，说道："昨天晚上，新城隍神到任，托梦给贫道，叫我一早迎接你。"李倬于是写好碑文，刻石立碑。至今这块碑还立在德州城的大东门外。

陈姓父幼子壮

扬州陈山农，世业骡马。行年五十馀，病卧，见少年骑马自外入，掌其颈，遂昏迷，被少年提至马上，疾驰出门。陈号呼，莫有救者。至郊外，少年掷之于地，曰："速来，吾先行候汝。"复以掌击其股，乃驰去。陈心迟疑，而两足不觉前进，其行如飞，亦不甚倦。惟所穿履觉易败，败则道旁有织履者为易之，易毕即行，了不通问，问亦不答。腹馁甚[①]，见市中肴馔，试取食之，亦无禁。约行三昼夜，见道旁去思碑题名[②]，知已入陕西咸阳城矣。及郭门，少年在焉，叱曰："来何迟？累人三日痛楚！"即导入城，止一家门外。少年入复出，曳其裾至户内。见妇人辗转床上，若甚痛迫者。少年挈其领足，投妇人身。陈昏昏若入深岩中，腥秽满鼻，目不见天光，心窘甚。逾时，见小隙微明，并力踊跃，豁然而堕，闻耳边多作贺声曰："得一佳儿！"陈更骇异，亟欲言而口已噤，因大呼。男妇满前，都无所闻。徐自审其声，若甚小者，更摩视其耳目四肢，无不小矣，悟曰："吾其投胎复生乎？"乃张目四顾，有老妪曰："是儿目光焰焰，岂妖耶？再视当杀之。"陈惧，即瞑其目。自是沉沉若愚，胸中一切哀愁愤惋之心，叫呼啼哭。旁人便抱乳之，全不解其意。

渐久习惯，亦不复作前世想矣。至六岁，稍稍能言。其父行贾江南归[③]，以绢绐其母曰[④]："此物不易得，在江南值数十金。"母珍之，置枕函间。陈偶取玩视，母以父言禁之。陈笑曰："父妄耳。此濮院䌷[⑤]，不数金可得。"父大惊，固问之。陈垂涕，具道所以，且曰："吾来时，生儿方十数岁，今当成人，名某，家住某里。父至江南，可访也。"父颔之。明年，至扬州，果得其子，语以故。子亦以贸易故，欣然偕来。相见之下，略不相识。子鬑鬑有须[⑥]，而父犹孩也。道家事如平生，且言："某某欠债未还，某处有积金三百，存为汝婚，宜归取之。"言讫唏嘘。子不胜悲，归访之，其言皆验。后十馀年，陈年壮，继父业来江南，访其故居。前生子已死，家事凋落，皤然老妻抚孤孙独存。陈不胜感慨，留三百金，为前生妻治后事，具杯酒浇其前世墓而去。

注释

①馁：饥饿。

②去思碑：地方士民表达对离职官吏的怀念而刻的碑。

③行贾：在外地做生意。

④绐：哄骗。

⑤䌷chóu：粗绸。用废茧残丝纺织成的织物，如今天的绵绸。

⑥鬑 lián 鬑：须发稀疏的样子。

译文

扬州人陈山农，世代以经营骡马为业。五十多岁时，他生病歇着，看见一个少年骑着马，从门外进来。少年拍打他的脖子，他就昏迷了，被少年提上马，飞奔出门而去。陈山农大声呼号，却没有人来搭救。到了郊外，少年将他扔在地上，说："快来，我先走，在前面等你。"又拍打他的腿，然后骑马走了。陈山农心中疑惑，但两只脚却不由自主地前进，行走如飞，也不感到很累。只是他发觉所穿的鞋子容易破，但破了就有路边织鞋子的人给他换上新的。换完鞋，他立即继续赶路。招呼也不打一声，他要是问别人，别人也不回答。他觉得很饿，看见集市上有饭菜，试着拿来吃，也没人阻拦。大约走了三天三夜，陈山农看看路边去思碑上的题字，知道已经进了陕西咸阳城。到了城门口，少年已经在那里，呵斥道："怎么迟到了？害我受了三天的苦！"随即带着山农进城，在一户人家的门外停下来。少年进去以后又出来，拽着陈山农的下襟，将他拉进室内，只见一个妇人在床上扭动着，好像非常疼痛。少年抓住陈山农的脖子和脚，把他扔进那妇人的身体里。山农昏昏沉沉，好像处在一个很深的岩洞中，满鼻子是难闻的腥味，看不见天光，心里非常紧张。过了一会儿，他看见一个缝隙，稍微有点光亮，就极力往前冲，豁的一下，他掉了下来，只听见耳边有许多祝贺的声音说："得了一个好儿子！"山农更加觉得惊异，急忙想说话，但就是发不出声音，于是大喊。他面前虽然男男女女围了一群，可是谁都听不见。慢慢地，山农仔细听听自己的声音，好像很小，再摸摸、看看自己的耳朵、眼睛和四肢，没有一样不又细又小。他恍然大悟说："难道我投胎转世了吗？"于是睁开眼四处观望，见有个老太婆说："这孩子目光逼人，难道是妖怪吗？再这样看，就该杀了他。"山农很害怕，立即闭上眼睛。从此，他昏昏沉沉，像个呆子，心中满是哀愁苦恨，不停地叫喊啼哭。一旁的人就抱他去吃奶，根本不理解他的意思。时间一长，他渐渐习惯了，也不再想前世的事情。到了六岁，陈山农稍微会说话。他的父亲从江南做生意回来，将一匹绢给他的母亲，开玩笑骗她说："这种东西不容易得到，在江南值几十两银子呢。"陈母十分珍视，将绢放在枕套里。山农偶尔将绢取出来玩，母亲因为陈父说过这绢贵重，不让山农碰。山农笑着说："父亲是乱说的。这不过是濮院绸子，用不了几两银子就能买到。"陈父大吃一惊，再三问山农怎么知道这些事。陈山农便哭着详细说明原委，并说："我来这里的时候，我儿子才十几岁，现在他应当成人了，叫陈某，住在某某地方。父亲到江南去的时候，可以打听一下。"陈父点头答应了。来年，陈父到扬州，果然找到了山农前一世的儿子，就将这些事告诉了他。这儿子也因为做买卖的机会，高兴地跟着陈父来到咸阳。陈山农与亲生儿子见了面，一点儿也认不出。儿子已经有了稀疏的胡须，而父亲还是个小孩子。陈山农叙述家事，历历如在眼前，并且说："某某欠我的债还没有还，某个地方有我攒着的三百两银子，我储蓄着，是为了给你今后结婚用，你回家后应该取出来。"说完，陈山农长吁短叹。他的儿子非常悲伤，回家后一一查访，陈山农的话果然都是真的。十多年过后，陈山农长大了，继承了父亲的事业，来江南做生意，并且探访他本人前世的住处。这时，他前世的儿子陈某已经死了，家境也破落不堪，只有他白发苍苍的老妻独自抚养着孙儿。陈山农感慨万分，留下三百两银子，供他前世的妻子料理后事，又备了一杯酒，浇在他本人前世的坟墓上。而后，才离开了。

纣之值殿将军

天台僧智果，好游。山行迷路，至大石洞，坐一道者，萝衣薜裳[①]。僧跪而请曰："某幸遇仙人，愿受教。"道者曰："予人也，非仙也，子来胡为[②]？"僧曰："某入山已数日，腹枵甚[③]，敢有云浆之请[④]。"道者曰："子姑待，吾往后山觅之。"去有顷，携一物来，状轮囷而色鲜白[⑤]。道者破之，自吸其浆，以其馀授僧曰："此千年茯苓也[⑥]。"因令僧坐，问："岳飞将军安否？秦桧死否？"僧曰："此宋朝事也。今易代数百年，为大清矣。"因告以《宋史》所载岳事颠末。道者惨然曰："岳将军终不免乎！"遂大哭曰："吾姓周名通，岳将军麾下小将也。当秦桧以金牌召岳时，我知有难，遂逃于此，食灵草得不死。我师教勿出洞，出洞即死。汝宜速出，迟恐无及。"僧惧，拜辞而行。路甚纡曲，备历险阻。忽望崖上坐一巨人，长丈馀，遍体绿毛如翠锦。骇而奔还，告道者。道者曰："此予师商高，纣王之值殿将军也。为飞廉、恶来所谮[⑦]，避居此山，性好食野兽，故其状与人异。子往拜祈，兼可问商代事。"僧故蠢野，无所记忆，见巨人礼拜毕，便问纣宠妲己事。巨人曰："汝误矣。妲者，商宫女官之称；己、戊者，女官之行次。女官非止一人也，汝所问何妃？"僧不能答，又问文王受命事。曰："吾不知文王为何人，或是西方诸侯姬昌耶？其人事纣甚恭，并无称王之事。"因问："汝所问者，何人告汝？"曰书上云云。巨人问："何物为书？"僧手作书状示之。巨人笑曰："我当时尚无此物。"言毕，以一臂搂僧，行如飞，置之平地，拱手而别，已在天台郊外矣。

注释

①薜bì裳：用薜荔的叶子制成的裙衣。薜荔是一种藤本植物。

②胡为：意谓做什么。胡，什么。为，做。

③枵xiāo：饥饿。

④云浆：仙酒。

⑤轮囷qūn：盘曲的样子。

⑥茯苓：寄生在松树根上的菌类植物，形状像甘薯，外皮黑褐色，里面白色或粉红色，可以入药。

⑦谮zèn：谗毁；诬陷。

译文

天台山的智果和尚喜欢游山玩水。一次，他在山里迷了路，走到一个大石洞前，见里面坐着一个道士，上身穿女萝，下身着薜荔。智果跪在地上，诚恳地说："我有幸遇到仙人，愿接受您的教诲。"道士说："我是人，不是仙。你来干什么？"智果说："我进山已经好几天了，肚子很饿，想请您给我一点仙酒。”道士说：“你暂且等一会儿，我到后山去找找。”他去了一会儿，带来了一个东西，形状盘曲，颜色鲜白。道士破开它，自己吸掉了里面的浆汁，把剩下的给智果，说：“这是千年的茯苓。”于是叫智果坐下，问道：“岳飞将军还好吗？秦桧死了没有？”智果说：“这是宋朝的事啊。如今已经换了几个朝代，过去几百年，是大清朝了。”智果就跟他说了《宋史》上记载的岳飞事情的始末。道士听后，凄惨地说：“岳将军还是没能免除灾祸呀！”就大哭起来，又说：“我叫周通，是岳将军的部下小将。当年，秦桧用金牌召岳将军时，我就知道岳将军有难，于是逃到这里，因为吃了仙草，所以能长生。我师父叫我不要出山洞，出洞就死。你最好赶快走，迟了恐怕就来不及了。”智果很害怕，拜别他，走出山洞。山路迂回曲折，智果历尽艰难险阻。忽然，他望见悬崖上坐着一个巨人，有一丈多高，浑身长满绿毛，像翠绿的锦衣。智果吓得飞奔返回，告诉了道士。道士说：“这是我的师父商高，他是商纣王宫殿里的轮值将军。因为被飞廉和恶来所诬陷，就躲到这座山里隐居。他生性喜欢捕食野兽，所以他的模样和平常人不同。你去求见他，还可以问问商朝的历史呢。”智果原本愚讷质朴，知道的也不多，看见了那个巨人，向他行完礼，就问起纣王宠幸妲己的事。巨人说：“你错了。所谓妲，是商朝宫廷中女官的称呼；所谓己、戊，则是女官的排列次序。女官不止一个人，不知你问的是哪个妃子？”智果答不上来，又问周文王接受天命的事。巨人说：“我不知道文王是什么人，你是说西方诸侯姬昌吧？这个人侍奉纣王非常恭敬忠诚，并没有称文王的事。”接着，巨人就问智果和尚：“你所问的这些事，是谁告诉你的？”智果说，是书上讲的如何如何。巨人又问：“什么叫书？”智果就用手比划着书的形状，给巨人看。巨人笑着说：“我们当时还没有这种东西呢。”说完，巨人用一条胳臂搂起智果，行走如飞，把智果放在平地上，拱手告别了。智果一看，已经到了天台县的郊外了。

卷八

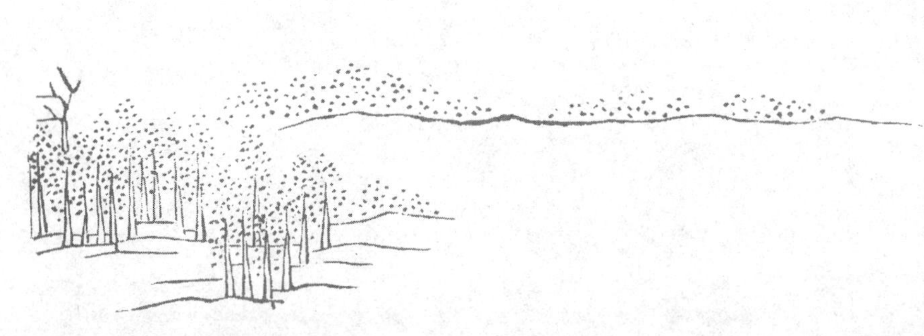

鬼乖乖

金陵葛某，嗜酒而豪，逢人必狎侮之。清明，与友四五人游雨花台，台旁有败棺，露见红裙。同人戏曰："汝逢人必狎，敢狎此棺中物乎？"葛笑曰："何妨！"往棺前以手招曰："乖乖吃酒。"如是者再。群客服其胆，大笑而散。葛暮归家，背有黑影尾之，声啾啾曰："乖乖来吃酒。"葛知为鬼，虑避之则气先馁[1]，乃向后招呼曰："鬼乖乖随我来！"径往酒店，上楼，置一酒壶、两杯，向黑影酬劝。旁人无所见，疑有痴疾，听其所为。其饮良久，乃脱帽置几上，谓黑影曰："我下楼小便，即来奉陪。"黑影者首肯之。葛急趋出归家。酒保见客去遗帽，遂窃取之，是夕为鬼缠绕，口喃喃不绝，天明自缢。店主人笑曰："认帽不认貌，乖乖不乖！"

注释

①馁：丧失勇气。

译文

南京人葛某喜欢喝酒，为人豪放，见了人，一定要开玩笑，戏弄人家。清明节，他和四五个朋友去雨花台游玩。雨花台旁边有一口腐烂的棺材，往外露出一角红裙子。同行的朋友见状，也跟葛某开玩笑，说："你见人就搞恶作剧，那你敢不敢跟这棺材里的东西开玩笑呢？"葛某笑着说："不妨事！"就走到棺材前，招手说道："乖乖，请喝酒。"这样说了好几遍。大家都佩服他的胆量，大笑着散去。傍晚，葛某回家，发觉背后有个黑影尾随着，听见一个凄切尖细的声音说："乖乖来喝酒。"葛某知道是鬼，思量着如果躲避它，那么自己就先输了气势，于是向后招呼说："鬼乖乖，随我来！"边说边径直来到一家酒店，上了楼，他要了一个酒壶，两只杯子，对着黑影劝酒。旁边的人什么也看不见，怀疑他有精神病，就听任他独自向对面劝酒。喝了好长时间，葛某脱下帽子，放在矮桌上，对黑影说："我下楼小解，马上就回来陪你。"那黑影点头答应。葛某抓住这个机会，急急忙忙跑出酒楼，回了家。酒店的伙计见有客人离开后丢了帽子，就偷偷拿来自己戴。当夜，这伙计被鬼缠身，嘴里唧唧哝哝说个不停，到天亮，他就上吊自尽了。后来，店主人苦笑着说："黑影只认帽子不认样子，说是鬼乖乖，一点也不乖！"

吕城无关庙

吕城五十里内无关庙①。相传城为吕蒙所筑，至今蒙为土地。一造关庙，每夜必有兵戈角斗声，以故相戒勿立关庙也。有以卜卦行道者,借宿土神庙中。夜间雷雨作闹,屋瓦皆飞,及旦,不解其故。里人来观,则卜者所肩一布旗上画帝君像也。乃逐之，不许其再宿吕侯庙中。

注释

①吕城：在今江苏丹阳市。

译文

吕城五十里范围以内，没有关帝庙。据说，吕城是三国时东吴的吕蒙修筑的，到现在，吕蒙还是这里的土地神。一旦建造关帝庙，那么每天晚上，就肯定有兵器打斗的声音。因为这个缘故，当地人互相告诫，不建造关帝庙。有个算卦相命的人，在吕城土地庙借宿。当夜，雷雨交加，屋上的瓦片全都飞起来，一直到第二天早晨，这人弄不清究竟怎么回事。当地人赶来一看，原来是因为算卦人肩上插着一面布旗，旗上画的是关帝像。于是，当地人将他赶出去，不许他再借宿在吕侯庙里。

姚剑仙

边桂岩为山盱通判，构屋洪泽堤畔，集宾客觞咏其中。一夕，觥筹正开[①]，有客闯然入，冠履垢敝，辫发毵毵然披拂于耳[②]，叉手揖坐诸客上，饮啖无怍[③]。诸客问名姓。曰："姓姚，号穆云，浙之萧山人。"问何能。笑曰："能戏剑。"口吐铅子一丸，滚掌中成剑，长寸许，火光自剑端出，熠熠如蛇吐舌。诸客悚息，莫敢声。主人虑惊客，再三请收。客谓主人曰："剑不出则已，既出则杀气甚盛，必斩一生物而后能敛。"通判曰："除人外皆可。"姚顾阶下桃树，手指之，白光飞树下，环绕一匝，树仆地无声。口中复吐一丸如前状，与桃树下白光相击，双虬攫拏，直上青天，满堂灯烛尽灭。姚且弄丸，且视诸客。客愈惊惧，有长跪者。姚微笑起曰："毕矣！"以手招两光奔掌内，仍作双丸，吞口中，了无他物，引满大嚼。群客请受业为弟子。姚曰："太平之世，用此何为！吾有剑术，无点金术，故来。"通判赠以百金，居三日去。

注释

①觥筹：酒器和酒令筹。这里指酒席。

②毵 sān 毵：散乱的样子。

③怍：羞愧。

译文

边桂岩是山盱县的通判，他在洪泽湖岸边建了一所房子，会请朋友幕僚来这儿饮酒赋诗。一天晚上，酒席正热热闹闹的时候，忽然闯进一个外地人，帽子和鞋子又脏又破，辫发散乱地披在两耳边。只见他叉手作揖，随即坐在客人们的上首吃喝起来，一点也不难为情。客人们问他姓名，他说："我姓姚，号穆云，是浙江萧山人。"问他有什么本事。他笑着说："我能耍剑。"说着，他从嘴里吐出一枚铅丸，铅丸滚到手掌里，变成了一把剑，剑身一寸来长，有火光从剑顶端喷出，光芒四射，就像蛇在吐芯子。客人们吓得屏住呼吸，没有谁敢出声。边通判担心这会惊扰大家，再三请穆云收起宝剑。穆云对通判说："剑不出来也就罢了，一旦出来，杀气就特别盛，必须斩杀一个活物之后才能收起来。"通判说："除了人以外，别的东西都行！"穆云回头看到台阶下有一棵桃树，就指着桃树，随后一道白光飞到树下，绕树一周，桃树就折倒在地，却连一点砍树的声响也没听到。接着，穆云又从嘴里吐出一枚铅丸，像先前一样，第二支剑带着白光，与桃树下的白光相撞击。这时，只看见两条虬龙彼此扭打着，冲上青天，满屋子的灯烛全被剑气扑灭了。穆云一边玩弄着丸子，一边看着客人。客人们更加惊恐，有的竟挺身跪在地上。穆云微笑着站起来说："表演完了！”便把两道白光招回掌中，仍旧变作两粒铅丸。他将铅丸吞进嘴里，就像并没有含什么东西似的，然后，照样斟满酒，大吃起来。客人们请求他收为徒弟，姚剑仙说：“太平世道，要这些干什么！我有剑术，却没有赚钱术，所以来这儿。”于是，边通判送给他一百两银子。姚剑仙在通判家住了三天才离开。

医肺痈用白术[①]

蒋秀君精医理，宿粤东古庙中。庙多停柩，蒋胆壮，即在柩前看书。夜灯忽绿，柩之前和[②]，훈然落地，一红袍者出，立蒋前曰："君是名医，敢问肺痈可治乎，不可治乎？"曰："可治。"曰："治用何药？"曰："白术。"红袍人大哭曰："然则我当初误死也！"伸手胸前，探出一肺如斗大，脓血淋漓。蒋大惊，持手扇击之。家僮齐来，鬼不见，而柩亦如故。

注释

①肺痈：肺结核之类的疾病。

②前和：棺的前额。方言叫"前和头"。

译文

蒋秀君精通医理，住在广东的一座古庙中。这庙里停放着许多棺材，蒋秀君胆子大，就在棺材前看书。一天晚上，灯火忽然变成绿光，一口棺材的前额，훈的一声掉在地上，里面出来一个穿红袍的人，站在蒋秀君面前问道："你是名医，请问肺结核是有办法治疗呢，还是没得治？"蒋秀君说："可以治疗。"那鬼又问："用什么药治疗呢？"蒋秀君说："用白术。"红袍鬼大

哭起来，说:“既然这样，我当初是误治而死了！”就伸手探进胸腔，取出一片斗大的肺，脓血直淌。蒋秀君大为惊恐,忙用手中扇子挥击。家僮也一齐跑了过来，鬼霎时不见了，而那口棺材依旧完好如初。

卷九

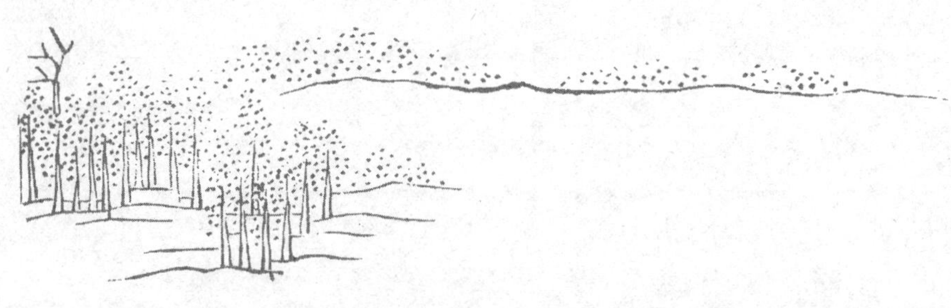

真龙图变假龙图

嘉兴宋某为仙游令，平素峭洁，以包老自命。某村有王监生者[①]，奸佃户之妻，两情相得。嫌其本夫在家，乃贿算命者告其夫，以在家流年不利[②]，必远游他方，才免于难。本夫信之，告王监生，王遂借本钱，令贸易四川。三年不归，村人相传：某佃户被王监生谋死矣。宋素闻此事，欲雪其冤。一日，过某村，有旋风起于轿前。迹之，风从井中出。差人撩井[③]，得男子腐尸，信为某佃，遂拘王监生与佃妻。严刑拷讯，俱自认谋害本夫，置之于法。邑人称为宋龙图，演成戏本，沿村弹唱。又一年，其夫从四川归。甫入城，见戏台上演王监生事，就观之，方知己妻业已冤死，登时大恸，号控于省城。臬司某为之申理[④]，宋令以故勘平人致死抵罪。仙游人为之歌曰："瞎说奸夫害本夫，真龙图变假龙图。寄言人世司民者，莫恃官清胆气粗。"

注释

①监生：旧时在国子监学习的人统称监生。

②流年：旧时算命看相的人称人一年的运气。

③撩 liáo：捞取。

④臬司：省里的司法官。

译文

浙江嘉兴人宋某，任仙游县县令，平常执法严峻廉洁，以包公自居。某村有个王监生，和佃户的妻子通奸，两情相好。佃户的妻子嫌丈夫在家碍手碍脚，就买通算命先生。算命的对她丈夫说："如果你今年待在家里，那么，这一年你的运气都不好。一定要跑得远远的，你才能消灾免祸。"佃户听信算命的话，就把情况告诉王监生。于是王监生借给他本钱，让他到四川去做生意。过了三年，佃户还没回家，村里人都传说他被王监生害死了。宋某以往听说过这件事，很想替佃户报仇。一天，宋县令路过该村，一阵旋风从轿子面前卷过。宋某探寻风的走向，原来风是从一口井里出来的。县令派人下井打捞，发现一具腐烂的男尸。他自认为这就是佃户的尸体，于是逮捕了王监生和佃户的妻子。严刑拷打之下，两人都招认谋杀了佃户。宋县令就按国法将他们处死了。全县百姓无不称赞他是"宋龙图"，并将这事编成剧本，沿着村子到处弹唱。又过了一年，佃户从四川回来。刚进城，就看见戏台上正演着王监生的事，走近一看，才知道自己的妻子已经被冤枉死了，顿时号啕大哭，又哭着去省城告状。省里的司法官受理此案，判决宋县令以故意推断无辜者作案，致其冤死，杀人抵罪。仙游县的人，将这件事编成民谣，说："瞎说奸夫谋害了本夫，真龙图反变成假龙图。劝告世上的父母官们，莫以为官清便胆气粗。"

裹足作俑之报[①]

杭州陆梯霞先生，德行粹然，终身不二色[②]。人或以戏旦、妓女劝酒，先生无喜无愠，随意应酬。有犯小罪求关说者，先生唯唯。当事者重先生所言，无不听。或訾先生自贬风骨，先生笑曰："见米饭落地，拾置几上，心才安，何必定自家吃耶？凡人有心立风骨，便是私心。吾尝奉教于汤潜庵中丞矣。中丞抚苏时，苏州多娼妓，中丞但有劝戒，从无禁捉。语属吏曰：'世间之有娼优，犹世间之有僧尼也。僧尼欺人以求食，娼妓媚人以求食，皆非先王法。然而欧公《本论》一篇，既不能行，则饥寒怨旷之民作何安置？今之虐娼优者，犹北魏之灭沙门、毁佛像也，徒为胥吏生财。不揣其本而齐其末，吾不为也。'"一日者，先生梦皂隶持帖相请，上书"年家眷弟杨继盛拜"。先生笑曰："吾正想见椒山公。"遂行。至一所，宫殿巍然。椒山公乌纱红袍，下阶迎曰："继盛蒙玉帝旨，任满将升，此坐需公。"先生辞曰："我在世间不屑为阳官，故隐居不仕，今安能为阴间官乎？"椒山笑曰："先生真高人，薄城隍而不为。"语未毕，有判官向椒山耳语。椒山曰："此案难判，须奏玉帝再定。"先生问："何案？"曰："南唐李后主裹足案也。后主前世本嵩山净明和尚，转身为江南国主，宫中行乐，以帛裹其妃窈娘足为新月之形，不过一时偶戏。不料相沿成风，世上争为弓鞋小脚，将父母遗体矫揉穿凿，以致量大校小，婆怒其媳，夫憎其妇，男女相贻，恣为淫亵。不但小女儿受无量苦,且有妇人为此事悬梁服卤者。上帝恶后主作俑，故令其生前受宋太宗牵机药之毒，足欲前，头欲后，比女子缠足更苦，苦尽方薨。近已七百年，忏悔满，将还嵩山修道矣。不料又有数十万无足妇人奔走天门，喊冤云：‘张献忠破四川时，截我等足，堆为一山，以足之至小者为山尖。虽我等劫运该死，然何以出乖露丑，一至于此！岂非李王裹足作俑之罪！求上帝严罚李王，我辈目才瞑。’上帝恻然，传谕四海都城隍议罪。文到我处，我判孽由献忠，李后主不能预知，难引重典，请罚李王在冥中织履一百万，偿诸无足妇人，数满，才许还嵩山。奏草虽定，尚未与诸城隍会稿。先生以为何如？”先生曰：“习俗难医，愚民有焚其父母尸以为孝者，便有痛其女子之足以为慈者。事同一例也。”椒山公大笑。先生辞出，醒，竟安然。嗣后椒山公不复来请。寿八十馀，卒。常笑谓夫人曰：“毋为吾女儿裹足，恐害李后主在阴司又多织一双履也！”

注释

①作俑：多指带头做坏事。

②二色：这里指娶妾或有外遇。

译文

杭州陆梯霞先生，德行高尚，从不娶小妾或者搞外遇。有人请来女戏子、妓女给他陪酒，先生既不高兴，也不生气，随便应酬。有人犯了小罪，求他说情通融，他总是答应帮忙。许多官员敬重陆先生，对他的话无不听从。也有人议论陆先生对待歌妓和犯小罪者的态度，是贬低了自己的人格，陆先生笑着说："看见米饭掉在地上，就拾起来放到桌上，这样心才安，又何必定要自己吃下去呢？如果人们刻意追求人格魅力，这便已经起了私心。我曾经受教于汤潜庵巡抚。他出任苏州巡抚时，苏州有很多娼妓。汤巡抚只是劝诫她们，却从不抓捕她们。他曾对属下官员说：'世间有娼妓和女优，犹如世间有和尚和尼姑。和尚尼姑欺骗世人，混口饭吃；娼妓以色相取悦于人，也是求口饭吃。这些都不符合先王法度。然而欧阳修先生的《本论》一文，如今并不能得到实践，那么饥寒交迫、感情空虚的百姓又如何安置呢？所以现在虐待娼妓和女优，就跟北魏时消灭僧人、砸毁佛像一样，只能让贪官污吏乘机捞取一笔。这种做法是不考虑根本而但求治标，我是不做的。'"一天，陆先生梦见有当差的拿着请帖来，上面写着"年家眷弟杨继盛拜"。陆先生笑着说："我正想去拜会明朝的杨椒山先生。"就出发了。来到一个地方，宫殿巍然壮观。椒山先生头戴乌纱，身穿红袍，走下台阶迎接，说道：“继盛承蒙玉帝旨意，任期快满，即将升调别处，请你继任我目前的职位。”陆先生推辞说：“我在阳间尚且不屑做官，所以隐居起来。现在又哪里想做阴间的官呢？”杨继盛笑着说：“先生真是超凡脱俗的人，不屑来做城隍神。”话音未落，有个判官向杨继盛耳边说了几句，杨椒山说：“这件案子难以判决，还是奏请玉帝，再作定夺吧。”陆梯霞问：“什么案子？”杨继盛说：“是南唐李后主裹小脚一案。那李煜前世原是嵩山的净明和尚，转世做了江南的皇帝。他在宫中玩乐，用丝帛将妃子窈娘的脚裹成新月形状，不过是一时的游戏罢了。没想到，全国人沿袭成风，世间女子争相效法，做弓鞋，裹小脚，将父母给的自然形体扭曲变形，以至比较脚大脚小，弄得婆婆不满意媳妇，丈夫不满意妻子，男女以此调笑，放纵戏弄。这种陋习，不但使女孩子遭受无尽的痛苦，而且还导致一些妇女为此悬梁自尽或喝卤水自杀。玉帝厌恶李后主开了这个坏头，所以让他生前受宋太宗的牵机药之毒，脚向前走时，头要往后倒，比女子裹小脚更加痛苦，受尽磨难之后才死。到现在已经七百年了，他已忏悔完，将要回嵩山修道。不料，又有几十万没有脚的妇女，跑到天门喊冤，说：‘张献忠攻破四川后，砍掉我们的脚，堆成一座山，还把最小的脚当作山尖。虽然我们劫数难逃，但为什么要我们出乖露丑到这种地步呢？这难道不是李煜起先裹小脚遗留下的罪过吗？请求玉帝严惩李煜，我们才能瞑目！’玉帝同情她们，传下圣旨，要天下总管城隍的神讨论一下，给李后主定罪量刑。圣旨下到我这里，我认为这罪孽是张献忠造成的，李后主无法预知此事，难以重罪处置，请处罚李后主在阴间织一百万双鞋，补偿那些没脚的妇女，等他如数织完后，再回嵩山。奏章刚刚草拟完，还没有会同其他城隍神商讨。你认为此事如何处理？”陆先生说：“习俗难以根除。既然有百姓认为焚化父母的遗体是孝道，就有百姓认为让女子受裹足之痛是对她们的关怀。这些事情，道理是相同的。”杨继盛先生大笑，陆先生告辞出门。梦在此时便醒了，并没有发生什么意外。此后，杨椒山先生再没有来请陆梯霞。陆梯霞活到八十多岁才逝世。生前，他常笑着对陆夫人说：“不要给我女儿裹脚，恐怕会害李后主在阴间又多织一双鞋子哩！”

蒋太史

蒋太史士铨，官中书时，居京师贾家胡同。十一月十五日，儿子病，与其妻张夫人在一室中分床卧。梦隶人持帖来请，不觉身随之行。至一神庙，入门小憩[①]，见门内所塑泥马，手抚之，马竟动，扬其鬣。隶扶蒋骑上，腾空而行，下视田亩，如棋盘纵横。俄而雨濛濛然，心忧湿衣，仰见红油伞，有一隶擎而覆之。未几，马落一大殿阶下，宏敞如王者居。殿外二井，左扁曰“天堂”，右扁曰“地狱”。蒋望天堂上轩轩大明，地狱则黑深不可测。所随隶亦不复见。殿旁小屋有老妪拥镬炊火[②]。问：“何所煮？”曰：“煮恶人。”开锅盖视之，果皆人头。地狱井边有人衣褴褛，自往投入。妪曰：“此王爷将囚寄狱也。”蒋问：“此非人间乎？”曰：“何必问？见此光景，亦可知矣。”蒋问：“我欲一见王爷，可乎？”曰：“王请君来，自然接见，何必性急？君欲先窥之，亦可。”因取一高足几登蒋[③]，蒋从殿隙窥王。王年三十馀，清瘦微须，冕旒盛服，执笏北向。妪曰：“此上玉帝表也。”王焚香俯伏叩首毕，随闻正门豁然开，召蒋入。蒋趋进，见王服饰尽变，着本朝衣冠，白布缠头，以两束布从两耳拖下，若《三礼图》所画古人免服状[④]。坐定，曰：“冥司事繁，我任满当去，此坐乞公见代。”音似常州武进人。蒋曰：“我母老子幼，事未了，不能来。”王有愠色，曰：“公有才子之名，何不达乃尔！令堂太夫人自有太夫人之寿命，与公何干？尊郎君自有尊郎君之寿命，与公何干？世上事要了就了，要不了便不了。我已将公姓名奏明上帝，无可挽回。”言毕，自掀其椅背蒋坐，若不屑相昵者。蒋亦怒发，取其几上木界尺扑几，厉声曰：“不近人情，何动蛮也！”大喝而醒，觉一灯荧然，身在床上，四肢如冰，汗涔涔透重衾矣。喘息良久，始能起坐，呼夫人告之。夫人大哭。蒋曰：“且住，勿惊太夫人！”因凭几坐，夫人伺焉。漏下四鼓，沉沉睡去，不觉又到冥间。殿宇恰非前处，殿上设五座位，案积如山。四座有人，专空第五座。一吏指告曰：“此公座也。”蒋随行至第三座，视之，本房老师冯静山先生也⑤。急前拱揖。冯披羊皮袍，卸眼镜，欣然曰：“足下来，好，好！此间簿书忙极，非足下助我不可。”蒋曰：“老师亦为此言乎？门生母老子幼，他人不知，老师深知，如何能来！”冯惨然曰：“听足下言，触起我生前心事矣。我虽无父母，而妻少子幼，亦非可来之人。现在阳间妻子，不知作何光景。”言且泣，涕如雨下。少顷，取巾拭泪曰：“事已如此，不必多言。保奏汝者，常州老刘也。本属可笑！汝速归料理身后事。今日已十五，到二十日，是汝上任日也。”拱手作别而醒，窗外鸡已鸣，太夫人亦已闻知，抱持哭矣。蒋素与藩司王公兴吾交好[6]，乃往诀别，且托以身后。王一见，惊曰："汝满面涂锅煤，昨夜大病耶？何鬼气之袭人也！"蒋告以梦。王曰："勿怖，惟礼斗、诵《大悲咒》可以禳之。汝归家如我言，或可免也。"蒋太夫人平时奉斗颇虔，乃重建坛，合家持斋祈祷，兼诵咒语。至期，是冬至节日，诸亲友来贺，环而守之。至三更，蒋见空中飞下轿一乘，旗数竿，舆夫数人，若来迎者。乃诵大悲咒逼之，渐近渐薄，若烟气之消释焉。逾三年，始中进士，入翰林。

注释

①小憩qì：短暂休息。

②镬huò：这里指用来烹人的刑具。

③登：使……登上。

④免wèn服：古代丧服。

⑤本房：科举时代乡、会试考官分房批阅考卷。这里指曾经录取自己的那一房考官。

⑥藩司：明清时布政使的别称。主管一省民政与财务的官员。

译文

太史蒋士铨先前做中书官的时候，住在京城贾家胡同。某年十一月十五日，他儿子生病，他与妻子张氏在一室中分床而卧。蒋先生梦见鬼差拿着帖子来请他，不知不觉就跟着走了。来到一座神庙，进门稍作休息，见庙中有泥塑的马，用手一抚摸，那泥马竟然活了，竖起鬃毛。鬼差把蒋先生扶上马，腾空而行，俯视田野，如同棋盘一样纵横交错着。一会儿，下起濛濛细雨，他担心淋湿衣服，抬头看见一顶红油伞，由一个鬼差为他撑着。不久，泥马降落在一座殿堂的台阶上。那殿堂宽敞宏伟，像是帝王的住所。殿外是两座天井，左边匾额上写着“天堂”，右边的匾额写着“地狱”。蒋太史朝天堂上望去，又宽敞又明亮；再看地狱，则是漆黑一团，深不可测。正望着，跟随的鬼差忽而不见了。殿旁有小屋，一个老婆婆正蹲在大锅边烧火。蒋士铨上前问：“老人家在煮什么？”回答说：“煮恶人。”士铨掀开锅盖一看，里面果然全是人头。这时，地狱天井边有人穿得破破烂烂到来，自己往里边跳入进去。老婆婆说：“这是王爷将囚犯关进地狱的地方。”士铨问：“这里不是人间吗？”老婆婆说：“何必问呢？看看这些情景，也该知道了。”士铨问：“我想拜见一下王爷，可以吗？”老婆婆说：“王爷请你来，自然会接见你，何必性急呢？你如果想先看看，也可以。”于是，她搬来一只高脚凳，让蒋士铨站上去。士铨从殿门的缝隙偷看王爷。那王爷三十多岁，面目清瘦，胡须不多，头戴王冠，身着盛装，手握笏板，面向北站着。老婆婆说：“王爷正在向玉帝启奏事务。”王爷焚香俯身叩完头，士铨随即听见大殿正门豁然打开，传召他进殿。蒋士铨急忙上殿，见王爷的衣服全都换了，穿着清朝服装，头缠白布，有两片布从两耳垂下，好像是《三礼图》中所画的古代丧服的样子。王爷坐定，说：“阴间公务繁忙，我任期已满，即将离职，这个职位还望你来替代。”听他的口音，像是常州武进人。士铨说：“我母亲年迈，孩子还小，家事还没办完，不能来继任。”王爷不大高兴，说：“你有才子的名声，怎么还这样不通达！你母亲自有你母亲的寿命，和你有何关系？令郎自有令郎的寿命，和你有何关系？世上的事，要了断就了断，要不了断便了断不了。我已将你的姓名奏明玉帝，没法挽回了。”说完，王爷转过椅子，背对士铨而坐，一副不屑理睬的样子。蒋士铨也发火了，拿起桌上的木界尺，敲着桌子，大声说：“如此不近人情，怎么动粗了！”正喊着，他就醒了，看着一盏油灯似明似暗，自己躺在床上，四肢冰凉，大汗淋漓，湿透了被褥。喘息了好一会儿，士铨才能坐起，叫来夫人，将梦中的经过告诉了她。夫人大哭起来。士铨说：“别哭，不要惊动母亲！”于是，他靠着桌子坐下，夫人在一旁伺候。到了四更天，蒋士铨昏昏沉沉地睡着了，不觉又来到阴间。这回的房屋却不像前回那样，只见殿上摆了五个座位，案件堆积如山。其中四个座位上已经有人，专门空着第五个座位。一个官吏指着空位对士铨说：“这是您的座位。”蒋士铨跟着官吏走到第三个座位时，一看，坐着的竟是他的老师冯静山先生。蒋士铨急忙拱手作揖。冯静山身披羊皮袍，卸下眼镜，高兴地说："你来了，很好，很好！这里的文书簿册多得让人忙不过来，非得你帮我不可。"蒋士铨说："怎么老师也这么说呢？学生的母亲年迈，孩子还小，别人不知道，老师您最清楚，我怎么能来呢？"冯静山悲伤地说："听你这番话，触动我生前的心事了。虽然我没了父母，但妻子年轻，孩子年幼，我也是不该来阴间的人。现在阳间的妻子和孩子，不知过得怎样了。"说着说着，他便哭起来，泪如雨下。过了一会儿，冯老师拿出手巾擦着眼泪，说："事已如此，不必多说。上奏保举你的，是常州的老刘。本来事情就可笑！你快回去料理后事。今天已经是十五号，到二十号，就是你上任的日子。"接着，二人拱手作别，蒋士铨就醒了。此时，窗外鸡已报晓，蒋士铨的母亲也已经知道这件事，抱着儿子大哭。蒋士铨一向与布政使王兴吾先生要好，就去与王公诀别，并把身后事托付给他。王兴吾一见到蒋士铨，便惊异地说道："你满脸像是抹了一层锅灰，昨夜生了大病吗？怎么满身鬼气袭人啊？"蒋士铨把梦中事告诉了王兴吾。兴吾说："别怕，只有礼拜北斗、念《大悲咒》可以消灾避祸。你回家后照我说的做，也许可以幸免于难。"蒋士铨的母亲平时敬奉北斗很虔诚，于是重新建起神坛，全家吃斋祈祷，还念诵咒语。到了上任期限，正好是冬至日，亲朋好友前来祝贺，团团把蒋士铨围住。

等到夜里三更，士铨看见空中飞下一顶轿子，几竿旗帜，还有几个轿夫，好像是来迎接他的。于是，他念诵《大悲咒》，想逼退鬼差。鬼差越靠越近，却变得越发模糊，最后如同烟气一样消散了。过了三年，蒋士铨才考中进士，选入翰林院。

卷十

禹王碑吞蛇

屠赤文任陕西两当县尉，有厨人张某者，善啖多力，身体修伟，面无左耳。询其故。自言:四川人，三世业猎。家传异书，能抓风嗅鼻，即知所来者为何兽。某幼亦业此，曾猎于邛徕山，其地号阴阳界，阳界尚平敞，阴界尤险峻，人迹罕至。一日，往猎阳界，无所得，遂裹粮入阴界。行五十里许，天已暮，远望十里外高山上，有火光烧来，烛林谷如赤日，怪风狂吹而至。某不知何物，抓风再嗅，书所未载。心大惶恐，急登高树顶上觇之[①]。俄而火光渐近，乃一大石碑，碑首凿猛虎形，光如万炬，燃照数里。碑能踯躅自行，至树下，见有人，忽跃起三四丈，似欲吞啮者，几及我身。我屏息不敢动，碑亦缓缓向西南去。某方幸脱险，俟其去远，将下树矣。忽望见巨蛇千万条，大者身如车轮，小者亦粗如斗，蔽空而来。某自念此身必死于蛇腹，惊惶更甚。不料诸蛇皆腾空冲云而行，离树甚远。我蹲树上，竟无所损。惟一小蛇行少低，向我耳傍擦过。觉痛不可忍，摸之，耳已去矣，血涔涔流下。但见碑尚在前，蹲立火光中不动，凡蛇从碑旁过者，空中辄有脱壳堕下，乱落如万条白练。但闻呿吸喻然有声[②]，少顷，蛇尽不见，碑亦行远。某待至次日，方敢下树，急觅归路，迷不可得。途遇一老人，自称：“此山民也。子所见者，为禹王碑。当年禹王治水至邛徕山，毒蛇阻道，禹王大怒，命庚辰杀蛇，立二碑镇压，誓曰：‘汝他日成神，世世杀蛇，为民除害。’今四千年矣，碑果成神。碑有一大一小，君幸遇其小者，得不死。其大者，出则火燃五里，林木皆灰。二碑俱以蛇为粮，所到处挈以随行，故蛇俯首待食，不暇伤人。子耳际已中蛇毒，出阳界见日则死。”因于衣襟下出药治之，示以归路而别。

注释

①觇：观察。

②呿qū：张口。啖tǎn：众人饮食声。

译文

屠赤文任陕西两当县县尉时，手下有个姓张的厨师，吃得多，力气大，身材魁梧，但左边脸没有耳朵。人们问他没有左耳的缘故，他说道：我是四川人，祖上三代以打猎为生。家里有一部祖上传下来的奇书，照着书中所说，抓把风放在鼻子上一闻，就能判断来的是什么野兽。我小时候也以此为业，曾在邛徕山打猎，山里有个叫阴阳界的地方，阳界还比较平坦，阴界却十分险峻，人迹罕至。一天，我在阳界打猎，一无所获，于是带上干粮进入阴界看看。走了五十多里路，天色已晚，远远望见十里外的高山上火光冲天，朝我这边烧过来，像太阳一样把树林和山谷照得透亮，接着，一阵怪风呼啸着吹来。我不知道眼前将出现什么东西，抓风闻了又闻，却是奇书上没有记载的，心中不由惊恐万分，急忙爬上树顶探察。不一会儿，火光渐渐靠近了，原来是一座大石碑，石碑的上端凿成猛虎形状，光芒四射，好像燃着万枝火炬，照遍方圆数里。石碑能够缓慢地自己向前移动，当移到树下时，发现了我，忽然就跳起三四丈高，好像要吞咬我，几乎碰到我身上。我屏住呼吸不敢动，那石碑也就缓缓向西南方移去。我这才侥幸脱险，等石碑走远了，准备从树上下来。忽然，我望见千万条巨蛇铺天盖地飞来，大的身子如车轮，小的也有斗来粗，它们遮天蔽日地袭来。我寻思这次肯定要葬身蛇腹了，更加恐慌。不料那些蛇全都腾空而行，冲向云端，离树很远。我蹲在树上，竟没有被吃掉。只有一条小蛇飞得稍低，从我耳边擦过。我顿时觉得疼痛难忍，一摸，左耳已没有了，鲜血直流。这时，只看到石碑还在前面，蹲立在火光中，纹丝不动。凡是从石碑旁边经过的蛇，都成了空壳，纷纷从空中落下，如同万条白绸带。我只听见一片吸食蛇肉的声音。过了一会儿，蛇全不见了，石碑也去远了。我一直等到第二天才敢下树，急忙寻找回路，结果迷失了方向。恰好途中遇见一位老人，他自称："我是这里的山民。你昨天见到的是禹王碑。当年大禹治水来到邛徕山，有毒蛇挡道。禹王大怒，命令庚辰杀蛇，又立了两座石碑镇压毒蛇，并告诫石碑：‘你们今后成神，要世世代代杀蛇，为民除害。’至今已经四千年，石碑果然成了神。碑有一大一小，你幸亏遇到小碑，才免一死。如果遇见大碑，它一出来便有大火烧遍方圆五里，树林都化为灰烬。这两座石碑都以蛇为食，所到之处，带着蛇一起走，所以蛇都低头等着被吃，顾不上伤人。你耳朵上已中了蛇毒，到了阳界，一见阳光就会死的。”于是老人从衣襟下取出药，为我治疗，然后给我指明归路，道别离去。

毁陈友谅庙

赵公锡礼，浙之兰溪人。初选竹山令[1]，调繁监利[2]。下车之日，例应谒文庙及城隍神。吏启有某庙者当拈香，公往视，庙有神像三人，雁行坐，俱王者衣冠，状貌颇庄严。问何神，竟无知者。公欲毁其庙。吏不可，曰："神素号显赫，历任官参谒颇肃，毁之恐触神怒，祸且不测。"公归，搜志乘祀典，不载此神。乃择日朝吏民于庙，手铁锁系神颈曳之。神像瑰伟，非掊击不能去，公曳之应手而倒，三像碎于庭中。新其屋宇，改奉关帝，久之，竟无他异。公心终不释，乃行文天师府查之，得报牒云："神系元末伪汉王陈友谅弟兄三人，兵败死鄱阳湖，部曲散去，为立庙荆州。建于元至正某年，毁于国朝雍正某年赵大夫之手，合享血食四百年[3]。"

注释

①竹山：县名，在今湖北竹山县。

②调繁：调任政务繁多的州县。监利：县名，在今湖北省。

③血食：受享祭品。古代杀牲取血以祭，故称。

译文

赵锡礼是浙江兰溪人，起初被任命为竹山县县令，后来调往大县监利县当县官。到任那天，他按照惯例，拜谒孔庙和城隍神。他手下的官吏禀告说，还有某某庙也应该前去焚香祭拜。赵公前往察看，见这庙里有三座神像，并排而坐，都是王者的衣帽装束，神态很庄严。赵公问这是什么神，竟然没有知道的人。赵公打算拆毁这座庙，下属官员不愿照办，说："这座庙里的神，一向名声显赫，历届官员到任，都来参拜，礼节很庄重。拆毁此庙，恐怕会触怒神灵，祸患将无法预料。"赵公回到县衙，搜查方志、史乘、祀典，都没有记载这三位神。于是，赵公挑了个日子，召集官吏和百姓到这庙里。他拿着铁锁链，套住神像的脖子，用力一拽。按道理，这三座神像形体魁伟，很是牢固，必须砸碎，才能搬走；可赵县令这么一拽，那神像就应手而倒。顷刻间，三座神像都摔碎了，碎片散落在庭中。然后，赵公重修庙宇，改为侍奉关帝。过了好长时间，并没有发生什么异常。赵县令心里终究不痛快，便写了文书，到天师府查问神的来历。不久，他得到回文，上写："此庙的神是元朝末年伪汉王陈友谅兄弟三人，他们因兵败死在鄱阳湖。部下也四散逃走。逃到荆州的部将，为陈友谅兄弟建造了庙宇。庙建于元朝至正某年，毁于清朝雍正某年赵大夫之手，总共享受祭祀四百年。"

卷十一

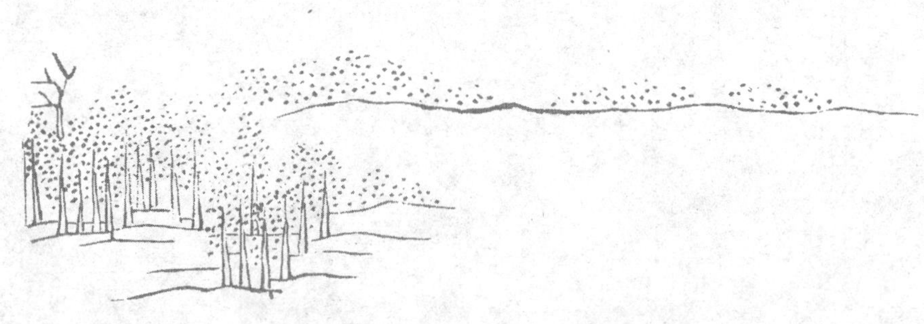

秀民册

丹阳荆某，应童子试，梦至一庙，上坐王者。阶前诸吏捧册立，仪状甚伟。荆指册询吏:“何物？”答曰:“科甲册[①]。”荆欣然曰:“为我一查。”吏曰:“可。”荆生平以鼎元自负[②],首请鼎甲册。遍阅无名，复查进士、孝廉册，皆无名，不觉变色。一吏云:“或在明经秀才册乎[③]？”遍查亦无。荆大笑曰:“此妄耳。以某文学，可魁天下，何患不得一秀才？”欲碎其册。吏曰:“勿怒，尚有秀民册可查。秀民者，皆有文而无禄者也。人间以鼎甲为第一，天上以秀民为第一。此册为宣明王所掌，君可向王请之。”如其言，王于案上出一册，黄金丝穿白玉牒。启第一页，第一名即丹阳荆某。荆大哭。王笑曰:“汝何痴也！汝试数从古有几个名状元、名主试乎？韩文公孙衮中状元，人但知韩文公，不知有衮。罗隐终身不第，至今人知有罗隐。汝当归而求之实学可耳。”荆问:“科第中皆无实学乎？”王曰:“既有文才,又有文福，一代不过数人，如韩、白、欧、苏是也。此其姓名别在紫琼宫上,与汝尤无分也。”荆未对。王拂衣起，高吟曰:“一第区区何足羡，贵人传者古无多。”荆惊醒，怏怏，卒不第以终。

注释

①科甲：汉唐取士设甲乙丙等科，后因通称科举为“科甲”。

②鼎元：科举中状元、榜眼、探花的总称。又称“鼎甲”。

③明经：本是科考的一个门类。明清用作对贡生的尊称。

译文

丹阳人荆某，去考秀才，做梦走进一座寺庙，殿上坐着大王。台阶前众官吏捧着簿册分立两旁，仪仗庄严，气势宏伟。荆某指着簿册询问官吏：“这些都是什么？”一个官吏回答说：“是中榜者的花名册。”荆某高兴地说：“为我查一查吧。”那官吏说：“可以。”荆某一直很自负，认为如果自己参加殿试，准能考中前三名，于是请求先看鼎甲花名册，可查遍了，也不见他的名字。再查进士、举人的花名册，也都没有他。荆某不禁变了脸色。另一位官吏对他说：“或许在贡生、秀才的花名册里呢？”查遍了，还是没有。荆某大笑道：“这些不过是假的。以我的文才，可以天下夺魁，还担心考不上一个秀才吗？”说着，就要撕这些簿册。官吏劝道：“不要动怒，还有秀民册可以查找。所谓秀民，都是有文才却无爵禄的人。人间把鼎甲作为第一，天上把秀民作为第一。秀民册由宣明王掌管，你可以请求宣明王帮忙。”荆某听从他的话，就去问殿上的宣明王。宣明王从案头拿出一本簿册，这簿子用黄金丝线穿连着白玉做的书页。打开第一页，第一名就是丹阳县荆某。荆某不禁放声大哭。宣明王却笑着说：“你怎么这么呆呢！你试着数数，从古到今，有几个出名的状元？又有几个出名的主考官？韩愈的孙子韩衮是状元，后人只知道韩愈的名字，却不知道韩衮的名字。罗隐终生没考取，可是至今人们知道唐代有个罗隐。你还是应该回去，做点实在的学问，不也就行啦。”荆某问：“难道科举及第的人中间，都没有真才实学吗？”宣明王说：“既有文才，又有福气的，一代不过几个人，像韩愈、白居易、欧阳修、苏轼就是。这些人的姓名，另外登记在紫琼宫里，跟你一点缘分都没有！”荆某无言以对。只见宣明王撩起衣襟站起来，高声吟道：“区区功名何必令人羡慕，自古才福双全没有几个。”荆某立刻惊醒了，心里不是滋味。果然，他一辈子科举考试也没考上。

官　癖

相传南阳府有明季太守某，殁于署中。自后其灵不散，每至黎明发点时[①]，必乌纱束带上堂，南向坐。有吏役叩头，犹能颔之，作受拜状。日光大明，始不复见。雍正间，太守乔公到任，闻其事，笑曰：“此有官癖者也。身虽死，不自知其死故耳。我当有以晓之。”乃未黎明，即朝衣冠先上堂南向坐。至发点时，乌纱者远远来，见堂上已有人占坐，不觉赼趄不前[②]，长吁一声而逝。自此怪绝。

注释

①发点：点卯。

②赼趄zījū：想前进又不敢前进。形容疑惧不决，犹豫观望。

译文

相传在明朝末年，南阳府有一位太守死在官署中。从那以后，他阴魂不散，每到黎明点卯的时候，一定头戴乌纱、腰束官带上堂来，朝南坐着。如果有差役向他叩头行礼，他还会点头称许，做接受参见的样子。天光大亮，他才消失不见。到了雍正年间，乔太守到任，听说这件事，不禁笑道：“这是个有官瘾的人。不过是躯体虽然死了，自己还不知道的缘故。我会做点事，让他明白。”于是，乔太守在天还没亮的时候，就穿好官服，先上大堂，面朝南坐在位子上。到升堂点卯的时候，只见那位头戴乌纱帽的鬼魂远远而来，当他看到堂上已有人先占了座位，不禁犹豫起来，不再上前。随后，他长叹一声，消失了。从此，这里公堂闹鬼的怪事就绝迹了。

冤鬼戏台告状

乾隆年间，广东三水县前搭台演戏。一日演包孝肃断乌盆，净方扮孝肃上台坐，见有披发带伤人跪台间，作申冤状。净惊起避之。台下人相与哗然，其声达于县署。县令某着役查问，净以所见对。县令传净至，嘱净仍如前装上台，如再有所见，可引至县堂。净领命行事，其鬼果又现。净云："我系伪作龙图，不若我带汝赴县堂，求官申冤。"鬼首肯之。净起，鬼随之至堂。令询净："鬼何在？"净答："鬼已跪墀下[①]。"令大声唤之，毫无见闻。令怒，欲责净。净见鬼起立外走，以手作招势。净禀令，令即着净同皂役二名尾之，视往何处，灭即志其处[②]。净随鬼野行数里，见入一家中。家乃邑中富室王监生葬母处。净与皂将竹枝插地志之，回县复令。令乘舆往观，传王监生严讯。监生不认，请开墓以明己冤。令从之。至墓开未二三尺，即见一尸，颜色如生。令大喜，问监生。监生呼冤，云："其时送葬人数百，共观下土，并无此尸。即有此尸，必不能尽掩众口，数年来何默默无闻，必待此净方白耶？"令韪其言[③]，复问："汝视封土毕归家否？"监生曰："视母棺下土后即返家，以后事皆土工为之。"令笑曰："得之矣。"速唤众土工来，见其状貌凶恶，喝曰："汝等杀人事发觉矣，毋庸再隐！”众土工大骇，叩头曰：“王监生归家后，某等皆歇茅篷下，有孤客负囊来乞火。一伙伴觉其囊中有银，与众共谋杀而瓜分之，即举铁锄碎其首，埋王母棺上，加土填之，竟夜而成冢。王监生喜其速成，复厚赏之，并无知者。”令乃尽致之法。相传众工埋尸时，自夸云：“此事难明白，如要得申冤，除非龙图再世。”鬼闻此言，故藉净扮龙图时便来申冤云。

注释

①墀 chí：台阶。

②志：通“识”，记下。

③韪：同意。

译文

乾隆年间，广东三水县县衙前搭台演戏。有一天，上演包公断乌盆的故事，花脸演员正扮演包公上台坐着，就见一个披头散发、身上带伤的人跪在台上，做出要求申冤的样子。花脸大吃一惊，急忙起身躲避。台下观众一片哗然，惊呼声传到县衙里。县令某派人查问，花脸报告了看到的情况。县令传唤花脸过来，让他仍像刚才那样装扮上台表演，如再看见相同的情形，可把告状者带到衙门来。花脸领命行事，果然，那鬼又出现了。花脸对鬼说：“我是个假扮的包公，不如我带你去县衙门，求县老爷给你申冤。”鬼点头同意。花脸起身便走，鬼跟着也来到堂上。县官问花脸：“鬼在哪儿？”花脸回答：“鬼已跪在台阶下。”县官大声喊鬼，却丝毫不见动静。县官大怒，要责打花脸。这时，花脸看见鬼起身往外走，还做手势叫他同去。花脸禀告县官，县官就让花脸和两名差人尾随着，看它往哪里走，一旦消失，立即标记下地点。花脸等人跟着鬼在野外走了几里路，看见鬼钻进一座坟墓。这坟墓是城里的富豪王监生安葬母亲的地方。花脸和差人用竹枝插在坟边作为标记，回衙门禀告县官。县官随即乘轿前往察看，并传唤王监生，严加审讯。王监生不承认，请求打开坟墓来证明自己是被冤枉的。县官同意了。等到坟墓被挖开不到两三尺，大家就看见一具尸体，脸色跟活着一样。县官大喜，审问王监生。王监生喊冤，说：“当时送葬的人有好几百，一起看着棺材下土的，并没有这具尸体。如果有这具尸体，肯定传出风声，是堵不住所有人的嘴的。为什么这几年来一直平安无事，却一定等到这个花脸演戏，鬼才喊冤呢？”县官觉得此言有理，又问：“那么你当时是不是看见封土之后才回家的呢？”王监生说：“我见到母亲的棺材入土后，就回家了。以后的事都是土工们做的。”知县笑着说：“这就是了。”随即命令赶快传唤有关土工到衙门公堂。县官见土工相貌凶恶，厉声喝道：“你们杀人的事情已经败露，不用再隐瞒了！”土工们大惊失色，叩头招供：“当天王监生回家后，我们都在茅棚下休息。有个单身过路客，背着行囊来借火。我们中的一人发觉他行囊里有银子，就与众人一起谋害了他，瓜分了他的钱财。然后，我们举起铁锄，砸碎他的头，埋在王监生母亲的棺材上面，再封上土，一夜就将坟墓做成了。王监生见我们这么快完工，非常高兴，又重赏了我们。当时没人知道我们杀人的事。”于是，县官将他们统统绳之以法。相传，当时土工们埋尸时，自夸道：“这事再也查不清了。他要想申冤，除非包公再世！”鬼听了这句话，所以借花脸扮演包公的时候，便来申冤了。

卷十二

吾头岂白斫者

蒋心馀太史修《南昌府志》，夜梦段将军来拜，见一伟丈夫兜牟戎服[1]，叉手不揖，披其颈骂曰：“吾头岂白斫者！”蒋惊醒，知有冤抑，查新志，并无其人，查旧志，有段将军，乃史阁部麾下副将，死于扬州者。急为补入《忠义传》中。

注释

①兜牟：这里指戴着军用头盔。

译文

翰林蒋士铨编写《南昌府志》时，一天夜里，他梦见有位叫段将军的前来拜会。只见一个身材魁梧的汉子，头戴军盔，身穿战服，叉着手，不但不行礼，反而拍打蒋心馀的脖子，骂道：“难道我的头被白砍了吗？”蒋心馀被梦惊醒，觉察到自己在工作中有不公平的地方。于是，他查阅了新方志，并无此人；又查旧方志，果然有这位段将军，原来是明代史可法手下的副将，当年战死在扬州。蒋士铨赶紧把段将军的事迹补进了《忠义传》里。

石言

吕著，建宁人，读书武夷山北麓古寺中。方昼阴晦，见阶砌上石尽人立，寒风一过，窗纸树叶飞脱著石，粘挂不下；檐瓦亦飞著石上。石皆旋转化为人，窗纸树叶化为衣服，瓦化冠帻，颀然丈夫十馀人，坐踞佛殿间，清谈雅论，娓娓可听。吕怖骇，掩窗而睡。明日起视，毫无踪迹。午后，石又立如昨。数日以后，竟成泛常，了不为害。吕遂出与接谈，问其姓氏，多复姓。自言皆汉、魏人，有二老者，则秦时人也。所谈事与汉魏史书所载颇有异同，吕甚以为乐。午食后，静待其来，询以托物幻形之故，不答。问："何以不常住寺中？"亦不答，但答语曰："吕君雅士，今夕月明，我共来角武，以广君所未见。"是夜各携刀剑来，有古兵器，不似戈戟而不能强加名者，就月起舞，或只或双，飘瞥神妙。吕再拜而谢。又一日，告吕曰："我辈与君周旋日久，情不忍别。今夕我辈皆托生海外，完前生未了之事，当与君别矣！"吕送出户，从此阒寂[①]。吕凄然如丧良友，取所谈古事笔之于书，号曰《石言》，欲梓以传世，贫不能办，至今犹藏其子大延处。

注释

①阒qù寂：安静。

译文

吕著是福建建宁人，在武夷山北麓的古庙里读书。一日，晴朗的天空忽然阴暗下来，吕著看见台阶上的石头全像人一样站了起来。阵阵寒风吹过，窗纸、树叶被刮下来，一落到石头上，即被牢牢粘挂住。屋檐上的瓦片也飞落到石头上。接着，这些石头都打着转，化成人形，窗纸和树叶变成他们的衣裳，瓦片变成帽子和头巾。最终，出现了十几个高大的汉子，他们蹲坐在佛殿中清谈妙论，娓娓动听。吕著吓坏了，赶忙关好窗子躲进被子。第二天，他起床察看，丝毫不见什么动静。午后，石头又像昨天那样站立起来。几天下来，这事竟成了惯例，而那些石人也没有一点恶行。于是，吕著就出来与他们交谈，问他们姓名，大多是复姓，自称是汉魏时候的人；更有两位老人，自称是秦朝人。他们所谈论的往事，跟现在汉魏史书上的记载颇有出入，吕著觉得很有趣。一天午饭后，吕著静静等待他们到来。这些石人来了之后，吕著问他们为何借助物体，幻化成人形，他们都不回答。又问："为什么你们不常住在庙里？"他们也不回答。他们只是告诉吕著说："吕先生是个文人雅士，今晚月色好，我们会一起来比武，让你开开眼界。"

这天晚上，他们各自带着刀剑而来，其中有一种古代兵器，不像戈，又不像戟，无法勉强给它定名。他们在月光下舞起刀剑，有的独舞，有的对打，飘忽不定，神妙不已。吕著看了，连连拜谢。又有一天，石人们对吕著说："我们和先生相处这么久，实在不忍心分别。不过，今晚我们都将到海外托生，以完成前世未了的事情，所以要和你永别了。"吕著把他们送出门，从此庙里安静下来。而吕著倍增伤感，好像失去了好朋友。于是，他就将平日里石人们所谈的古事记录下来，取名为《石言》。他原想把这本书刊印传世，却因家境贫寒，未能如愿。书稿至今还藏在他儿子吕大延那里。

梦中破案

曹州刘姓，以典当为业。虞城张某为经理其事，已二载矣。少有蓄积，岁暮欲归。主人留至元旦，乘一青骡去，相订上元日返曹州。至期不至，刘因遣人促之来。至其家，则云“未尝归也”。两家致讼，控至抚按[①]，勒限饬县捕拿[②]。延至六月矣，公差惶遽无措。一夕，访于城南，见有老人偕一年少相谓曰：“月色甚佳，何不向凉亭一行？”曹州南城十数里旧有凉亭，公差私议：二人于此时往，倘城门闭，何由而入？心异之，遂先至彼相伺。未几，二人果至。听所言，皆邻里间琐事。有顷，少年忽云：“城内刘姓事至今未明，余心窃计，乃西门外卖饼孙姓利其财物，因而害之也。”翁问故。少年云：“饼店在此已数载，今春倏闭，是以疑之。”翁叱云：“此事大有干系，何得妄语！”意甚拂然[③]。旋云：“夜深，可归矣！”公差尾其后，行甚速。至南城，门已闭，见二人从门隙入。差亟呼司阍，启钥入城，则两人尚在前。行至小弄，少年与翁别；入门，门亦未启也。复随翁行二十馀家，亦未启扉而入。差大惊，扣其户，半晌翁出，持纸捻，披衣，极困惫之状。差曰：“适间与少年凉亭看月，何遽睡耶？”翁神色迟疑，曰：“看月有之，乃梦中事也。”差复胁之往诣少年。

少年出，亦如翁状，乃拘入县署，述梦中语。次早，遣二人至某村，迹孙姓所居，则青骡宛系门首也。因锁拿到县，一讯而服，遂起赃问抵偿焉。此乙巳夏间事。曹州守吴忠诰向为绥德州牧，与严道甫善，告道甫也。

注释

①抚按：明清时期，巡抚和巡按的合称。

②饬：命令。

③拂fú然：愤怒的样子。拂，通“怫”。

译文

山东曹州有一姓刘的人，以典当为职业。虞城人张某为刘氏管理当铺的生意，已有两年了。张某稍微有了些积蓄，年底想回家探亲。刘某留他到元旦，之后张某骑着一头青骡子回家，约好正月十五返回曹州。到了期限，张某没回来，刘某就派人去张家催他来。到张家后，张家人却说“没有回家啊”。两家因此打起官司，告到了省里。巡抚命令县官，限期捉拿案犯。转眼间，事情拖到了六月份，公差们还是找不到人，不免惊慌失措。一天晚上，他们到城南查访，见有位老人正与一个年轻人相互闲谈：“月色真不错，何不到凉亭去走走？”曹州城南门外十几里的地方，本来有座凉亭。公差们私下商议：“他们两人在这个时候去凉亭，如果回城时城门关了，他们怎么进城呢？”大伙儿心中诧异，于是先到凉亭去等这一老一少来。不一会儿，老少二人果然来到凉亭。听他们所谈的，都是邻里之间的琐事。一会儿，年轻人忽然说：“城里刘家当铺的事，至今还没查出来。我心下盘算，恐怕是西门外卖饼的孙某贪他财物，因而害他性命。”老人问其中的缘由，年轻人说：“孙家饼店在这儿已开了好几年，今年开春突然关张了，所以我怀疑出了事。”老人斥责道：“这事人命关天，哪能乱讲！”神情很愤怒。接着，老人说：“夜深了，我们回去吧。”于是，公差们尾随其后。那两人走得很快，不过到了城南门的时候，城门已经关闭。公差们看见二人从门缝中进去了，就赶紧叫守门的开门。进城后，公差们见二人仍在前面，等走到一个小巷口，年轻人与老人告别，门还没开就进了屋。差役们又跟着老人走过二十多户人家，也看见老人没开门，就进去了。差役们大惊，敲老人家的门。过了半天，老人出来开门，点着纸捻，披着衣服，样子很疲倦。公差问：“刚才你还跟一个年轻人在凉亭观月，怎么睡得这么快？”老人神色迟疑，说：“是有看月的事，不过那是梦中的事情啊。”公差们又挟持老人，去年轻人那儿。年轻人出来后，说的也和老人一样。公差们就将二人抓进县衙。二人向县官说了梦中的情景。第二天早晨，县官派老少二人带路来到某村，找到孙某的住所。可巧，那头青骡子还拴在门口呢。于是立即将孙某捉拿归案。一审，孙某就服罪了，随后起赃、赔偿、定罪。这是乾隆五十年夏天里的事。曹州太守吴忠诰，原是绥德州牧，与严道甫关系很好，这件事是他告诉严道甫的。

卷十三

杨妃见梦

康熙间，苏州汪山樵先生讳俊[①]，选陕西兴平县，宿马嵬驿中。梦一女子，容貌绝世，明珰翠羽，投牒而言曰[②]："妾有墓地，为人所侵，幸明府哀而察之[③]。"汪惊醒，询土人。曰："此间惟有杨娘娘墓道，唐时改葬后，基址原有数十亩宽。自宋、明以来，为樵牧所侵，渐无馀地。"汪为清理，果有旧碑记存墓侧土中，题"大唐贵妃杨氏墓"。乃为别置界石，兼买树百株植其上，春秋设二祭焉。

注释

①讳：用于敬称某人的名字。

②投牒：呈递诉状。

③明府：对县令的敬称。

译文

康熙年间，苏州汪山樵先生名俊，被选任陕西兴平县的县官。上任途中，他歇宿在马嵬驿里。当晚梦见一个女子，容貌绝世，穿戴着珠翠首饰，递上诉状说："我有块墓地被人侵占，希望县官大人可怜我，过问一下此事。"汪惊醒过来，询问当地人。当地人说："这里只有杨娘娘的墓道，唐代年间改葬后，墓地原有几十亩宽。

自宋朝、明朝以来，受到打柴的、放牧的侵占，渐渐没有空地了。”汪山樵就清理墓地，果然在墓道一侧的土里发现一块古代墓碑，上面题刻“大唐贵妃杨氏墓”。于是，汪山樵另外设立了界石，又买了上百棵树种在墓地里，春、秋两季各来祭祀一回。

乡试弥封

皖江程叔才，名思恭，学问博雅，注陈检讨四六得名。以平时好古，不喜时文，其师唐赤子太史责之曰：“科名进身，非此不可。今岁入场之年，汝宜留意。”因强之诵读金、陈诸大家文。程唯唯，终非所好。《四书体注》等书，临场并不翻阅，康熙戊戌科，江南首题《举贤才焉，知贤才而举之》，次题《大哉，圣人之道》。程三场毕，自言首篇颇得意。唐太史读之，喜曰：“颇可望魁。”程急取案头《中庸》一看，愕然丧气，啃曰[①]：“不中用了！我只道‘大哉，圣人之道’在‘礼仪三百，威仪三千’之下，故领题[②]、出题俱承接此二句[③]。今方知是开首第一句，则通身犯下矣。其不中尚复何言！”唐亦为之悼叹。已而榜发，竟中第五名。唐不解所以得售之故，往见主试，将探问之。主试某，故唐公同年，一见笑曰：“今年科场中有笑话，兄知否？”唐问故。曰：“皇上有密旨，谓诸生关节都放在破承[④]、领题、出题三处，今岁将此三处尽行弥封。故有程某文字领题、出题全行犯下，竟中五魁。将来磨勘[⑤]，定受参罚，奈何！”唐笑而不言。后叔才先生果被吏部磨勘，罚停一科。

注释

①喈jiè：叹息。

②领题：用几句过渡性的散句，将文章引入正题。又称“入手”。

③出题：在起股之后，用几句散句将题目点出。

④破承：破题与承题的合称。明清八股文的头几句，要说破题目要义，叫破题。接下来的几句，申述题意，叫“承题”。

⑤磨勘：科举时代对乡、会试卷派翰林院儒臣等复核。

译文

皖江人程叔才，名思恭，学识渊博，品行端正，以注释陈维崧的四六文享有盛名。因为他平时喜欢古文而不喜欢八股文，他的老师唐赤子翰林要求他说：“从科举功名上出人头地的人，非学八股文不可。今年是开考的年份，你要好好留意八股文的写作。”因而强制他诵读金、陈等八股文大家的作品。程叔才嘴上答应，心里终究不喜欢八股文。对《四书体注》等书，临考前并不翻阅。康熙五十七年科举考试，江南考区的第一题是《举贤才焉，知贤才而举之》，第二题是《大哉，圣人之道》。程叔才考完三场，自己认为第一篇写得很好。唐翰林读了他的文稿后，高兴地说：“很有希望夺魁。”程叔才急忙取案头的《中庸》一看，顿时惊呆了，垂头丧气地叹道：“不中用了！我只以为‘大哉，圣人之道’是在‘礼仪三百，威仪三千’的后面，所以领题、出题都承接这两句来写。现在才知道题目是第一句，这样通篇文字都乱了。考不中还有什么好说的！”唐翰林也为他惋惜感叹。不久发榜，程叔才竟然中了第五名。唐翰林不清楚程叔才考中的原因，就去拜见主考官，想打听明白这事。主考官某，本是唐翰林的同榜进士，一看见唐赤子，就笑着说：“今年考场中有个笑话，老兄知道吗？”唐翰林问是什么笑话，主考官说：“皇上有密令，说考生们都把重点放在破承、领题、出题三处，今年阅卷时，把这三个地方都糊上。因此有个程姓考生的文章，领题、出题都把下文当了上文，竟然中了第五名。将来复核，一定要受参奏处罚的，怎么办哦！”唐翰林笑笑，没有说话。后来，程叔才先生果然受到吏部复核，被处罚停考一次。

江秀才寄话

婺源江秀才，号慎修，名永。能制奇器，取猪尿胞置黄豆，以气吹满而缚其口，豆浮正中，益信地如鸡子黄之说。有愿为弟子者，便令先对此胞坐视七日，不厌不倦，方可教也。家中耕田，悉用木牛。行城外，骑一木驴，不食不鸣。人以为妖。笑曰："此武侯成法，不过中用机关耳，非妖也。"置一竹筒，中用玻璃为盖，有钥开之。开则向筒说数千言，言毕即闭，传千里内人，开筒侧耳，其音宛在，如面谈也。过千里，则音渐澌散不全矣。忽一日，自投于水。乡人惊救之，半溺而起。大恨曰："吾今而知数之难逃也！吾二子外游于楚，今日未时三刻，理应同溺洞庭。吾欲以老身代之。今诸公救我，必无人救二子矣！"不半月，凶问果至。此其弟子戴震为余言。

译文

江西婺源有个秀才叫江永，号慎修。他能制作各种奇特的器物，曾经拿个猪尿泡，里面放粒黄豆，吹满了气之后把口扎紧，豆就浮在正中了。他因此更相信大地像鸡蛋黄的学说。如果有谁想做他的学生，就先让此人对着这个尿泡坐看七天，要是不厌倦，才被认为可以教诲。江永家耕田都用木牛。他到城外去，骑一头木驴，不吃东西也不叫。人们把它当妖怪。江永笑着说：“这是诸葛亮留下的制作方法，不过是中间装了机关罢了，不是妖怪。”他又拿出一个竹筒，中间用玻璃做盖子，有钥匙来打开。打开后对着筒说话，可讲几千字，说完把它关上，传给千里之内的人，打开竹筒侧耳听，原先的话音还在，宛如当面交谈。超过一千里，那话音就渐渐模糊不全了。忽然有一天，江永投水自杀。乡里人大惊，忙去救他。他淹得半死，被捞救上来，却很气愤地说：“我今天才知道劫数难逃啊！我的两个儿子出行在楚地，今天未时三刻，命中应当同时淹死在洞庭湖，我想用这把老骨头代替他们。现在各位把我救起，一定没人救我儿子了！”不到半月，他儿子的噩耗果然传到。这些是江永的弟子戴震告诉我的。

卷十四

蒙化太守

无锡曹五辑，为云南蒙化太守。其子某，庚午举人，江苏巡抚庄滋圃之门生。乾隆二十一年，无锡大疫。华剑光之子某，素好行善，出古画数幅，托孝廉售之。嘱曰："得八百金，为本邑埋葬死人之费。"曹带往苏州，以画呈庄公。庄念曹本义举，画亦佳，竟与八百金。曹归，以八十金付华，曰："价只此。"华无奈何，勉力补凑得数棺，为瘗其暴骨者；馀棺犹有待也。未几，孝廉病卒，太守哀悼不已，焚牒于东岳神，自称居官清正，子无罪，不宜得此报。归而假寐，见青衣人持东岳神帖请往。至大殿外，神迎于阶下，曰："公见责良是，但尔子近为不肖之行，屯人之膏[①]，令千百人骨暴原野。公不信，可归至尔子书斋，启笥视之[②]。"言毕，命人拥一囚至，枷锁锒铛，即其子也，太守抱之哭，惊醒。急往其子书斋，启笥，尚馀七百馀金。询其仆，方知鬻画匿价之事[③]，其子媳亦未知也。太守自此哀子之思为之少衰。

注释

①屯 tún：聚集；积聚。

②笥：这里指盛衣物的方形竹器。

③鬻 yù：卖。

译文

无锡人曹五辑，任云南省蒙化太守。他的儿子某，是乾隆十五年举人，江苏巡抚庄滋圃的学生。乾隆二十一年，无锡发生了大瘟疫。华剑光的儿子某，一向喜欢做善事。他拿出几幅古画，托曹举人出售，嘱咐说："这些画能卖八百两银子，作为埋葬本城病死者的费用。"曹带着画来到苏州，呈献给庄滋圃。庄先生觉得曹卖画葬人确实是有道义的事，画也好，就给了他八百两银子。曹举人回到无锡，把其中八十两银子给华某，说："只卖了这个价。"华某无可奈何，想尽法子补凑，买了几口棺材，埋葬那些暴尸荒野的难民。剩下的死难者，暂时还没有棺材可埋。不久，曹举人病故。曹太守悲痛不已，去东岳神前焚烧了一篇状纸，自称做官清廉正直，儿子无罪，不应该得到病死的报应。他回家后小睡片刻，梦见有青衣人拿着东岳神的请帖来。曹太守跟着到了大殿外面，东岳神走下台阶欢迎，说："先生责怪我的话确实有理，但是你的儿子近来做了不端正的事，侵占民脂民膏，致使千百人横尸原野。先生如果不信，可回家到你儿子的书房，打开箱子看看就知道了。"说完，命人押来一个囚犯，披枷戴锁，正是他儿子。曹太守抱着儿子痛哭，一下就惊醒了，急忙到他儿子书房，打开箱子一看，还剩七百多两银子。问儿子的仆人，才知儿子卖画隐瞒价格的事，他儿媳妇也不知道这事。从此以后，曹太守对儿子的哀悼之情逐渐减少。

酖人取香火[①]

杭州道士廖明，募钱立圣帝庙塑像。开光之日[②]，乡城男妇蜂集拈香。忽一无赖来，昂然坐圣帝旁，指像侮慢之。众人苦禁，道士曰："不必，听其所为，当必有报。"须臾，无赖仆地，呼腹痛，盘滚不已，遂死，七窍血流。众大骇，以为圣帝威灵，香火大盛。道士以之致富。逾年，其党分财不匀，出首：去年无赖之慢神，乃道士贿之，教其如此。其死乃道士先以毒酒饮之，而无赖不知也。有司掘验其骨，果青黑色，遂诛道士，而圣帝香火亦衰。

注释

①酖：通"鸩"，毒害。

②开光：佛像、神像塑成后，择吉日举行仪式，画眼点睛，开始供奉。

译文

杭州道士廖明，募集钱财造立圣帝庙塑像。开光那天，乡下和城里的善男信女们蜂拥聚来烧香。忽然来了一个无赖，气焰嚣张地坐在圣帝像旁，指着神像轻侮谩骂。众人苦苦劝阻，道士说："你们不必劝，由他胡闹，一定会有报应的。"不一会儿，无赖倒在地上，呼喊肚子疼，翻滚不停，七窍流血而死。众人大为惊恐，以为是圣帝发威显灵，庙中香火因此非常兴旺。廖道士由此发了财。过了一年，道士的同党因为分财不均，有人自首：去年无赖侮辱神像，是廖道士出钱，有意叫他这么干的。无赖的死，是道士先让他喝了毒酒，而无赖并不知道。官府掘出无赖的尸骨来检验，骨头果然是青黑色，于是依法处死道士，而圣帝庙的香火也衰败了。

拘　忌

塞侍郎某，性多拘忌。每遇人谈有“死丧”二字，必作喷嚏，以啐散之①。路逢殡柩，则急往亲友家解下衣帽扑散数次，以为将晦气撒在人家，与己无与矣。又，薛生白常往李侍郎家看病②，清晨往，待至日午始出。侍郎以面向内，以背向外，两公子扶之而行。坐定诊脉，口答病源，终不回顾。薛大骇，疑其面有恶疾，故不向客。问其家人。家人云：“主人貌甚丰满，并无恶疾。所以然者，以某日喜神方在东，故不肯背之而出。又，是日辰巳有冲③，故必正午方出耳。”

注释

①啐：吐唾沫，表示鄙弃。

②常：通“尝”，曾经。

③冲：旧时星相术数家谓相忌相克。

译文

边塞有位侍郎，生性多所忌讳。每当听见别人说到“死”“丧”两字，他一定要打喷嚏，吐唾沫，以便冲散所谓的晦气。途中碰见出殡的灵柩，他就急忙跑到亲友家里，脱下衣帽，抖落好几次，认为这样就把晦气撒在别人家里，与自己无关了。还有一次，薛生白曾经到李侍郎家，为侍郎看病。清晨去他家，一直等到中午，才见李侍郎出来。出来时，李侍郎面朝里，背朝外；两个儿子搀着他，他倒着走。坐好之后，薛生白给他号脉，侍郎回答得病的缘由，始终不曾转过头来。薛生白大为惊骇，怀疑李侍郎脸上有什么恶病，所以不肯面朝客人。事后，薛医生询问李家的仆人。仆人说："我家主人相貌很丰满，脸上并没有恶病。他之所以如此，是这天喜神正在东方，所以不肯背对喜神走出来。而且，这天辰时与巳时不吉利，所以一定要等到正午才出来啊。"

奇术

康熙间，成其范善风角①。三藩之变②，成为中书，凡千里外用兵之事，日有所奏，皆奇验。以此官至理藩院侍郎③。常赴席东华门张参领家，已坐定矣，忽脱冠带置几上，谓主人曰："我腹痛，将如厕。"出门呼其舆夫，飞奔而归。舆夫问故。摇手曰："我与汝三人皆此日劫数中人，我不敢不到，故留衣冠以厌之④。"言未毕，东华门火药局火发，延烧数十家，张参领家已为灰烬。又有计小堂者，以妖言惑众，充发黑龙江。至旅店中，饭桌仄小，解差三人不能同坐⑤。小堂以手扯之，顷刻桌长三尺。差役曰："汝以此得罪，尚不悛改⑥，而作此狡狯乎？"小堂怒而起，拉其所乘马送入墙内，仅留一尾在外摇摆。差哀求，乃拔其尾而出之。至配所，与某将军交善。一日，忽来泣曰："缘尽矣，不知何时再见！"挥手作别。将军留之，不可，但见小堂冉冉升空而去。将军速到彼帐中访之，则已死矣。

注释

①风角：古代占卜之法。以五音占四方之风而定吉凶。

②三藩：清初封明降将吴三桂为平西王，镇守云

南；耿仲明为靖南王，镇守福建；尚可喜为平南王，镇守广东，合称三藩。

③理藩院：清代设置的官府机构，管理少数民族事务。

④厌yā：通“压”，以迷信的方法，镇服或驱避可能出现的灾祸。

⑤解差：押解人犯的差役。

⑥悛quān改：悔改。

译文

康熙年间，成其范善于风角占卜之法。三藩叛乱时，成其范做朝廷的中书官，凡是千里之外打仗的事，他每天占卜上奏，都非常灵验。因此，他的官做到理藩院侍郎。成其范曾经到东华门张参领家赴宴，已经坐定了，忽然脱下帽子和衣带放在案几上，对主人说：“我肚子疼，要去厕所。”一出门，便叫来他的轿夫，飞奔回家。轿夫问他是怎么回事。成其范摇着手说：“我和你们三个人都是今天要遭难的人，我不敢不到，所以留下衣带帽子摆脱此难。”话没说完，东华门火药局起火，火势蔓延，烧毁了几十户人家，张参领家已化为灰烬。又有个计小堂，因为妖言惑众，被充军发配黑龙江。到了旅馆里，饭桌很窄小，三个解差不能一起坐着吃饭。小堂用手扯饭桌，顷刻间桌子长了三尺。解差说：“你因为这个而获罪，尚且不思悔改，还要卖弄这种伎俩吗？”小堂大怒，站起身来，把解差所骑的马推进了墙里，只留一根尾巴在墙外摇摆。解差苦苦哀求，小堂才拔出马尾巴，把马拉出来。小堂到了发配地点，和某将军交往很好。忽然有一天，小堂来将军这里，哭着说：“我们的缘分到头了，不知什么时候才能再见！”于是挥手告别。将军挽留他，却不能够，只见小堂缓缓升空而去。将军赶紧到他的帐篷中察看，而小堂已经死了。

卖蒜叟

南阳县有杨二相公者，精于拳勇，能以两肩负粮船而起。旗丁数百[①]，以篙刺之，篙所触处，寸寸折裂。以此名重一时。率其徒行教常州，每至演武场传授枪棒，观者如堵。忽一日，有卖蒜叟，龙钟伛偻[②]，咳嗽不绝声，旁睨而揶揄之。众大骇，走告杨。杨大怒，招叟至前，以拳打砖墙，陷入尺许，傲之曰："叟能如是乎？"叟曰："君能打墙，不能打人。"杨愈怒，骂曰："老奴能受我打乎？打死勿怨！"叟笑曰："老人垂死之年，能以一死成君之名，死亦何怨。"乃广约众人，写立誓券。令杨养息三日，老人自缚于树，解衣露腹。杨故取势于十步外，奋拳击之。老人寂然无声。但见杨双膝跪地，叩头曰："晚生知罪了！"拔其拳，已夹入老人腹中，坚不可出。哀求良久，老人鼓腹纵之，已跌出一石桥外矣。老人徐徐负蒜而归，卒不肯告人姓氏。

注释

①旗丁：漕运的兵丁。

②伛 yǔ 偻：驼背。

译文

南阳县有个杨二相公，精于武术，双肩能够扛起粮船。几百名漕运兵丁用竹篙刺他，竹篙一旦碰到他，便寸寸断裂。杨二因此名重一时。他率领徒弟在常州传授武艺。每次到演武场去传授枪棒，围观的人都多得排成一堵墙。忽然某一天，有个卖蒜的老头，老态龙钟，弯腰驼背，不停地咳嗽，却在一旁斜着眼，嘲笑杨二演武。人们吃惊不小，跑来告诉杨二相公。杨二大怒，把老头叫到面前，然后自己一拳打进砖墙，拳头陷进去有尺把深，傲气地对老人说:“你这老翁能办到吗？”老人说:“你能打墙，却不能打人。”杨更加生气了，骂道:“老奴才，你能受得了我打吗？如果打死了，你不要抱怨！”老头笑着说:“我老人家已到了命终的岁数，假如能够以一死成全你的名声，死了又有什么可抱怨的？”于是约了很多人作证，写下生死状。老人叫杨二调养休息三天。三天后，老翁把自己绑在树上，解开衣服，露出肚子。杨二相公特意在十步外摆开架势，冲上来挥拳猛击老人。老翁一点声息也没有。却见杨二双膝跪在地上，叩头说:“后生小子知错了！”想去拔自己的拳头，已被老人的肚子夹在中间，怎么也拔不出来。杨二哀求了很久，老翁鼓起肚子弹开杨二，杨二一下子跌到一座石桥之外。老人慢慢地挑着蒜回去，终究不肯告诉别人他的名字。

卷十五

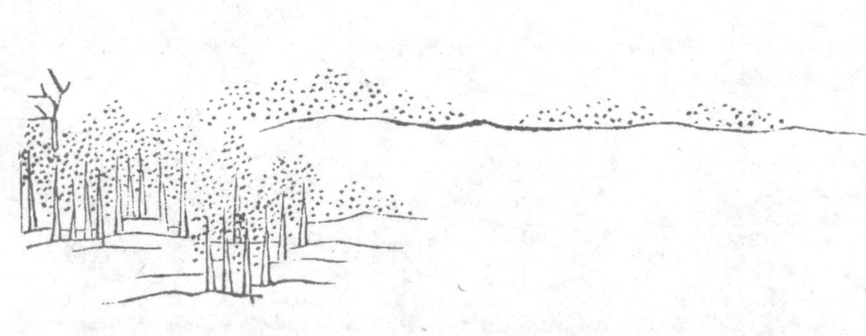

姚端恪公遇剑仙

国初，桐城姚端恪公为司寇时[①]，有山西某以谋杀案将定罪。某以十万金赂公弟文燕求宽。文燕允之，而惮公方正，不敢向公言，希冀得宽，将私取之。一夕者，公于灯下判案，忽梁上男子持匕首下。公问："汝刺客耶？来何为？"曰："为山西某来。"公曰："某法不当宽，如欲宽某，则国法大坏，我无颜立于朝矣。不如死。"指其颈曰："取。"客曰："公不可，何为公弟受金？"曰："我不知。"曰："某亦料公之不知也。"腾身而出。但闻屋瓦上如风扫叶之声。时文燕方出京赴知州任，公急遣人告之。到德州，已丧首于车中矣。据家人云："主人在店早饭毕，上车行数里，忽大呼：'好冷风！'我辈急送绵衣往视，头不见，但血淋漓而已。"端恪题刑部白云亭云："常觉胸中生意满，须知世上苦人多。"

注释

①司寇：清时别称刑部尚书为大司寇，刑部侍郎为少司寇。

译文

清朝初年，安徽桐城人姚端恪公任刑部首长时，有个山西人，因为一桩谋杀案件，将被判刑。罪犯用十万两银子贿赂姚公的弟弟文燕，请求从宽发落。文燕答应了他，但又畏惧姚公刚直清廉，不敢跟他说此事，希图他本人会从宽处理，自己就可以私吞这些银子。一天晚上，姚先生在灯下判案，忽然屋梁上有个男子持匕首跳下来。姚先生问道："你是刺客吗？为什么来这里？"男子说："为那个山西人而来。"姚先生说："按照国法，这个人不会从宽处置。如果要宽恕他，国家的法规将因此遭破坏，我也没有脸站在朝廷上了。不如被你杀死。"说着，便指着脖子说："你动手吧。"刺客说："你不同意宽恕罪犯，为什么你弟弟因此事收人贿赂？"姚先生说："我不知这事。"刺客说："我也料想你不知道。"说罢，飞身而出，只听见屋瓦上像风扫落叶似的声音。此时，文燕刚离开京城，在往某地任知州的途中。姚先生急忙派人去通知他。到了德州，文燕已经在车中被杀。据家人说："主人在旅店吃完早饭，上了车，走了几里路，忽然大叫道：'好冷的风！'我们急忙送上绵衣。去一看，主人的头已经不见，只有淋漓的鲜血。"端恪公曾在刑部的白云亭上题道："常感到胸中生意满，要明白世上苦人多。"

卷十六

驱鲎[1]

吴兴下山有白鲎洞，每春夏间，即见状如匹练起空中，游漾无定，所过之下，蚕茧一空。故养蚕时尤忌之。性独畏锣鼓声。明太常卿韩绍[2]，曾命有司挟毒矢逐之，有《驱鲎文》载郡志。近年来作患尤甚。乾隆癸卯四月，有范姓者，具控于城隍。是夜梦有老人来曰："汝所控已准，某夜当命玄衣真人逐鲎。但鲎鱼司露有功，被害者亦有数。彼以贪故，当示之罚。尔等备硫磺烟草，在某山洞口相候可也。"范至期集数十人往。夜二鼓，月色微明，空中风作。见前山有大蝙蝠丈许，飞至洞前，瞬息诸小蝠群集者不下数十。每一蝙蝠至，必有灯一点如引导状。范悟曰："是得非所谓玄衣真人乎？"即引火纵烧烟草。俄而洞中声起，如潮涌风发。有匹练飞出，蝙蝠围环，若布阵然，彼此搏击良久。乡民亦群打锣鼓、放爆竹助之。约一时许，匹练飘散如絮，有青气一道，向东北而去，蝙蝠亦散。次早往视，林莽间绵絮千馀片，或青或白，触手腥秽不可近。自是鲎患竟息。

注释

①鲎 hòu：这里指一种很像鲎鱼的甲壳类有翼动物。

②太常卿：古代管理祭祀礼乐的职官。

译文

吴兴的下山，有个白鲎洞。每到春夏之间，就会看到白绢一样的东西从洞里飘出，在空中游移不定。白气所到之处，下面的蚕茧都被吃空了。所以，养蚕时尤其忌讳遇上白鲎。不过，白鲎生性唯独害怕锣鼓声。明朝的太常卿韩绍，曾命令有关衙门派人射毒箭驱逐白鲎，并写有《驱鲎文》，收在本郡的方志里。近年来，白鲎为害特别严重。乾隆四十八年四月，有个姓范的，在城隍庙里写了控告白鲎的状子。当晚，他梦见有位老人来说："你所控诉的状子已获批准，我晚上会命玄衣真人驱逐白鲎。但是鲎鱼管理露水有功劳，受害的人家也不多。只是因为它贪心，应当予以处罚。你们备好硫黄烟草，在某山洞口等候便行了。"到了时间，范某招集了几十人前往。夜里二更天，略有月光，空中刮起了风。只见前山有只一丈来大的蝙蝠飞到洞前，立刻又聚集了一群小蝙蝠，不下几十只。每只蝙蝠飞来，前面必有一点灯火，像是在引路的样子。范某领悟道："这莫非是所说的玄衣真人吗？"立即点火燃起烟草。一会儿，洞中响起声音，如同潮水涌出、大风刮起。就见有道像白绢样的东西飞出，蝙蝠包围上去，像是打仗布阵的架势，彼此搏斗了很长时间。乡民们也都一起敲锣打鼓、放爆竹，为蝙蝠助威。大约过了两个小时，那白练像棉絮一样飘散下来，剩有一道青气，向东北飞去。蝙蝠也四散离开。第二天早晨，人们去看结果：只见林子里有千余片棉絮一样的东西，有青色的，有白色的；碰上去一闻，腥气秽臭，不能靠近。从此螢害就平息了。

阎王升殿先吞铁丸

杭州闵玉苍先生，一生清正。任刑部郎中时，每夜署理阴间阎王之职[①]。至二更时，有仪从轿马相迎。其殿有五，先生所莅，第五殿也。每升殿，判官先进铁弹一丸，状如雀卵，重两许，教吞入腹中，然后理事，曰："此上帝所铸，虑阎罗王阳官署事，有所瞻徇[②]，故命吞铁丸以镇其心。此数千年老例也。"先生照例吞丸，审案毕，便吐出之，三涤三视，交与判官收管。所办事晨起辄忘，即记得者，亦不肯向人说。但劝人勿食牛肉，多诵《大悲咒》而已。到任三月，忽一日晨起，召诸亲友而告曰："吾今而知小善之不足为也！昨晚吾表弟李某死，生魂解到，判官将其生平作官恶迹，请寄地狱审定拟罪，再详解东岳。余心恻然，将狱牌安放几上，再三目李。李自诉平生不食牛肉，作官时禁私宰尤严，似可以此功德抵销他罪。余未作声，判官驳云：'此之谓"恩足以及禽兽，而功不至于百姓"也。子不食牛肉，何以独食人肉？'李云：'某并未食人肉。'判官曰：'民脂民膏，即人肉也。汝作贪官，食千万人之膏血，而不食一牛之肉，细想小善可抵得大罪否？'李不能答。余知李素诵《大悲咒》，为阴司所最重，因手书'大悲咒'三字在掌上以示之，李竟茫然不能诵一字。余为代诵数句，满堂判官胥役一齐跪听，西方赫然似有红云飞至者。然而铁丸已涌起于胸中，左冲右撞，肠痛欲裂矣。余不得已，急取狱牌加朱，放李狱中，肠内铁丸始定，方理别案而归。”诸亲友因问：“到底牛肉可食乎？”先生曰：“在可食不可食之间。”人问故，曰：“此事与敬惜字纸相同，圣所未戒，然不过推重农重文之心，充类至义之尽。故禁食之者慈也。然‘天地不仁，以万物为刍狗’，此语久被老子说破。试想春蚕作丝，衣被天子以至于庶人，其功比牛更大，其性命比牛更多，而何以烹之煮之，抽其腹肠而炙食之，竟无一人为之鸣冤立禁者，何耶？盖天地之性，人为贵，贵人贱畜，理所当然。故食牛肉者达也。”

注释

①署理：本任官出缺，由别人暂时代理或兼任。

②瞻徇：徇顾私情。

译文

杭州闵玉苍先生，一生清廉正直。他任刑部郎中时，每天晚上兼任阴间阎王的职务。到了二更天，有仪队随从车马来迎接他。阴间里有五座殿，闵先生所到的是第五殿。每次升殿，判官先呈上一丸铁弹，形状如同雀鸟蛋，重约一两，让他吞入肚中，然后办公。判官说：“这是上帝铸造的，因为顾虑由阳间官员代理的阎王有时会顾及私情，所以命吞铁丸来镇住他的心。这已是几千年来的惯例了。”闵先生依例吞下铁丸，审完案件，就吐出来，反复洗涤处理三次，交给判官收管。他所办的阴间事务早晨起来就忘了，纵然有记得的，也不肯告诉别人。他只是劝人不要吃牛肉，要多念《大悲咒》而已。到任三个月，忽然一天早上起来之后，召集众亲友，告诉他们说：“我现在才知道光做些小的好事是不管用的！昨晚我的表弟李某死了，生魂被押解到阴司，判官传达他生平做官的坏事，请先收寄在地狱，审办并拟定罪名，再详细行文报告给东岳神。我于心不忍，把狱牌安放在案几上，再三朝李某使眼色。李某自我陈述平生不吃牛肉，做官时尤其严禁私自宰牛，似乎可以用这一功德抵消其他的罪。我没有出声，判官反驳道：‘这就是孟子所说的“恩泽施于禽兽，而对老百姓没有益处”啊。你不吃牛肉，为什么偏偏要吃人肉呢？’李某说：‘我并没有吃人肉。’判官说：‘民脂民膏就是人肉。你做贪官，吃千万人的膏血，而仅仅不吃牛肉，你仔细想想，这小小的善事能够抵消大罪吗？’李某答不上来。我知道李某一向念诵《大悲咒》，而《大悲咒》是阴司最看重的，于是在手上写了‘大悲咒’三个字示意他，李某竟茫茫然念不出一个字。我替他代念了几句，满堂判官衙役一齐跪下倾听，西方赫然像有红云飞来。然而铁丸已经在胸中涌起，左冲右撞，肚肠痛得要破裂。我不得已，急忙取狱牌用朱砂笔批示，把李某收入地狱，肠里的铁丸这才安定下来。我也才能审完其他案件回来。”众亲友于是问道：“到底牛肉可以吃吗？”闵先生说：“在可吃与不可吃之间。”大家询问其中的缘故，他说：“这事和爱惜字纸相同，圣人并没有这些禁令，只不过是要弘扬重农重文的心，用同类事物比照类推，把义理引申到极点。所以禁吃牛肉的人是仁慈的。然而‘天地是无所谓仁慈的，它对待万物就像对待祭祀时用草扎成的狗一样’，这话老早已被老子点明。试想，春蚕吐丝，让天子以至于百姓都有衣服穿，它的功劳比牛更大，它的生命数量比牛更多，又为什么可以烹煮它，抽出它的肚肠来烤它吃，居然没有一个人为它喊冤，并发布禁令不准杀它，为什么呢？这是因为天地的规则，人为万物灵长，以人为贵，而以畜为贱，是理所当然的。因此吃牛肉的人是通达此理的。”

卷十七

梦中联句[1]

曹少时过太平书坊，得《椒山集》归。夜阅之，倦，掩卷卧。闻叩门声，启视，则同学迟友山也。携手登台，仰见明月。友山赋诗云“冉冉乘风一望迷”；曹云“中天烟雨夕阳低。来时衣服多成雪”；迟云“去后皮毛尽属泥。但见白云侵月冷”；曹云“何曾黄鸟隔花啼”；迟云“行行不是人间象”；曹云“手挽蛟龙作杖藜[2]”。吟罢，友山别去。学士归语其妻，妻不答。转呼仆，仆亦不应。复坐北窗，取《椒山集》掀数页，回顾己身卧竹床上，大惊，始知梦也。惊醒起视，《椒山集》宛然掀数页，而次日友山讣至。

注释

①联句：作诗方式之一。由两人或多人各成一句或几句，合而成篇。

②杖藜：拐杖。

译文

曹能始小时候经过太平书店，买了一部《椒山集》回家。晚上读这书，看累了，合上书本睡觉。听到有敲门声，开门一看，是同学迟友山。两人手拉手登上高台，仰头观赏明月。友山吟诗道“慢慢乘风一望凄迷”；曹能始联句说“当空烟雨夕阳正低。来时衣服多映成雪”；迟友山联句道“去后皮毛全都为泥。只见白云透月冰冷”；曹说“何时黄鸟隔花欢啼”；迟说“走了又走不是人间景象”；曹说“手挽蛟龙当作拐杖”。吟诗结束，迟友山告别而去。曹能始学士回到屋里，把刚才联句的事告诉他的妻子，妻子不说话；转头呼叫仆人，仆人也不答应。他又坐回北边窗下，拿出《椒山集》，翻看了几页，一回头，却见自己睡在竹床上，大惊，这才知道自己是在做梦。他惊醒起身一看，《椒山集》恰好翻了那几页。而第二天，迟友山的讣告送来了。

徐崖客

湖州徐崖客者，孽子也[①]。其父惑继母言，欲置之死。崖客逃，云游四方，凡名山大川，深岩绝涧，必攀援而上，以为本当死之人，无所畏。登雁荡山，不得上，晚无投宿处。旁一僧目之曰:“子好游乎？”崖客曰:“然。”僧曰:“吾少时亦有此癖。遇异人授一皮囊，夜寝其中，风雨虎豹蛇虺俱不能害[②]。又与缠足布一匹，长五丈，或山过高，投以布，便攀援而上。即或倾跌，但手不释布，紧握之，坠亦无伤。以此游遍海内。今老矣，倦鸟知还，请以二物赠公。”徐拜谢别去。嗣后登高临深，颇得如意。入滇南，出青蛉河外千馀里，迷道，沙砾渺茫。投囊野宿月下，闻有人溲于皮囊上者，声如潮涌。偷目之，则大毛人，方目钩鼻，两牙出颐外数尺，长倍数人。又闻沙上兽蹄杂沓，如万群獐兔被逐狂奔者。俄而大风自西南起，腥不可耐，乃蟒蛇从空中过，驱群兽而行，长数十丈，头若车轮。徐惕息噤声而伏。天明出囊，见蛇过处，两旁草木皆焦，己独无恙。饥无乞食处，望前村有若烟起者。奔往，见二毛人并坐，旁置镬，爇芋甚香。徐疑即月下遗溲者，跪而再拜，毛人不知。哀乞救饥，亦不知，然色态甚和，睆徐而笑。徐乃以手指口，又指其肠。毛人笑愈甚，哑哑有声，响震林谷，若解意者，赐以二芋，徐得果腹。留半芋归，视诸人，乃白石也。徐游遍四海，仍归湖州。尝告人曰："天地之性人为贵，凡荒莽幽绝之所，人不到者，鬼神怪物亦不到。有鬼神怪物处，便有人矣。"

注释

①孽子：庶子，非正妻所生之子。

②虺 huǐ：毒虫。

译文

湖州人徐崖客，是妾生的孩子。他的父亲听信崖客继母的话，想把他置于死地。崖客逃了出来，云游四方。凡是名山大川，深山险沟，他一定要攀登上去，认为自己本是差点要死的人，也就没有什么可怕的了。徐崖客曾经登雁荡山，爬不上去，晚上没有投宿的地方。旁边一个和尚看着他，说："你喜欢旅游吗？"崖客回答："是的。"和尚说："我小时候也有这个癖好。曾经遇到一位高人，他给我一只皮袋，晚上睡在里面，风雨虎豹蛇虫都不能伤害我；又送了一匹缠脚布，长五丈，假如山太高，把布扔上去，就能顺布攀缘而上。即便有时候跌下来，只要手不松开布，紧紧抓着，掉下来也不会受伤。我凭借这两件东西游遍了天下。现在老了，像疲倦的鸟儿想要回窝，我把这两样东西赠给你吧。"徐崖客拜谢了和尚，告别离去。此后登山过水，都很顺心。进入云南，走到青蛉河外千余里的地方，迷了路，沙石弥漫。他钻进皮袋，夜宿于月光下的郊野。听到有人在皮袋上撒尿，声音大得像涨潮。偷偷观察，是个大毛人，方眼钩鼻，两牙伸出脸颊外好几尺，高出常人数倍。他又听见沙上乱纷纷的兽蹄踩踏声，像有上万獐兔被追赶狂奔。一会儿，从西南方刮起大风，腥气使人受不了，原来是一条蟒蛇从空中经过，驱赶着兽群前行。蛇长数十丈，头像车轮。徐崖客悄无声息地伏着。天亮后从袋中出来，见蛇经过的地方，两旁草木都焦了，唯独自己安然无恙。他饿了，没处找吃的，望见前村好像有烟火升起。崖客奔过去，见两个毛人并排坐着，旁边放着锅子，烘烤的芋头很香。崖客怀疑他们就是昨夜月下小便的人，于是跪下拜了又拜，毛人不明白他的意思。他哀求食物救饥，毛人还是不懂，不过脸色态度很温和，朝徐崖客眯着眼笑。徐崖客于是用手指口，又指指自己的肚子。毛人笑得更厉害，发出哑哑的声音，响声震动林谷，好像明白了徐崖客的意思，给了他两个芋头。徐崖客这才吃饱。他留下半个芋头回来，给别人一看，原来是白石头。徐崖客游遍了天下，仍旧回到湖州。他曾经告诉人们："天地的本性，以人为贵。凡是荒野幽僻无人烟的地方，鬼神怪物也不去；有鬼神怪物的地方，肯定就会有人。"

卷十八

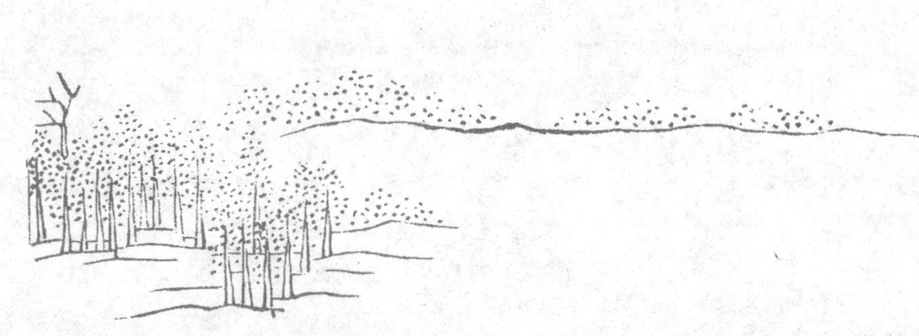

洞庭君留船

凡洞庭湖载货之船，卸货后，每年必有一整齐精洁之船，千夫拉曳不动。舟人皆知之，曰：“此洞庭君所留也。”便听其所之，不复装货。舵工水手，俱往别船生活。至夜，则神灯炫赫，出入波浪中，清晨仍归原泊之处。年年船只轮换当差，从无专累一家者[①]，亦从无撞折损伤者。

注释

①累：使……烦劳。

译文

凡是洞庭湖里装货的船，卸了货以后，每年必有一艘整齐而精致干净的船，上千个纤夫也拉不动。弄船的人都明白这种情况，说：“这是洞庭君留下要用的船啊。”便听任它飘到哪儿去，不再装货。船上的舵工和水手，都到别的船上去干活。到了夜间，那留用的船上便有神灯通明耀眼，在波浪中出没，清晨仍旧回到原来停泊的地方。每年船只都轮换当差，从来不专门烦劳某一家的船，留用船只也从来没有撞坏损伤的事。

卷十九

金刚作闹

严州司寇某有戚徐姓者[1]，能持《金刚经》[2]。司寇卒后，徐作功德[3]，为诵经日八百遍。一夕病重，梦鬼役召至阎罗殿。上坐王者谓曰："某司寇办事太刻，奉上帝檄发交我处，应讯事甚多。忽然金刚神闯门入，大吵大闹，不许我审，硬向我要某司寇去。我系地下冥司，金刚乃天上神将，我不敢与抗，只好交其带去，金刚竟将他释放！我因人犯脱逃，不能奏覆上帝，只得行查到地藏王处，方知是汝在阳间多事，替他念《金刚经》所致。地藏王晓得公事公办，无可挽回，故替我拦住金刚神，不许再来作闹，仍将某公解回听审。所以召汝者，将此情节告知，不许再为诵经。姑念汝也是一片好意，无大罪过，故仍放汝还阳。然妄召尊神，终有小谴，已罚减阳寿一纪矣！"徐大惊而醒。未十年，竟卒。吴西林曰："金刚乃佛家木强之神，党同伐异，闻呼必来，有求必应，全不顾其理之是非曲直也。故佛氏坐之门外，为壮观御武之用。诵此经者，宜慎重焉！"

注释

①司寇：清时别称刑部尚书为大司寇，刑部侍郎为少司寇。

②持：持诵，诵习。

③功德：泛指念佛、诵经、布施等事。

译文

严州某司寇，有一位姓徐的亲戚，能熟读《金刚经》。这位司寇死后，徐某为他做功德，每天念诵《金刚经》八百遍。一天晚上，徐某忽然病重，梦见鬼差把他带到了阎罗殿。端坐在殿上的阎王对徐某说："你亲戚司寇某生前执法太苛刻，遵照上帝的文件，将他发到我这里，应该审讯的事项很多。忽然金刚神闯入殿内，大吵大闹，不许我审理，硬向我要走司寇某。我是阴间的长官，而金刚是天上的神将，我不敢与他对抗，只好交给他带走，不料金刚神竟将他释放了！我这里因为人犯逃脱，无法上奏回复上帝，只得查问到地藏王那里，才知道金刚神来闹，是你在阳间多管闲事，替他念诵《金刚经》所导致的。地藏王晓得事情必须公事公办，不可扭转对司寇的查办，所以替我拦住金刚神，不准他再来我这里胡闹，仍旧把你亲戚押回本殿听候审办。之所以把你召来，是要把这段情节告诉你，不准你再为他念经。姑且念你也是出于一片好意，不是大罪过，所以仍旧放你还阳。但你无端召来金刚神，毕竟是有小过错的，因此已做了处罚，减去你阳寿十二年。"徐某大惊后醒来。不到十年，他到底死了。吴西林先生说："金刚神乃是佛教中性格夯直强硬的神，会袒护同党而攻击异己。听到呼喊一定来，有求必应，全然不顾事理的是非曲直。所以佛家把金刚神摆在佛殿的门外，派作壮大门面、抵御武力的用场。念诵《金刚经》的人，应当小心慎重啊！”

卷二十

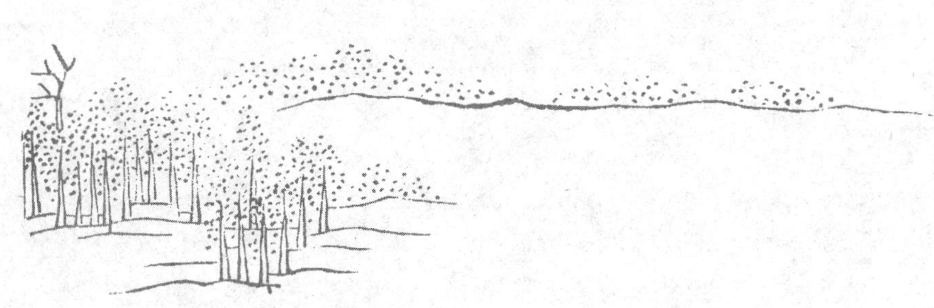

木　画

永城尉陆敬轩，浙之萧山人。修署截木。署旧有柳树一株，锯之。板中现天然画一幅，如淡墨写成。左危峰，右悬崖，崖上松一株、山树一株，枝叶倒垂，松上缠藤累累。中有一叟扶杖立，高冠长袖，须眉如活。左手纳袖中著胸前，右脚前行露舄[①]，左舄隐衣下，回顾若听泉状。尉宝之，携归其家。时乾隆辛酉十月十三日事。

注释

①舄 xì：古代一种以木为复底的鞋。

译文

永城县尉陆敬轩，是浙江萧山人。他修葺本县衙门大院，就地砍树取材。衙门院子里原有一株柳树，现在被作为木料锯开了。木板中显现出一幅天然的山水画，就像用淡墨描绘成的一样。左半幅画是高高的山峰；右半幅画则是悬崖，崖上有一棵老松树、一棵山树，枝叶都低垂着，松树上密密地缠绕着藤萝。画中有一位老人拄着手杖站着，高高的帽子、长长的袖子，胡须眉毛栩栩如生。老人左手藏在袖子里，放于胸前；迈出右脚，半露舄履，左边鞋子掩在衣服下面。他转过头，好像在倾听流泉声。陆敬轩把这幅天然木画当作珍宝，带回家中。这是乾隆六年十月十三日的事。

雷打扒手

乌程彭某，妻病子幼，卖丝度日。一日，负一捆丝赴行求售，因估价不合，置之柜上。时出入卖丝者甚众，行家以其货少[①]，他顾生理。彭转瞬丝即失去，因牵行主鸣官。行主云："我数万金开行，肯骗此数千文丝乎！"官以为有理，不究。卖丝者闷闷回家，适其子嬉戏门外，见父卖丝归，以为必带果饵，迎上索取。彭正失丝怀忿，任脚踢之，儿登时死。彭悔急，自投河，亦死。其妻不知也。邻人见其子卧于门，扶之，方知气已绝。连呼病妇，告以儿亡。妇痛子情急，登时坠楼死。官验后，嘱邻人为之埋葬。越三日，雷雨大作，震死三人于卖丝者之门。少顷，一剃头者复苏，据云："前扒手孙某在某行扒出一捆丝，对门谢姓见之，欲与分价，方免出首。系在我店卖出，派分，我得钱三百，彼二人各得二千。旋闻卖丝者投河，官验后无事矣，不料今日同遭雷击。彼等均已击死，我则打伤一腿。"验之果然。

注释

①行家：旧称有较多的资本，经营某种行业以营利的人。这里指丝行的掌柜。

译文

乌程县有个姓彭的，妻子卧病，儿子年幼，靠他一个人贩卖生丝过日子。一天，彭某背了一捆丝来到丝行出售，因为双方估算的价格谈不拢，就把那捆丝放在柜台上。这时候进进出出卖丝的人很多，掌柜的嫌彭某的货物少，就去招呼别人的生意。哪知转眼之间，彭某的丝就不见了，于是彭某拉着丝行东家到官府评理。在公堂上，丝行老板说："我开这丝行的本钱就有几万两银子，怎么会骗你这只值几千文钱的丝呢！"县官觉得在理，因此不予追究。彭某闷闷不乐地回到家中，恰巧他儿子正在门外玩耍，看见父亲卖丝回来，以为一定带了糖果之类好吃的东西，就迎上前嚷着讨要。彭某因为丢了丝，正有气没处发，见儿子前来纠缠，也没多想，就一脚踢去，谁知孩子当场被踢死了。彭某懊悔不及，投河而亡。他的妻子卧病在床，还不知道这些事。邻居看到彭某的孩子倒在门边，急忙扶起来，才知道小孩已经断气。于是连忙呼喊彭某的病妻，告诉她孩子死了。彭妻哀痛儿子，情急之下，跳楼摔死。官府人员验尸之后，嘱咐彭某的邻居代为埋葬。过了三天，乌程县突然雷雨大作，有三个人被雷电震死在丝行的门口。不一会儿，其中有个剃头匠慢慢苏醒过来，据他说："彭某的那捆丝，是不久前被扒手孙某从丝行偷走的。丝行对门的谢某看见孙某偷丝，提出要和孙某对半分赃，才不去告发。

后来，这捆丝是在我的店铺里出售的，分派赃款，我得三百文，他们各得二千文。不久听说那丢丝的人投河自杀了，官府验完尸，这事就了结了。想不到今天我们三个同遭雷击，他们两人都已被雷打死，而我也被打伤一条腿。”经查验，果然如此。

猢狲酒

曹学士洛禋为予言：康熙甲申春，与友人潘锡畴游黄山。至文殊院，与僧雪庄对食，忽不见席中人，仅各露一顶。僧曰："此云过也。"次日，入云峰洞，有一老人，身长九尺，美须髯，衲衣草履，坐石床。曹向之索茶，老人笑曰："此间安得茶？"曹带炒米，献老人。老人曰："六十馀年，未尝此味矣！"曹叩其姓氏。曰："余姓周，名执，官总兵。明末隐此百三十年。此猿洞也，为虎所据。诸猿患之，招余杀虎，殪其类[①]，因得居此。"床置二剑，光如沃雪。台上供河洛二图、六十四卦，地堆虎皮数十张。笑谓曹曰："明日诸猿来寿我，颇可观。"言未已，有数小猿至洞前，见有人，惊跳去。老人曰："自虎害除，猿感我恩，每日轮班来供使令。"因呼曰："我将请客，可拾薪煨芋。"猿跃去。少顷，捧薪至，煮芋，与曹共啖。曹私忆此间得酒更佳，老人已知，引至一崖，有石覆小凹，澄碧而香，曰："此猢狲酒也。"酌而共饮。老人醉，取双剑舞，走电飞沙，天风皆起。舞毕还洞，枕虎皮卧，语曹云："汝饥，可随手取松子橡栗食之，食后体觉轻健。"先是，曹常病寒，至是病减八九。最后引至一崖，有长髯白猿，以松枝结屋而坐，手素书一卷[②]，诵之琅琅，不解作何语。其下千猿拜舞。

曹大喜，急走归告雪庄。拉之同往，洞中止存石床，不见老人。

注释

①殪 yì：杀死。

②素书：这里泛指一般道书。

译文

曹洛禋学士对我讲过这么一个故事：康熙四十三年春天，他和朋友潘锡畴同游黄山。到了文殊院，他们跟雪庄和尚一起吃饭，忽然看不见饭桌上的人，各自仅仅露出头顶。雪庄说：“这是黄山浮云经过。”第二天，曹、潘二人走进云峰洞，洞里有一位老人，身高九尺，修长的胡须，穿着道袍草鞋，端坐在石床上。曹学士向老人讨茶喝，老人笑着说：“这里哪有茶呢？”曹学士把随身带的炒米送些给老人。老人说：“我已经有六十多年没尝过米的味道了。”曹学士问老人的姓名，老人说：“我姓周名执，官至总兵。明末隐居在此，至今已有一百三十年了。这儿本是猿猴居住的洞穴，后来被老虎占据。群猴为虑患所苦，就请我来杀老虎，除去虎群，于是我就在这洞里居住了。”老人的石床上还放着两把剑，剑光莹莹，如同白雪。石台上供奉着河图洛书、六十四卦图，地上堆着几十张虎皮。老人笑着对曹、潘二人说：“明天群猴要来给我拜寿，场面很壮观。”话未说完，已有几只小猿猴来到洞前，见有人，就连蹦带跳躲到一边去了。老人说：“自从除了虎害，猴子们感戴我的恩德，每天轮班来供我使唤。”随即呼唤道：“今天我要请客，你们可以去拾些柴火来煮芋头。”猿猴们听到吩咐，跳跃而去。不一会儿，小猿猴就抱来柴火，于是煮了芋头，老人和曹学士他们一起吃。曹学士私下里想，要是这里有酒喝，那就更好了。老人已猜出他的心思，带他们来到一处山崖下，有一个石头覆盖的小石坑，装满了清澈碧绿、香气扑鼻的美酒。老人说：“这叫猢狲酒。”于是舀出来一起喝。老人带着醉意，取来双剑起舞。顿时舞得电闪沙飞，四下里大风刮起。老人舞罢，走回洞中，躺卧在一张虎皮上，对曹、潘两人说：“你们如果饿了，可随手采些松子、橡栗吃，吃下后身体会觉得轻快健壮。”曹学士原本常年有风寒病，这一吃，病减去了八九分。最后，老人带他们到了另一处山崖下，那里有一只长须白猿，坐在一间用松枝编结成的屋子里，手拿一卷道书，琅琅诵读着。曹学士听不懂它念的是什么。长须白猿的身下，有成千只猿猴叩拜舞蹈。曹、潘二人见此情景，喜出望外，急忙跑回文殊院，告诉雪庄。二人拉着雪庄和尚一同前往，可是第二次来到云峰洞时，洞中只剩下石床，那老人已不见了。

卷二十一

黑 霜

四海本一海也。南方见之为南海，北方见之为北海，证之经传皆然。严道甫向客秦中，晤诚毅伯伍公，云：雍正间，奉使鄂勒，素闻有海在北界，欲往视，国人难之。固请，乃派西洋人二十名，持罗盘火器，以重毡裹车，从者皆乘橐驼随往。北行六七日，见有冰山如城郭，其高入天，光气不可逼视。下有洞穴，从人以火照罗盘，蜿蟺而入[①]，行三日乃出。出则天色黯淡如玳瑁[②]，间有黑烟吹来，着人如砂砾。洋人云："此黑霜也。"每行数里，得岩穴则避入，以硝磺发火，盖其地不生草木，无煤炭也。逾时复行。如是又五六日，有二铜人对峙，高数十丈，一乘龟，一握蛇，前有铜柱，虫篆不可辨。洋人云："此唐尧皇帝所立，相传柱上乃'寒门'二字。"因请回车，云前："去到海约三百里，不见星日，寒气切肌，中之即死，海水黑色如漆，时复开裂，则有夜叉怪兽起来攫人。至是水亦不流，火亦不热。"公因以火着貂裘上试之，果不然[③]，因太息而回。入城，检点从者五十人，冻死者二十有一。公面黑如漆，半载始复故，随从人有终身不再白者。

注释

①蜿蟺wān shàn：屈曲盘旋的样子。

②玳瑁：爬行动物，形似龟。甲壳黄褐色，有黑斑和光泽，可做装饰品。这里指玳瑁壳的颜色。

③然：通“燃”。

译文

四海彼此相通，实则是一个海。在南方见到的海称为南海，在北方见到的海称为北海，这在经典传解书籍中都可以得到证明。严道甫原先旅居在陕西、甘肃一带，曾会见过诚毅伯伍公。伍公对严道甫说：雍正年间，他奉命出使鄂勒，一向听说它的北边界有大海，就想去那里看看。鄂勒人感到为难。伍公再三请求去看，于是鄂勒人派了二十个洋人，带上罗盘、火器，用好几层毛毡裹着车辆。洋人和伍公的随从人员，都骑着骆驼跟随前行。向北走了六七天，看到有一座像城市一样的大冰山。那高高的冰山耸入云天，透着寒光冷气，使人不敢靠近细瞧。山下有洞穴，随从用火把照亮罗盘，转弯抹角地在洞里行进，走了三天才出洞。出洞之后，天空像玳瑁色一样昏暗，不时还有阵阵黑烟吹来，刮到人的脸上，感觉像沙砾。洋人说：“这叫黑霜”。他们每走几里路，看见山洞就进去躲避黑霜，又取出带来的硝磺打火照明，因为那地方寸草不生，所以没有煤炭。

歇了一段时间，等黑霜刮过，再继续前行。这样，他们又走了五六天，看到有两个铜人像面对面站着。铜像高数十丈，一个站在龟背上，一个手里拿着蛇。铜像的前面有一根铜柱，上面刻着虫形的篆文，辨认不出是什么字。洋人说：“这是唐尧皇帝树立的铜像和铜柱，相传铜柱上的虫形篆文，是‘寒门’二字。”于是，他们劝伍公回程，说：“从这里前往大海约有三百里路。那里看不见星星、太阳，寒气刺入肌肤，人中了寒气则必死无疑。那里的海水颜色像黑漆，冰层不时地裂开，里面会有夜叉和怪兽冒出来抓人。即便眼前的这个地方，水也流不动，火也点不着。”伍公于是在貂皮大衣上点火试看，果然烧不着，只得叹息着返回。回到鄂勒的城里，伍公查点五十个随从，已经冻死二十一人。伍公自己也面如黑漆，半年后才恢复原貌。而他的随从人员中，有的一辈子再也白不了了。

于云石

金坛于云石官翰林时，迎其父就养入都。一日行至中途，天色已晚，四无人烟，寻一旅店，遂往投宿。店主以人满辞。于以前路无店，固求留宿。店主踌躇久之，曰："店后只有空屋数椽，小儿幼年曾读书其处，不幸夭亡。我不忍往观，故封闭之。客如不嫌，请暂住一夜如何？"于从之。即开门入，见四壁尘蒙，蟏蛸满户①，案有残书数卷。偶得时文稿一本，翻阅之，与其子云石所作文无异，入后数篇，与乡、会试中式之卷亦相同②，意甚讶然。忽寓外有光射入，见对面石壁上恍惚有"于云石"字迹，即秉烛出观，乃"干霄石"三字也。转身进内，磞然有声③，石壁遂倒，字亦随灭。一夜惊疑不寐。晓行抵都，与子备述其事。云石闻言，不觉失色，须臾仆地。急唤家人救治，不苏而绝。

注释

①蟏蛸：蜘蛛的一种，脚很长。通称蟢子。

②中式：科举考试合格。

③磞pēng然：拟声词，砰。

译文

江苏金坛的于云石，在翰林院做官时，要把父亲接到京城来赡养。一天，老先生走到半路，天色已晚，四周人烟稀少，好不容易才找到一家旅店，就去投宿。可是，店主人却推辞说人已住满。因为前面没有其他旅店了，所以于老先生再三请求留宿一夜。旅店主人犹豫很久，才说："只剩下小店后面的几间空屋子，小儿幼年曾经在那里读书，后来不幸夭亡。我不忍心再看那屋子，所以关闭着。客官如果不嫌弃，可否就去那儿暂住一夜？"于老先生同意了。他随即进那屋，只见墙壁到处都蒙着灰尘，室中蜘蛛爬满，桌子上放着几卷残书。老先生随手拿出其中一本八股文文稿，翻开一看，竟然跟自己儿子云石写过的文章一样。后面几篇，也和于云石考取乡试、会试时所写的文章相同，于老先生大为惊讶。这时，忽然有一道光从屋子外面照进来，老先生看见对面的石壁上朦朦胧胧有"于云石"三个字，就拿着蜡烛出去察看，原来是"干霄石"三个字。老先生刚转身回屋，突然背后轰隆一声，对面的石壁已经倒塌，上面的字也随即不见了。于老先生一晚上都惊疑不定，难以入睡。天亮后，他赶紧往京城赶。到京城后，就把他在客店的经历详细地对儿子讲了。于云石一听这话，不觉大惊失色，一会儿便昏倒在地。于老先生急忙呼喊家人抢救，可于云石还是昏迷断气了。

卷二十二

浮 尼

戊戌年，黄河水决。河官督治者每筑堤成，见水面有绿毛鹅一群，翱翔水面，其夜堤必崩。用鸟枪击之，随散随聚，逾月始平。虽老河员，不知鹅为何物。后阅《桂海稗编》，载前明黄萧养之乱，黄江有绿鹅为祟，识者曰："此名浮尼，水怪也。以黑犬祭之，以五色粽投之，则自然去矣。"如其言，果验。

译文

乾隆四十三年，黄河决口。监督治理黄河河道的官员每次修好堤坝，就发现水面上有一群绿毛鹅翱翔游弋。当天夜里，新修的堤坝必定崩坏。人们用鸟枪射击绿毛鹅，它们就飞散开来，不一会儿，又重新聚在一起。一个月后，事情才得以平息。即便是老河工，也不知道这些绿毛鹅究竟是什么样的怪物。后来，我翻阅《桂海稗编》，书中载有明朝黄萧养作乱的事，其中说到黄河和长江有绿毛鹅作祟。有认识此鸟的人说："这些绿毛鹅名叫浮尼，是一种水怪。只要用黑狗祭祀它们，再把五色粽子投到水里，它们自然会离开。"河官按这种说法试了一下，果然灵验。

雷火救忠臣

全椒金光辰，以御史直谏，触崇祯皇帝之怒，召对平台，将重惩之。忽迅雷震御座，乃免之。嘉靖怒刘魁、杨爵、周怡直谏，杖置狱中，有神降乩[①]，言三人冤，乃赦之。后因熊浃言乩仙不足信，重捕入狱。亡何[②]，高元殿火起，帝祷于灵台，火光中有呼三人姓名称忠臣者，乃急传诏释之，且复其官。

注释

①降乩：旧时有一种迷信活动叫扶乩，即扶着架子占卜决疑。扶乩时神灵降下旨意，叫降乩。

②亡wú何：不久。

译文

安徽全椒人金光辰，以御史的身份直言进谏，触怒了崇祯皇帝。金光辰被召到平台问罪，将受到严厉的惩罚。忽然，天空一声炸雷，震动了皇帝的宝座。于是，崇祯皇帝赦免了金光辰。嘉靖朝，大臣刘魁、杨爵、周怡，也因为直言进谏，被廷杖后打入大牢。这时，有神仙降下乩坛，说三个人受了冤枉，嘉靖皇帝就释放了他们。后来，因为熊浃说乩仙不值得听信，于是又把三人逮捕入狱。不久，皇城里的高元殿发生火灾，嘉靖皇帝亲自到灵台祈祷。这时，火光中有人呼叫刘魁、杨爵、周怡的名字，说这三人是忠臣。于是，嘉靖皇帝急忙降旨，释放他们，并恢复了他们的官职。

水精孝廉

广东纪孝廉，童时误入蛇腹，黑无所见，但闻腥气，扪其壁，滑汰不可近①。幸身边有小刀，因挖其壁，渐见微明，就明钻出，困卧于地。邻人见之，携归其家。是日村郊三十里外，有大蛇死焉。孝廉为毒气所伤，通身皮脱如水精②，肠胃皆见，从幼至壮不改。乡举后，同年皆见之，呼为“水精孝廉”。

注释

①汰 tà：滑。

②水精：水晶。

译文

广东有个纪举人，童年时曾经误入一条大蛇的腹内，里面一片漆黑，什么也看不见，只闻到一股腥味。他伸手摸四壁，到处滑唧唧的，什么也抓不住。幸亏他身边带了一把小刀，就在蛇身内壁挖了一个洞，渐渐看见一丝光亮。他顺着光亮，终于钻了出来，精疲力竭地倒在地上。邻居发现了他，把他抱回家里。当天，在村外三十里的地方，有一条大蛇死在那里。纪举人被蛇的毒气所伤，浑身的皮肤都脱落了，身体变得透明如同水晶，连肠胃都看得见。从幼年到壮年，纪举人的体貌都没有改变、复原。他乡试中举后，同科见了他，都称呼他“水精举人”。

忠恕二字一笔写

黄烽照，歙县人。原任福山同知①，罢官后，主讲韶州书院。尝书“忠恕”二大字，勒石讲堂②，款落“新安后学某敬书”。忽一日，梦黑衣者二人执灯至，曰:“奉命召汝。”黄即随往。至一处，历阶而升，闻呼曰:“止！”黄即立定。黑衣人分左右立，中隔一层白云，闻有人曰:“汝为大清官员，何以生今反古，书‘忠恕’二字，款落‘新安’？宜速改正！”黄惊醒，急将前所刻“新安”二字改写“歙县”。越数日，又梦前黑衣人引至原处，仍闻云中人诏曰:“汝改书勒石固善，但亦知‘忠恕’二字之义，是一气读否？汝可于古帖中求之。”黄醒，检阅《十七帖》③，见“忠恕”二字，行书乃是“中心如一”四字，恍然大悟，复将壁间石刻毁去，仿帖中行书，另写勒石。今现存韶州书院。

注释

①同知：清代称知府的副职官。

②勒石：刻字于石。

③十七帖：草书法帖名。晋王羲之所书信札。因第一札开头有“十七日”三字，故名。后辗转相刻，版本不下十余种。

译文

歙县人黄烇照，原来担任福山县同知，罢官之后，在广东韶州书院讲学。他曾经写下“忠恕”两个大字，请工匠刻在石头上，放在讲堂里，落款处题“新安后学某敬书”。忽然有一天，他梦见两个黑衣人提着灯笼而来，对他说：“我们奉命来请你。”黄烇照当即跟他们出行。来到一个地方，黄烇照踏着台阶往上走，听有人传呼：“止步！”黄先生就站住了。两个黑衣人分左右而立，中间隔着一层白云，就听到有人说：“你身为大清朝的官员，为什么生在今日而要返古？你写‘忠恕’二字，落款是古地名‘新安’，应该赶紧改正过来！”黄烇照从梦中惊醒，急忙派人把先前所刻的“新安”二字改成“歙县”。过了几天，他又梦见先前的两个黑衣人把他带到原来的地方，仍旧听到云里的人下诏说：“你在石上改刻‘歙县’，这固然很好。但你是否也知道‘忠恕’二字的字义，是一气读下来的吗？你可以从古代法帖中找到答案。”黄烇照梦醒后，翻读法帖。在《十七帖》中，他看到“忠恕”二字的行书，乃是“中心如一”四字的笔势。黄先生恍然大悟，又将原先讲堂墙壁间的石刻毁了，仿照《十七帖》中的行书，另写一幅，请工匠刻在石上。这块石刻，现在还保存在韶州书院里。

周仓赤脚

相传东台白驹场关庙周仓赤脚[1]，因当日关公在襄阳放水淹庞德时，周仓亲下江挖坑故也。戊申冬，余过东台，与刘霞裳入庙观之，果然赤脚。又见神座后有一木匣，长三尺许，相传不许人开。有某太守祭而开之，风雷立至。

注释

①东台：清代县名。即今江苏省盐城东台市。

译文

相传东台县白驹场关帝庙里的周仓塑像，是赤着脚的。因为当年关公在襄阳放水淹庞德时，周仓将军亲自赤脚下汉江挖掘泥土。乾隆五十三年冬天，我路过东台县，与刘霞裳进庙中参观，看到周仓果然是光着脚的。我还看见神像后面有个木匣，大约长三尺，相传是不许人打开的。有位太守在祭祀后打开了它，霎时间狂风大作，雷声隆隆。

狐道学

法君祖母孙氏外家，有孙某者，巨富也。国初海寇之乱，移家金坛。一日，有胡姓携其子孙、奴仆数十人，行李甚富，过其门，云是山西人，遇兵不能行，愿假尊屋暂住。孙接其言貌[①]，知非常人，分一宅居之。暇日过与闲话，见其室中有琴剑书籍，所读者皆《黄庭》《道德》等经，所谈者皆心性语录中语，遇其子孙、奴仆甚严，言笑不苟。孙家人皆以"狐道学"称之[②]。孙氏小婢有姿，一日遇翁之幼孙于巷，遽抱之，婢不从，白于胡翁。翁慰之曰:"汝勿怒，吾将杖之。"明日日将午，胡翁之门不启，累叩不应，遣人逾墙，开门阅之，宅内一无所有，惟书室中有白金三十两置几上，书"租资"二字。再寻之,阶下有一掐死小狐。法子曰:"此狐乃真理学也。世有日谈理学而身作巧宦者，其愧狐远矣！"

注释

①接：接触，交往。

②道学：宋代儒家周敦颐、张载、程颢、程颐、朱熹等的哲学思想。亦称理学。

译文

法嘉荪先生的祖母孙氏的娘家，有位孙某人，是个富豪。开国初，海盗作乱，孙某把家搬到金坛。一天，有个姓胡的老人，带着他的子孙、奴仆几十人，还有很多行李，来拜访孙某。老人说他们是山西人，遇到兵乱，走不了，希望借孙某的空房暂住。孙某在与老人交谈中，察其言谈举止，知道他们非同一般，于是让出一处空房，给他们居住。有空的时候，孙某过去和老人闲谈，看见老人的书房里，有琴剑书籍。老人所读的书都是《黄庭经》《道德经》等典籍，谈论的都是关于心性、语录中的话。这老人对子孙和奴仆管教特别严，平时不苟言笑。孙家的人都以“狐道学”称呼他。孙某家有个小婢女，长得漂亮。一天，这小婢女与老人的一个小孙子在小巷中相遇。小孙子突然抱住她不放。婢女不顺从，逃到老人那儿，把刚才的事告诉了胡老翁。老翁安慰她说：“你不要生气，我一定揍他。”第二天快到中午的时候，只见胡老翁的宅子还是紧闭着。孙某敲门敲了好大会儿，也不见人来。孙某命人翻墙进去，把门打开。一看，宅子里空空荡荡，只有书房的书桌上，放着三十两银子，封缄上写“租资”二字。再细细搜寻，发现台阶下有一只被掐死的小狐狸。法嘉荪先生说：“这胡老翁才是真正的理学家啊。如今世上有不少做官的，整天口谈程朱理学，背地里却不择手段到处钻营。这些人比起胡老翁来，差得太远了，岂不羞愧！”

卷二十三

雁荡动静石

南雁荡有两石相压，大可屋二间[①]，下为静石，上为动石。欲推动之，须一人卧静石上，撑以双脚，石轰然作声，移开尺许。如立而手推之，虽千万人不能动石一步。其理卒不可解。

注释

①可：大约。

译文

南雁荡山上有两块巨石上下互压着，大约有两间房子那么大。下面一块叫静石，上面一块叫动石。要想推动动石，必须让一个人仰卧在静石上，双脚撑住动石，用力一蹬，就会发出轰的一声，动石便会移开一尺多。如果人站着推那动石，即使成千上万的人力，也不能挪开动石一步。这其中的奥妙，始终没人能解开。

虾蟆教书蚁排阵

余幼住葵巷，见乞儿索钱者，身佩一布袋两竹筒，袋贮虾蟆九个，筒贮红白两种蚁约千许。到店市柜上，演其法毕，索钱三文即去。一名“虾蟆教书”。其法，设一小木椅，大者自袋跃出，坐其上，八小者亦跃出环伺之，寂然无声。乞人喝曰：“教书！”大者应声曰：“阁阁！”群皆应曰：“阁阁！”自此连曰阁阁，几聒人耳[①]。乞人曰：“止！”当即绝声。一名“蚂蚁摆阵”。其法，张红白二旗，各长尺许，乞人倾其筒，红白蚁乱走柜上。乞人扇以红旗，曰：“归队！”红蚁排作一行。乞人扇以白旗，曰：“归队！”白蚁排之作一行。乞人又以两旗互扇，喝曰：“穿阵走！”红白蚁遂穿杂而行，左旋右转，行不乱步。行数匝，以筒接之，仍蠕蠕然各入筒矣。虾蟆蝼蚁，至微至蠢之虫，不知作何教法。

注释

①聒：喧闹，声音嘈杂。

译文

我小时候住在葵巷，看见乞丐讨钱，随身带着一只布袋、两个竹筒。布袋里装着九只蛤蟆，竹筒里藏着红白两种蚂蚁，大概有一千多只。乞丐到店铺柜台上，表演完他的戏法，向店主讨三文钱便离开。他的戏法有两种，一种叫蛤蟆教书。方法是，在柜台上放一把小木椅，最大的一只蛤蟆从袋子里跳出来，坐在小木椅上，其他八只小蛤蟆也跳出来，面朝着大蛤蟆，环绕在椅子下面。最初，九只蛤蟆都不出声。乞丐下喝道："教书！"那只大蛤蟆便应声叫道："阁阁！"八只小蛤蟆随后也"阁阁"地附和起来。这样，蛤蟆们"阁阁"地连声叫个不停，有些刺耳。乞丐说："停止！"蛤蟆们立刻就不再叫了。另一种叫蚂蚁摆阵。方法是，打着红、白两面小旗，各有尺把长。乞丐倒出筒子，红、白两种蚂蚁在柜子上乱走乱爬。这时，乞丐将红旗一挥，下令说："归队！"红蚂蚁立刻排成一行。乞丐又挥动白旗，下令说："归队！"白蚂蚁也迅速排队，列成一行。乞丐交叉挥动两面旗子，喝道："穿阵走！"红、白蚂蚁们随即穿插着行走，左旋右转，步子次序一点也不乱。穿行了几次，乞丐再用两个竹筒接迎蚂蚁回来，红、白蚂蚁仍旧慢慢地爬回各自的筒里。想想蛤蟆和蚂蚁，都是极微小极愚蠢的动物，不知乞丐是用什么方法调教它们的。

铜人演《西厢》

乾隆二十九年，西洋贡铜伶十八人[①]，能演《西厢》一部。人长尺许，身躯耳目手足，悉铜铸成。其心腹肾肠，皆用关键凑接[②]，如自鸣钟法[③]。每出[④]，插匙开锁，有一定准程，误开则坐卧行止乱矣。张生、莺莺、红娘、惠明、法聪诸人，能自行开箱着衣服，身段交接，揖让进退，俨然如生，惟不能歌耳。一出演毕，自脱衣卧倒箱中。临值场时，自行起立，仍上戏毯。西洋人巧，一至于此！

注释

①伶：演员。

②关键：机关，机械装置。

③自鸣钟：一种能按时自击，以报告时刻的钟。

④出：戏曲术语，剧本结构的一个章节。

译文

乾隆二十九年，西洋人向朝廷进贡了十八个铜制的演员。这些铜人能演出一部《西厢记》。每个铜人有一尺多高，身躯、耳朵、眼睛、手脚都是用铜铸成的。它们的心腹、肾肠，都用机关装配连接，如同自鸣钟的构造方法。每演一出戏，要插进钥匙开锁，开启时有一定的次序。如果开错了，那么铜人的行动坐卧就会乱套。开启之后，张生、莺莺、红娘、惠明、法聪等人，能够自行打开箱子，穿戴行头，身段表演之序和相见进退之礼都栩栩如生，只是不能唱曲罢了。一出戏演完后，这些铜制演员就自行脱掉戏装，躺卧到箱子里。临到再上场的时候，它们又会自行起立，再回到戏毯上进行表演。西洋人的工艺品巧夺天工，竟到了这种程度！

石揆谛晖

石揆、谛晖二僧，皆南能教也。石揆参禅，谛晖持戒，两人各不相下。谛晖住杭州灵隐寺，香火极盛，石揆谋夺之。会天竺祈雨，石揆持咒召黑龙行雨，人共见之，以为神。谛晖闻知，即避去，隐云栖最僻处。石揆为灵隐长老垂三十年，身本万历孝廉，口若悬河，灵隐兰若之会，震动一时。有沈氏儿丧父母，为人佣工，随施主入寺，石揆见之大惊，愿乞此儿为弟子，施主许之。儿方七岁，即为延师教读。儿欲肉食，即与之肉；儿欲衣绣，即衣之绣，不削发也。儿亦聪颖，通举子业。年将冠矣，督学某考杭州[①]，令儿应考，取名近思，遂取中府学第三名。月馀，石揆传集合寺诸僧曰："近思，余小沙弥也。何得瞒我入学为生员耶？"命跪佛前，剃其发，披以袈裟，改名"逃佛"。同学诸生，闻之大怒，连名数百人上控巡抚学院，道奸僧敢剃生员发，援儒入墨，不法已甚。有项霜泉者，仁和学霸也。率家僮数十，篡取近思，为假辫以饰之，即以己妹配之，置酒作乐，聚三学弟子员，赋催妆诗作贺。诸大府虽与石揆交，而众怒难犯，不得已准诸生所控，许近思蓄发为儒。诸生犹不服，各汹汹然欲焚灵隐寺，殴石揆。大府不得已，取石揆两侍者，各笞十五，群忿始息。后一月，石揆命侍者撞钟鼓，召集合寺僧，各持香一炷礼佛毕，泣曰："此予负谛晖之报也。灵隐本谛晖所住地，而予以一念争胜之心夺之。此念延绵不已，念已身灭度后[②]，非有大福分人不能掌持此地。沈氏儿风骨严整，在人间为一品官，在佛家为罗汉身，故余见而倾心，欲以此坐与之。又一念争胜，欲使佛法胜于孔子，故先使入学，以继我孝廉出身之衣钵。此皆贪嗔未灭之客气也[③]。今侍儿受杖，为辱已甚，尚何面目坐方丈乎！夫儒家之改过，即佛家之忏悔也。自今已往，吾将赴释梵天王处忏悔百年，才能得道。诸弟子速持我禅杖一枝，白玉钵盂一个，紫衣袈裟一袭，往迎谛晖，为我补过。"群僧合掌跪泣曰："谛晖逃出已三十年，音耗寂然，从何地迎接？"曰："现在云栖第几山第几寺，户外有松一株，井一口。汝第记此，去访可也。"言毕趺坐而逝[④]，鼻垂玉柱二尺许[⑤]。群僧如其言，果得谛晖。沈后中进士，官左都御史，立朝有声，谥"清恪"。虽贵，每言石揆养育之恩，未尝不泣下也。

谛晖有老友恽某，常州武进人，逃难外出披甲，有儿年七岁，卖杭州驻防都统家。谛晖欲救出之，会杭州二月十九日观音生日，满汉士女咸往天竺进香，过灵隐，必拜方丈大和尚。谛晖道行高[⑥]，贵官男女膜手来拜者以万数，从无答礼。都统夫人某，从苍头婢仆数十人来拜谛晖。谛晖探知瘦而纤者，恽氏儿也，矍然起，跪儿前，膜拜不止，曰："罪过！罪过！"夫人大惊问故，曰："此地藏王菩萨也。托生人间，访人善恶。夫人奴畜之，无礼已甚，闻又鞭扑之，从此罪孽深重，祸不旋踵矣[7]！"夫人皇急求救，曰："无可救！"夫人愈恐，告都统，都统亲来，长跪不起，必求开一线佛门之路。谛晖曰："非特公有罪，僧亦有罪。地藏王来寺，而僧不知迎，罪亦大矣！请以香花清水供养地藏王入寺，缓缓为公夫妇忏悔，并为自己忏悔。"都统大喜，布施百万，以儿与谛晖。谛晖教之读书学画，取名寿平，后即纵之还家，曰："吾不学石揆痴也。"后寿平画名日噪，诗文清妙。人或曰恽沈二人优劣，谛晖曰："沈近思学儒，不能脱周、程、张、朱窠臼；恽寿平学画，能出文、沈、唐、仇范围。以吾观之，恽为优也。"言未已，以戒尺自击其颈，曰："又与石揆争胜矣！不可，不可！"谛晖寿一百零四岁。

注释

①考：主考，考试。

②灭度：佛教用语。灭烦恼，度苦海。涅槃的意译。亦指僧人死亡。

③客气：一时的意气；偏激的情绪。

④趺坐：双足交叠而坐。

⑤玉柱：指修道者死后鼻腔分泌物。据说这是成道

的征象。

⑥道行：僧道修行的功夫。

⑦旋踵：掉转脚跟。形容时间短促。

译文

石揆、谛晖两位高僧，都属于南派慧能禅。石揆主参禅，谛晖主持戒，两人不分高下。谛晖在杭州灵隐寺当住持，香火特别旺。石揆不服，想要谋夺他的位置。正好杭州天竺寺举行祈雨仪式，石揆念诵咒语，召来黑龙行云布雨，在场的人都看到了石揆的本领，以为他是神仙。谛晖听说后，就离开灵隐寺，隐居在云栖山最偏僻的地方。从此以后，石揆做了将近三十年的灵隐寺方丈。石揆本是明代万历时的举人，说话口若悬河。在灵隐寺的佛会上，他演经说法，名震一时。当地有个父母双亡的沈姓孤儿，给人家做雇工。有一天，他随主人来灵隐寺里。石揆看见这个孩子，大吃一惊，希望收下他作为佛门弟子。施主答应了。当时，这个男孩才七岁，石揆马上请老师教他读书。孩子要吃肉，就给他肉吃；孩子要穿好衣服，就给他锦绣衣服穿，不给他剃头受戒。沈氏孤儿也很聪明，精通八股举业。将近二十岁的时候，教育督导某在杭州主持考试，石揆命这孩子去应考，给他取名“近思”。沈近思考中了府学第三名。过了一个多月，石揆传令集合本寺僧众，说道：“近思，是我寺的一个小沙弥。怎么能瞒着我去儒学学校里，成为一名秀才呢？”当即命沈近思跪在佛前，剃发受戒，披上袈裟，改赐法名为“逃佛”。学校里的众多同学，听说这事，大为愤怒，数百人联名向省城巡抚学院上诉，说奸诈的和尚竟敢剃掉秀才的头发，强制他转入旁门，无法无天。有个叫项霜泉的秀才，是杭州的学霸。他率领家僮数十人，从灵隐寺中把沈近思抢了出来，并给近思装上假辫子，把自己的妹妹许配给他，大办婚宴酒席，奏起音乐，聚集学界的秀才作催妆诗祝贺。省市的有关部门虽然平时与石揆有交情，但众怒难犯，不得已支持了秀才们的控告，允许沈近思蓄发为儒。秀才们仍然不服气，各自怒气冲冲，想要焚烧灵隐寺，殴打石揆。官府没办法，传讯石揆身边的两名侍从僧人，各打十五大板，秀才们的公愤才平息下去。又过了一个月，石揆命侍从撞响钟鼓，召集本寺所有僧人，各自点着一炷香，拜完佛祖，他流着泪说：“这是我对不起谛晖而受的报应啊。灵隐寺本来是谛晖所住的地方，而我因一念好胜之心，夺了他的位置。这念头一直没停，想到自己圆寂之后，除非有大福气的人，不能主持本寺。当初我看沈家孩子风骨不凡，如果将来不出家，会官至一品；如果出了家，也是个罗汉身。所以我一见他，便倍加关注，想将来把方丈的位置传给他。又因为好胜的念头，想要使佛法胜过孔子，所以我先让近思考入府学，以继承我举人出身做和尚的衣钵。这都是贪欲与嗔恚未除的偏激之心。现在我的侍从代我受笞刑，已是对我的极大羞辱，我还有什么脸面坐方丈这个位置！儒家所说的改过，等同于佛家的忏悔。从今以后，我就要到释梵天王那里去忏悔一百年，才能得道。你们尽快带上我的一根禅杖、一个白玉钵盂，以及紫衣袈裟一件，去把谛晖长老接回来，为我弥补罪过吧！”众僧人合掌跪下，哭着说：“谛晖长老离开灵隐寺，已经三十年了，音信杳无，上哪儿去接他？”石揆说：“谛晖长老现在住云栖山某峰某寺，寺外有一株松树和一口井。你们只要记住这些，就可以找到他。”说罢，石揆盘膝端坐而逝，鼻孔里垂下二尺多长的玉状鼻涕。众僧按照石揆的遗嘱，果然找到了谛晖。后来，沈近思中了进士，官至左都御史。他在朝廷里很有名声，死后谥“清恪”。虽然身为高官，但每当提到石揆的养育之恩，沈近思总是感动得流下泪来。

谛晖有位姓恽的老朋友，是常州武进人。恽某逃难离家，在外从了军。他有个七岁大的儿子，卖给杭州驻军都统家中为奴。谛晖想把这孩子从都统家救出来。那年二月十九日，正是观音菩萨生日，杭州满汉两族的百姓都到天竺山进香。香客们路过灵隐寺，一定要来拜见谛晖长老。谛辉长老道行高，向他顶礼膜拜的贵族男女有上万人，他从来没空答礼。这天，那位驻军都统的夫人带着几十名奴仆丫鬟来拜谛晖长老。谛晖事先探知，奴仆中身体瘦小的是恽某的孩子，于是突然站起身来，跪在恽氏儿面前，膜拜不停，说：“罪过！罪过！”都统夫人大惊失色，忙问原因。谛晖说：“这个孩子是地藏王菩萨啊。他托生到人间，是要察访人间善恶。夫人把他当奴仆来养，已经极其无礼。听说夫人还经常打他，从此罪孽深重，大祸就要临头了！”那夫人听了，又急又怕，连忙求救。谛晖说：“救不了！”夫人更加惶恐，将这事告诉都统。都统亲自前来，一直跪在谛晖面前，不肯起来，求他无论如何指示一条生路。谛晖说：“这事不但您有罪，老僧也有罪过。地藏王菩萨光临本寺，老僧不知迎接，罪过已很大了！请用香花清水将地藏王供养在本寺，老僧慢慢为大人和夫人忏悔，也为老僧自己忏悔。”都统十分高兴，施舍了很多钱，把恽氏儿交给谛晖。谛晖教这孩子读书作画，并给他取名寿平。后来，谛晖又让恽寿平回家，说：“我不学石揆长老的痴妄。”后来，恽寿平作画的名声越来越大，诗文也清妙。有人向谛晖问起恽寿平和沈近思二人的高下。谛晖说：“沈近思习儒，没能摆脱周敦颐、二程、张载、朱熹的框框；恽寿平学画，却能跳出文徵明、沈周、唐寅、仇英的范围。依老僧看来，恽寿平胜出。”话还没说完，谛晖便拿戒尺打自己的脖子，说道：“我又与石揆争胜了！不可，不可！”谛晖长老享年一百零四岁。

卷二十四

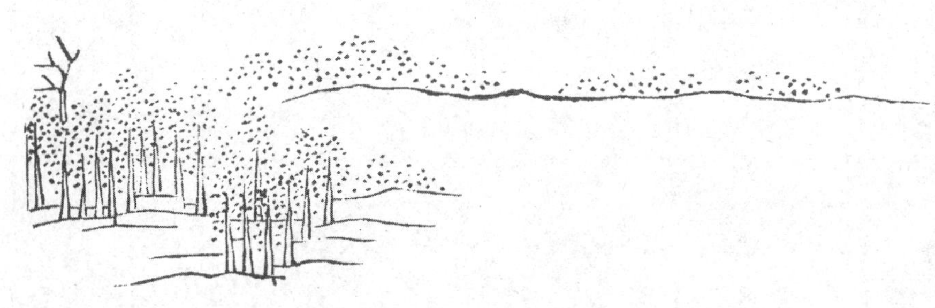

金银洞

高峰崖，在广西思恩府城南百里，两峰壁立，崖上大书十三字云：“金七里，银七里，金银只在七七里”。字画遒劲，不知何年镌凿。崖下有土地祠。望气者咸称其地有金银气。百十年间，土人多方搜求，一无所得。星士某至土地祠内，徘徊数日，攫神像去。土人追及，询知像乃范金所为①，然亦不知“七七里”为何义。崖中旁峰数十丈，上有银洞，洞中白银累累，大者重数十斤。土人架木而登拾之，即百计不能出，或向外掷之，着地即失，或牵犬入，将银缚犬身，向外牵之，犬即狂吠，比出而身亦无银也。

注释

①范金：用模子浇铸金属品。

译文

高峰崖在广西思恩府城南一百里的地方，两峰壁立，崖上有十三个大字，乃是：“金七里，银七里，金银只在七七里。”字的笔画遒劲，不知是哪一年凿刻上去的。高峰崖的下面有土地祠。懂风水的人都说这个地方有金银的气息。一百多年来，当地人千方百计地搜求金银，但都一无所得。有个算命先生来到土地祠内，逗留了好几天，结果把祠里的神像偷走了。当地人追上算命先生，询问缘由，才知这神像是用金子浇铸而成的，但他也不清楚“七七里”是什么意思。高峰崖旁边还有一个数十丈的山峰，上面有银洞，洞中白银累累，大块的重达几十斤。当地人搭起木架攀登上去，进洞拾白银。可是，无论怎样，也不能将银子带出洞口。有人将银块向洞外扔去，一着地，银块就不见了。有人牵着狗进去，把银子捆在狗的身上，往外牵运，狗马上狂叫不停。等到狗出来之后，身上所捆的银子也不见了。

时文鬼

淮安程风衣好道术，四方术士咸集其门[①]。有萧道士琬，号韶阳，年九十馀，能游神地府。雍正三年，风衣宴客于晚甘园，萧在席间醉睡去。少顷醒，啃曰："吕晚村死久矣，乃有祸，大奇！"人惊问，曰："吾适游地府间，见夜叉牵一老书生过，铁锁锒铛，标曰：'时文鬼吕留良，圣学不明，谤佛太过。'异哉！"时坐间诸客，皆诵时文，习《四书讲义》，素服吕者，闻之不信，且有不平之色。未几曾静事发，吕果剖棺戮尸。今萧犹存。严冬友秀才与同寓转运卢雅雨署中[②]，亲见其醉后伸一手指，令有力者以利刃割之，了无所伤。

注释

①术士：指以占卜、星相等为职业的人。

②转运：这里指转运使，主管运输。

译文

淮安人程风衣，爱好道术，四方术士都聚集在他门下。有位道士叫萧琬，号韶阳，九十多岁，能使心神游于地府。雍正三年，程风衣在晚甘园宴请宾客。萧琬在酒席上喝醉睡着了。过了一会儿，他醒来叹息道："吕晚村死了很久了居然还有祸事，真是太奇怪了！”人们惊问是怎么回事。萧琬说：“我刚才在地府游览，看见夜叉牵着一位老书生经过我面前，铁锁系身，镣铐锒铛，标牌上写着：‘时文鬼吕留良，不懂儒学，骂佛太过。’真是奇怪！”当时在座的诸位客人都诵读八股文，学习《四书讲义》，一向钦佩吕留良。他们听了这番话，都不相信，而且还有为吕留良打抱不平的神色。没过多久，发生了曾静文字狱事件，牵连到吕留良。吕留良果然被开棺戮尸。如今萧琬还健在。严冬友秀才曾与他一同寓居在转运使卢雅雨的衙门里，亲眼看见萧琬醉后伸出一根手指，叫力气大的人用快刀去割，结果一点伤痕也没有。

洗心池

洗心池在茅山乾元观西①。石壁上有“洗心池”三字，笔法遒劲，隐而不见。欲见，则以池水沃之。虽大旱不涸。相传钱妙真独居燕洞宫修炼，或谤之，乃于此刳腹洗心以相示，故名。

注释

①茅山：通教名山，在江苏西南部。相传汉代茅盈与弟衷、固采药修道于此，故名。

译文

洗心池在茅山乾元观西边。水池石壁上有“洗心池”三个字，笔法遒劲，不过隐藏在石头上看不见。要想看到，可用池水浇在石壁上。池中的水，即使大旱也不会干涸。相传南朝钱妙真独自隐居在燕洞宫修炼，有人诽谤她，于是，她在这里剖腹洗心表明自己的心迹。这是洗心池得名的由来。

屋倾有数

总宪金公德瑛[①]，视学江西，考吉安府童生。五鼓点名毕，灯下见红衣妇人，从考棚趋出，冉冉腾空而去。问之仆隶，皆有所见。公心恶之，即以《中庸》“必有妖孽”四字命题。日正午，诸生方握笔，忽考棚倾倒，压死三十六人。金公据实奏闻，上怜之，俱钦赐生员。

余亲家史少司马抑堂[②]，任福建臬使时[③]，与粮道王介祉等四人，同坐花厅议事[④]。闻梁上屋角沙沙有声，客欲起避，史公不可。已而声渐大，有鼠呼曰“出，出”者再，史亦心动，急与四客齐出，则花厅倒矣。几案皆碎。是日，省中府县俱来请安，史公笑谓曰：“设使四大员一时并命，则司道之印，诸公委署，不皆有分乎！”

注释

①总宪：明清都察院左都御史的别称。御史台古称宪台，故称。

②少司马：官名。兵部侍郎。

③臬使：即按察使。

④花厅：旧式住宅中大厅以外的客厅。多建在跨院或花园中。

译文

左都御史金德瑛先生到江西视察教学情况，考核吉安府童生。早晨五更点名结束，他在灯下看见有个红衣妇人从考棚中疾步出来，缓缓腾空而去。金先生询问仆人和差役，都说看见了红衣妇人。金先生厌恶这事，就以《中庸》“必有妖孽”四字命题作文。到了正午，诸生刚拿起笔考试，忽然考棚垮塌，压死了三十六人。金先生向朝廷如实禀报了这件事情，皇上怜惜这三十六人，全都钦赐为秀才。

我的亲家兵部侍郎史抑堂，任福建按察使时，与粮道官员王介祉等四人同坐在花厅里商议公事。听到梁上屋角有沙沙的响声，客人站起来想躲避，史先生不同意。一会儿声音渐渐大了，有老鼠叫了两下“出，出”的声音，这时史先生心里也有所感应，急忙与四位客人一齐跑出花厅。刚出来，花厅便倒塌了，茶几桌凳都压得粉碎。这天，省中的府县官吏都来请安。史先生笑着说：“假使四位要员同时都送了命，则司法、粮道等的官印，将委命给在座诸公，你们岂不是都有升官的福分吗！”

天开眼

平湖张敩坡，一日偶在庭中，天无片云，忽闻砉然有声[①]，天开一缝，中阔两头小，其状若舟，睛光闪铄，圆若车轴，照耀满庭，良久方闭。识者以为此即“天开眼”云。

注释

①砉 xū 然：拟声词。

译文

一天，平湖人张敩坡偶然在庭院中闲步，当时万里无云。忽然听到豁的一声，天空裂开一条缝，中间阔，两头小，那形状像船。缝隙中间亮光闪烁，圆如车轴，照耀得庭院透亮，好久才闭上。认识的人认为这就是“天开眼”。

花魄

婺源士人谢某，读书张公山。早起，闻树林鸟声啁啾，有似鹦哥，因近视之，乃一美女，长五寸许，赤身无毛，通体洁白如玉，眉目间有愁苦之状，遂携以归。女无惧色，乃畜笼中，以饭喂之。向人絮语，了不可辨。畜数日，为太阳所照，竟成枯腊而死。洪孝廉宇鳞闻之，曰："此名花魄。凡树经三次人缢死者，其冤苦之气，结成此物。沃以水，犹可活也。"试之果然。里人聚观者，如云而至。谢恐招摇，乃仍送之树上，须臾间，一大怪鸟衔之飞去。

译文

江西婺源有一位姓谢的读书人，在张公山读书。一天早上起来，听到树林间嘤嘤鸟鸣，好像是鹦鹉的叫声。于是靠上去细看，竟是一个美女，长约五寸，赤着身体，没有毛发，浑身洁白如玉，眉目之间有愁苦的表情。于是谢某把她带回家里。这女子没有一点害怕的神色。谢某就把她养在笼中，用饭喂她。她见人来，会絮絮叨叨地说话，只是一点也听不清她在说什么。养了几天，女子被阳光照射，竟变成干尸一般死掉了。洪宇鳞举人听说了这事，说："这叫花魄。凡是三次吊死过人的树，上面的冤苦之气就会结成这个东西。如果再浇上水，她还可以活过来。”试了一下，果然如此。邻里聚来观看的人，像云团一样围到这儿。谢某恐怕过于张扬，于是仍旧把她放回树上。一会儿，一只大怪鸟衔着花魄飞走了。

续·卷一

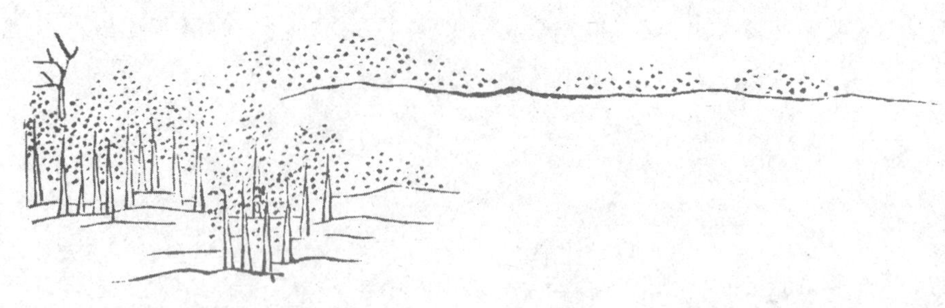

白龙潭

弥勒县旧城集[①]，汉夷杂处，环山而居。山麓有白龙潭，宽可数亩，有良田千顷，筑土坝以畜水，俯临大河，水溢则启闸以泄之。雨时二龙相斗，状如小蛇。或见巨木一段，蒙青苔而竖游，每每冲决坝岸。一日，众农栽秧，值细雨中飞鱼大小成对，如摆队伍，有绛衣女子持扇挥之，偕至潭中，随即不见。相传龙女归宁云。夷人侬二家，天将暮，忽来衣孝服者，云来投宿，问其所需，则索卧房一间，一大缸满贮清水而已。侬疑客浴，遂如所请，并欲为备酒食。客曰:“不必。惟有一事相烦，更当重谢。”侬问何事，客曰:“此地龙潭后有大树，君往伐之。俟其将断，先用巨绳缚住，俟潭中有两羊相斗，即断绳倒树。”侬许之。黎明伐树，果见潭中水沸如潮，有黑白二羊出斗。侬思当是此时，乃断绳而倒树。黑羊跃出，水亦平复。急归，欲告客以请功，客竟遁矣。问妻，妻曰:“客在房，未尝出户。”乃共搜之，疑其在缸，启覆观之，则黄金满焉。始知客即白龙化身，争潭求助者。于是潭遂以白龙名，而侬家至今称首富。

注释

①弥勒县：清乾隆三十五年改弥勒州为弥勒县，治所在今云南弥勒县。

译文

云南弥勒县的老城区，汉族与少数民族生活在一起，环山居住。山脚边有个白龙潭，约有数亩宽，周围有千顷良田。当地人在潭边筑起土坝，以便蓄水。土坝下临大河，水涨满后就开闸泄洪。下雨时，潭中有二龙打斗，形状如同小蛇。有时还看到一段大木头，上面布满青苔，在潭中竖着飘浮，每每冲决坝岸。一天，农民们正在插秧，恰巧惊奇地看到细雨中有飞鱼，大小成对，好像排着队。有个红衣女子，拿扇子朝飞鱼挥舞，一起到了潭里，随即不见了。相传这是龙女回娘家探亲。一天傍晚，少数民族居民侬二的家里忽然来了一位身穿孝服的人，说是前来借宿。侬二问他需要些什么，说是要一间卧室，一只大缸贮满清水就行了。侬二以为客人要洗澡，就按他的要求办了，并且打算给他准备酒食。客人说："不必了。只有一事相烦，事成后定会重谢你。"侬二问是何事。客人说："此地龙潭后面有棵大树，烦请你去砍它。等树快断的时候，先用粗绳捆住。等看到潭中有两只羊打斗的时候，你立即砍断绳子，把树放倒。"侬二答应了他。第二天黎明，侬二去砍树。果然见潭水翻滚如潮，有黑白两只羊出水打斗。依二想，是时候了。于是砍断绳子，大树倒了下去。黑羊一下从水中跳出来，水也恢复了平静。依二急忙回家，想把这事告诉客人，以便请功，而客人竟已离开了。依二问妻子，妻说："客人在房里，并不曾出门。"于是一起到房里搜寻，怀疑他在缸里，打开缸盖一看，缸里全是黄金。这才明白客人就是白龙的化身，是为争夺这潭而来求助的。于是这潭便以"白龙"命名，而依家至今还是当地的首富。

葛先生

河南汲县李秀才，就馆村落[①]。夕行迷路，远望丛木间灯火，趋之，见一茅舍，隐隐有读书声。叩其门，主人出迎，年四十许，见李延入，自称葛姓，素好读书，厌尘市嚣杂，故隐此僻处。且言其妻在家乏食，为妻母逼嫁，明日将投河，惟君能救，望乞垂援！言之泣下。李唯唯，因就止宿，茵褥精洁[②]。既明，身卧冢上，并无屋舍。李骇极，趋归。道遇一妇，衣绿衣，行且泣，临水将自投。李挽止之，询其所以，则葛姓妻也。孀居乏食，父母欲夺其志，故觅死耳。李以去舍不远，邀归，与妪共述其异，养为己女。李年已五十馀，忽举一子，视其眉目，酷肖所遇葛姓者。戏以葛先生呼之，儿辄笑投其怀。

注释

①馆：旧时私塾。

②茵褥：床垫子。

译文

河南汲县李秀才，在乡村中教私塾。一天晚上迷了路，远远望见树林里有灯火，跑过去，看见一个茅屋，隐隐传出读书声。李秀才去敲门。主人开门相迎，年纪在四十岁上下，见了李秀才，便邀请他进去。主人自称姓葛，素来好读书，因为厌恶尘世间喧闹，所以隐居在这僻静地方。又说他的妻子住在家中，缺少吃的，岳母逼她改嫁，她不从，明日将投河自尽；只有李先生能救他妻子的命，希望他能伸出援手。说着说着，主人落下眼泪。李秀才连声应允，于是就在这儿歇宿，被褥等物都精致洁净。天明后，秀才发现自己睡在一座坟上，并非歇在房屋里。他非常害怕，赶紧往家跑，途中遇见一位穿着绿衣服的妇人，边走边哭，走到水边要跳河。李秀才赶紧上去将她拉住，问她为什么要轻生，果然就是姓葛的妻子。她因丈夫去世，寡居缺粮，父母要逼她改嫁，因而来寻死。李秀才见离家不远，便邀请她一同回来。回到家，李先生跟老妻讲述了这件奇事，便收为自己家的养女。这时李秀才已经五十多岁，忽然得了一子，看孩子的眼眉长相，特别像曾经遇到的姓葛的人。每当李秀才戏称孩子“葛先生”，这孩子就笑着投入他的怀抱。

治妖易治人难

汉阳令刘某，性方鲠。治祝由科邪教过严，有奸民上控抚军[①]，抚军戒饬之。公抗言抵触，抚军怒曰：“若果才能，有沔阳州某案，若能审办乎？”刘唯唯。先是，沔阳有金桂姐，受黄氏聘。及婚期，彩舆迎至家，则两新妇齐出，簪珥服饰，声音体态，无不相肖。因之未敢成礼，仍以两女归金，金父母无从分别。于是两姓俱以人妖莫辨诉官，由州至抚，案悬半载，俱未能决。故抚军以之难刘。刘禀请提案至抚军公署候审，并请临审时，借用抚军宝印，抚军许之。临期，公唤两女，隔别细鞫[②]，并其父母庚甲、产业、陈设，一一盘诘，及核供词，如出一口。公乃唤二女至案前曰：“观汝二人，原是一胞双生，若并断与黄家，恐尔父母不肯。吾今特设一鹊桥在此，能行者，断合；否者，断离。”乃铺白布如桥，从仪门直接公座[③]，命二女行布上。一辞不能，盈盈泪下，一则欣欣然，喜形于面。公叱泪下者逐出署外，唤喜者登布上，此女如履平地，步至公前。公暗擎院印，从头击下，两旁覆以网，乃现为狐，投之江中。于是案结。抚军大悦，奏升汉阳府知府，从此遐迩歌龙图再出矣。汉阳有茶客，携重资归，中途为盗所追，奔至汉川，求救于逆旅主人[④]。主人沉吟至再，曰："诚若是，则此处非君所宜栖，可速投某武孝廉家，庶保无虞。"引至孝廉家，孝廉兄弟为具酒食，扫卧榻，嘱曰："倘夜间有动作，但安眠，毋轻出视。"客寝矣，兄弟秉烛待盗，盗果踪至，彼此格斗，被孝廉杀其四，馀三盗逾垣逃。天明呼客起，赴县呈报。讵知客出未几，府差早至，将孝廉兄弟锁去。盖黠盗伪作茶客，先以谋财害命，连夜赴府，击鼓求救，故刘公发差，就近将孝廉兄弟拘到问供。孝廉兄弟陈述颠末，请释一人保家，公不许，并下于狱。盗返入孝廉家，将其家口尽杀而逸。及公觉，急释之，已无及矣。呜呼！公能断狐，竟不免为盗所卖，岂非治妖易、治人难耶！

注释

①抚军：官名。明清时巡抚的别称。

②鞫 jū：审讯。

③仪门：明清官署、邸宅大门内的第二重正门。

④逆旅：客舍；旅馆。

译文

汉阳县令刘某生性方正耿直，因惩办视由科邪教过于严厉，有奸民向巡抚上诉，巡抚告诫刘某。刘某申辩顶嘴。巡抚怒道："要是你真有才能，今有沔阳州某案件，你能审办么？"刘某连声答应。原来，沔阳有个金桂姐，接受了黄家的聘礼。到了成婚的日子，黄家用花轿把金桂姐迎娶回家。不料却有两个新娘走下轿子，她们戴的穿的，声音容貌，无不相同。因此，黄家没敢成亲，仍旧把她们送回金家，而金家父母也无法分别哪个是自己的亲生女儿。于是两家都以分不清哪个是人哪个是妖而告到官府。从县上告到省里，案子搁了半年，都没能判决。所以巡抚以此来为难刘某。刘某请求把案子放在巡抚衙门里听候审问，并请在他审案时，借用巡抚的大印，巡抚同意了。审案当天，刘某唤来两个女子，把她们分隔在两处，仔细审问。对她们父母的年龄、家产、家中的陈设，一一盘问。等到核实两人的供词，如出同一人之口。刘公于是唤两个女子同到公堂上，说："看你们两人，原是双胞胎，如果一并判决嫁到黄家，恐怕你们的父母不肯。我现在特设一座鹊桥在此，能在桥上走过去的，判她出嫁；不能在桥上走过去的，判她离开。"于是凌空铺设桥状白布，从仪门一直铺到刘公的座前，命两个女子在布上行走。一个说不会走，泪珠滚滚，一个却欣欣然喜形于色。刘某叱令把流泪的女子驱逐出衙门，让那喜形于色的登上布桥。这个女子走在布上如履平地，一直走到刘某座前。这时刘某偷偷拿出巡抚的印，对着女子的头便砸下来，两旁衙役用网罩住妖女，这下女子化为狐狸。于是大家把它扔到江里。疑案由此了结。巡抚大喜，奏请朝廷，升刘某为汉阳府知府。从此，远近百姓讴歌刘某是包龙图再世。汉阳有个贩茶的商人，带了一大笔钱回家，中途被强盗追杀。客商逃奔到汉川，向一家旅店主人求救。旅店主人沉吟再三后说道："如果确实如你所说，则本店并非你安稳的栖身处。你可速去投奔某武举人家，应该可保安全。"于是带那茶商到武举人家中。举人兄弟招待这位茶客，打扫床铺，叮嘱道："倘若夜间听到什么动静，你只管安心睡觉，不要轻易出来探看。"茶商安睡之后，举人兄弟点亮蜡烛，等待强盗。强盗果然寻踪而来，彼此打斗，被举人杀了四个，其余三人爬墙而逃。天亮后，举人叫茶商起来，让他到县衙门去报案。哪知茶商出门不久，知府衙门里的差役就来到举人家，把举人兄弟锁到府衙。原来狡黠的强盗伪装成茶客，先谎称举人谋财害命，连夜到府击鼓求救。因此刘公派差役就近将举人兄弟拘捕到府中审问。举人兄弟陈述事情始末，请求先释放一人回去保家。刘公不允许，将他们一并打下牢狱。结果，强盗返回举人家中，将其全家统统杀光后逃走。等到刘公发觉受骗，急忙释放举人兄弟，已来不及了。唉！刘公能断狐女疑案，竟不免被强盗所欺骗，这难道不是治妖容易而治人难吗！

伏波滩义犬

伏波滩，入广之要区，因其地有汉伏波将军庙而名也[1]。某年，有客收债而返，泊其处，船户数人，夜操刀直入曰："汝命当毕于斯！我辈盗也。可出受死，勿令血污船舱，又需涤洗。"客哀求曰："财物悉送公等，肯俾我全尸而毙，不惟中心无憾，且当以四百金为酬。"盗笑曰："子所有尽归吾囊橐，又何从另有四百金？"客曰："君但知舟中物，岂识其馀！"乃出券示之，曰："此项现存某行，执券往索可得。惟我清醒受死，殊难为情，请赐尽醉，裹败席而终，可乎？"盗怜其诚，果与大醉，席卷而绳缚之，抛掷于河。甫溺，有犬跃而从焉。俱顺流傍岸，犬起抓击庙门，僧问为谁，不应，及启关，见犬走入，浑身淋漓，衔僧衣不放，若有所引。随至河边，见裹尸，俱欲散去，犬复作遮拦状。僧喻其意，抬尸至庙，抚之，酒气薰腾，犹有鼻息。解其缚，验席上有齿痕，始知是犬啮断，乃与茶汤而卧。明晨，客醒曰："盗走水路，我辈从陆告官，当先盗至。"盖度其必执券而往某行也。僧诺与俱，盗果未至，因告行主人以故，戒勿泄。俄而盗果持券至，主人伪为趋奉，遣客鸣官，遂皆擒获。客偕犬同归，终老于家，不复再出，著《义犬记》。

注释

①汉伏波将军：指马援（前14—49），陕西人，建武十七年（41）封伏波将军。

译文

伏波滩，是进入两广的要道，因该地有东汉伏波将军庙而得名。有一年，一位客商收债回来，将船停泊在滩头。夜间，几个船家手持快刀，直闯入舱里道："这里是你的葬身之地！我们都是强盗。快出来受死，免得血污船舱，还要清洗。"客商哀求说："财物全部奉送给诸位，如果肯让我全尸而亡，我不但心中觉得没有遗憾，而且还将以四百两银子作为酬谢。"强盗们笑着说："你的所有财产都已落入我们口袋中，又哪里另有四百两银子？"客商说："诸位只知船上的财物，哪知我别的地方还有钱。"于是拿出一张支票给强盗们看，并说："这笔钱现存某钱庄，拿单据去便可取到钱。只是让我清醒着死，我实在很痛楚，请你们让我喝个大醉，裹上破草席而死，好吗？"强盗们看他坦诚，果然让他喝得大醉，用席子卷好，外面捆上绳子，扔进河里。客商刚落水，他的狗也跟着跳进水里。狗和席子一同顺流漂到岸边。狗上了岸，抓敲岸边的一座庙门。门里僧人问是谁，不见答应，等到开了门，见有只狗跑进来，浑身湿透，衔住僧人的衣服不放，好像要把他拉到哪儿似的。僧人们就跟它走，来到河边，看见席子裹着的尸体，就都打算回去。那狗又做出遮拦的样子。和尚知道了狗的意思，把尸体抬到庙中，一摸，只觉酒气冲天，人还留有一丝气息。僧人解开绳索，发现席上有齿痕，才知道是这狗咬断的。于是给客商灌了些茶汤，让他休息。第二天早晨，客商苏醒后，对和尚说："强盗走的是水路，我们从陆路去官府报案，能抢在强盗前面赶到。"他猜测强盗必将拿存单去某钱庄。僧人答应与他同去。他们到某钱庄时，强盗果然还没来。客商便向钱庄主人说明缘由，请他不要声张。不一会儿，强盗果然拿着存单来兑银子，钱庄主人假装奉承，暗中让客商速去报案，于是将强盗们一网打尽。客商和他的狗一同回到家，一直到老，不再外出。这位客商写有《义犬记》。

续·卷二

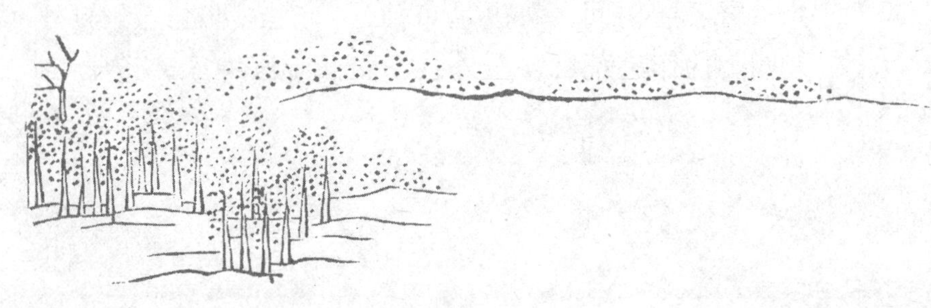

鬼 状

河南祥符县最繁剧。凡各州县申解院司案件，有覆审者，多委办焉。自理词讼，虽常接受，而示审无期，反致沉搁。令尹鲍公[①]，勤于堂事。一夕收呈状若干，未及细阅，即交幕友批发[②]。次日幕友问公曰："某处命案，可往验否？"公曰："未见呈禀，安得有此？"索状观之，则是谋杀亲夫状也。内载奸夫姓名，自称双瞽某，被杀某处。屈指计之，隔十六年矣。公愕然曰："案悬十六年，事颇怪！"因将各呈俱为批发，独压其呈不发，逢收呈日，又亲点名过堂，并无瞽者。及晚查阅，则前瞽者呈又在内矣。公问书役："汝辈可识刘顺否？"或答曰："有其人，现充臬司厨役。"公赴司请拘凶犯，臬司交公带讯，供认不讳。先是，刘顺本属无赖，在城外河口，以驮人渡河为生。值瞽者夫妻同行，见其妻有姿，遂萌恶念，于负渡时，即戏挑之曰："娘子嫁一瞽者，殊非终身了局。倘不予嫌，愿同白首。"其妻心动，共绐瞽者憩树间，解裹足布勒死，挖坑埋之，遂成夫妇。伪作逃荒者，至外县，雇佃于巨绅家，遂学烹饪，颇有所积，乃挈妻入汴城，充臬司厨役。公廉得真情[③]，即往掘验，尸未朽，伤痕宛然。于是刘夫妇皆伏诛。

注释

①令尹：泛称县、府等地方行政长官。

②幕友：明清时地方军政官署中协助办理文案、刑名、钱谷等事务的人员，相当于古之幕僚、幕宾。因无官职，且由长官私人延聘，视之如友，故称“幕友”，俗称“师爷”。

③廉：考察，查访。

译文

河南祥符县的事务最繁重。凡各州县申诉到院司的案件，需要复审的，大多委托该县办理。属于本县自行处理的案件，虽然常常按时接受，但挨到审理，往往遥不可期，反而造成案件拖延。县令鲍公，办公勤劳。一天，他收到若干诉状，没来得及细看，就交给幕友处理。第二天，幕友问他：“某处的人命案，可以前去验看吗？”鲍公说：“没见诉状，哪有这桩命案？”说着，便要来状子看，则是谋杀亲夫的案子。上面写了奸夫姓名，自称是瞎子某某，被杀在某处。屈指算来，已过去十六年了。鲍公惊讶地说：“案子悬了十六年，真是奇怪！”因此批示了其他呈送来的状子，唯独留下这件不往下发。逢到当面受理的日期，他又亲自点名过堂，并没看到有瞎子来告状。到晚间查看卷宗，则前日瞎子的状子又在其中了。鲍公问文书衙役：“你们认识刘顺这人么？”有人答道：“有这个人，现在是省里司法长官的厨子。”鲍公去省司法衙门请求拘捕凶犯，司法长官便把这厨子交给鲍公带回审讯。此人招认不讳。原来，这刘顺本是个无赖，在城外河口以载人渡河为生。恰逢瞎子夫妻两人同行，刘见其妻有姿色，于是萌生恶念。在运他们过河时，就私下挑逗瞎子的妻子说：“娘子嫁给一个瞎子，这辈子终究不算是个好结果。假如你不嫌弃我，我愿和你白头到老。”瞎子的妻子动了心，与刘顺一起把瞎子骗到树林间歇息，解下裹脚布把他勒死，挖坑埋了，于是两人成了夫妻。刘顺伪装成逃荒者，到了外县，在豪绅家当佃户。他又学烹饪，积蓄了不少钱。于是带妻子来汴梁，在司法长官那里当厨子。鲍公审出案件真相，随即去事发地点掘尸验证，尸体竟然还未腐烂，勒痕仍然清晰可辨。于是刘顺夫妇都被处决了。

雷异

金坛瓜渚有某者，其子幼时与某姓为婚。未几某卒，妻矢志抚孤，屡遭饥馑。子既长，不能行娶礼，遂嘱媒氏辞婚，令别择婿。某夫妇询之女，女志坚不夺。媒复命，母子计无所出。居久之，母呼其子曰："吾十数年来，饥寒交迫，不萌他念者，望汝成立室家，为尔父延一线也。今茕茕相守，虽百年何济！余昨已议改醮某姓[①]，得金若干为汝娶妇，若干偿宿逋[②]。今金具在床头[③]，汝可视之。"子噤不能出一语。母泣曰："速诣媒氏言之，余坐待汝夫妇成礼，然后去。"子泣不应。母促之再三乃往。时邻左博场[④]，有群匪窃听，乘某子夜出，穴壁偷金去。母晨起失金，遂自缢。越宿，子偕媒来，启户不见其母，怪之。使媒坐客舍，而己入内，见母已死，痛极亦缢。媒怪其久不出，呼之无应者，窥其寝，母子俱悬梁死。骇极而号，邻众毕集，咸不解其故。媒因奔告女之父母，女闻之，亦缢。时方隆冬，天忽阴晦，雷电交作，震死博徒七人。某子某女俱索断而苏，惟某母救亦不醒。一时闻其事者，相与叹曰："贞烈节孝，三事萃于一门，而一时俱死非其命。若无人为之伸理，雷为之申者，斯亦奇矣！至于苏男女二人，使之完娶，而节母则听其悠悠不返，所以曲全之者又如此。谁谓雷无知耶！”

注释

①醮：指女子嫁人。

②宿逋：久欠的赋税或债务。

③具：尽；完全。

④左：泛指旁边。

译文

金坛瓜渚有个人，他儿子小时候与某家人约为婚姻。不久，他去世。他妻子决心独力把孩子抚养成人，为此经常挨饿。因为家贫，儿子长大后，没法置办聘礼，就嘱托媒人去女家辞婚，请女方父母另找女婿。女方父母征求女儿的意见，女儿意志坚决，不嫁他人。媒人向男家回话，可母子两人终究想不出什么办法。过了好久，母亲把儿子叫到面前说：“我十多年来饥寒交迫，从来没有别的想法，只巴望你成个家，为你父亲延续一线香火。如今我们孤单地相依为命，即使一百年又何济于事！我昨天已和人商定，改嫁给某某，可得若干银子，一部分为你娶妻，另一部分还债。现在银子都在床头，你可自己去看。”儿子听后，呆得一句话也说不出。母亲哭着道：“赶快到媒人那里商量亲事。我暂时留在家里，等你们成婚行礼，然后离家。”儿子只顾哭泣，也不答应。母亲再三催促，他才去找媒人。这时屋子旁边的赌场里，有一伙赌徒在偷听。他们趁这家儿子夜间外出，凿壁洞偷走了银子。母亲早晨起来，发现银子被偷，就上吊自尽了。隔了一晚，儿子带媒人来，开门不见母亲，觉得奇怪。便叫媒人在堂屋稍坐，自己进里屋找，见老母已死，悲痛至极，也上了吊。媒人怪他好久不出来，喊他又不答应，就去寝室看看，猛然看见母子都悬了梁，吓得直叫。众邻居全来围观，却都不明白其中的缘故。于是媒人奔告女方的父母，那女儿听后，也上吊了。此时正值隆冬，天忽然阴暗下来，雷电交加，七个赌徒顿时被雷击死。这对刚上吊的青年，都因雷把绳索震断而苏醒过来。只有那母亲，救也救不醒。一时间，听说这事的人，都互相叹息道："贞烈、节义、孝顺，三件事聚集在一家，却一时间都死于非命。像这样没人替他们申冤，雷霆却为他们申冤，也就够奇特了！至于让这对青年复苏，使他们成婚；而对于守节的母亲，却任她悠悠而去，不再还魂，这又是如此地波折以成事。谁说雷是无知的呀！"

撮土避贼

江州医生万君谟，业甚精，远近就医者络绎，君谟皆尽心疗之，绝不计其有无酬谢也。甚有贫者款之于家，病愈而遣之。一日，有道人款门求医[①]。万诊之，曰："师病痞膈[②]，服药数十剂，可以平复。"道人曰："来自庐山，奈往返何？"因留治之，月馀果瘳。崇祯末年间事也。其时流寇猖獗，所在患其突至，君谟忧之。道人曰："公有力可徙避之乎？"君谟曰："糊口之外，毫无长物资生，且无别业栖托，奈何？"临行，道人令君谟取土斗许咒之，命藏于功德堂中，晨夕焚香。猝有贼至，取升许土撒前后门，闭户不出，只吃炒米，不举火食，度贼退后乃出。贼入城数次，及官兵至，俱用此法，绝无所损。邻人有回视者，云但见云雾而已。及土用完，世已太平。

注释

①款门：敲门。

②痞膈：指腹腔内郁结成块的病。

译文

江州有个万君谟医生，医术十分高明，远近来就医的人络绎不绝，君谟都尽心治疗病人，绝不计较他们有没有酬谢。甚至有的穷人来看病，他还款留在自己家中，等病人康复再让其回去。一天，有位道人敲门求医。万君谟诊断之后说：“师父得了痞膈病，吃上几十帖药，便可复原。”道人说：“我是从庐山来的，没法子往返奔走啊！”因此万医生就把他留在家中进行治疗。过了一个多月,病果然好了。这是崇祯末年的事。当时流寇到处横行，各地都害怕他们突然到来，君谟也为此担心。道人说：“先生有能力迁往别处躲避流寇么？”君谟道：“我除了勉强糊口之外，没有剩余物资可度日，且没有别的技术赖以生存，怎么办呢？”道人临走时,让君谟取来一斗多的泥土,在土上念了咒语,然后叫万医生把这土藏在功德堂里，早晚焚香。如果突然遇到贼兵来，取其中一升左右的土，撒在前后门，闭门不出，只吃炒米，不生火做饭；估计贼兵退了之后，再出门。果然，流寇几次进城，以及每次官兵到来,万君谟都按道士所教的方法做,家中一点也没受损。有邻居回头眺望万医生家时说，只看见云雾而已。等到这些泥土用完，社会已恢复了太平。

续·卷三

夺状元须损寿

康熙癸未，江南士子赴都会试。解元某①，负才傲物，陵轹同辈②，每曰："今岁状元，舍我其谁！"同辈不堪其侮。既至京师，试期且近，同舍生夜梦文昌帝君升殿胪传③，及唱名，则某果状元也。同舍生意窃不平。未几，有女子披发呼冤曰："某行止有亏，不可冠多士，须另换一人。"帝君有难色，顾朱衣神问之，朱衣神曰："万历间亦有此事，以下科状元移置上科，其人早中三年，减寿六岁。此例今可照也。"遂重唱名，状元为王式丹。旦起，某大言如常，同舍生告之以梦。某失色曰："此冤孽难逃！"匪特不思作状元，并不复应试矣。亟束装归，半途而卒。是科状元果王式丹也，寿六十。

注释

①解元：科举乡试第一名的称谓。

②陵轹 lì：欺压，凌辱。

③胪传：传告消息。

译文

康熙四十二年，江南的举子去京城参加会试。解元某，凭着才学，傲视群伦，藐视一同赴考的人。他每每说道："今年的状元，除了我，还会是谁？"同辈们都受不了他的轻慢欺侮。到了京城之后，快到考试的日子了，一位和他同寓所的举子晚上梦见文昌帝君升殿传呼考生。到了唱名的时候，那位解元果然中了状元。同寓所的举子私下心中不平。不一会儿，有个女子披头散发喊冤道："这个状元平时的所作所为有劣迹，不可名列众人之上，必须另换一个人。"文昌君面露为难之色，回头问红衣神。红衣神说："万历年间也有这样的事，结果是把此次考试中本该在下一科才考中状元的人，移到这一科来当状元。因为他早中状元三年，所以同时减去他六年的寿命。这个例子，现在可以仿照着办。"于是重新唱名，状元换成了王式丹。第二天天亮，大家起床，解元某照常口出大话，欺侮别人。同住的举子告诉他梦中的情形。这位解元失色道："这是冤孽难逃啊！"这下，他非但不想中状元，就连考试也不参加了；急忙收拾行李回家，结果死在了半路上。而这一科的状元果然是王式丹，他活了六十岁。

续·卷四

禅师吞蛋

得心禅师行脚至一村乞食[1]，村中人皆浇薄，尤多恶少年，语师曰："村中施酒肉，不施蔬笋。果然饿三日，当备斋供。"至三日，请师赴斋，依旧酒肉杂陈。盖欲师饥不择食，以取鼓掌捧腹之快。师连取鸡蛋数个吞之，说偈曰[2]："混沌乾坤一口包，也无皮血也无毛。老僧带尔西天去，免受人间宰一刀。"众人相顾若失，遂供养村中。

注释

①行脚：此指禅僧步行参禅的云游。

②偈：佛经中的唱颂词。通常以四句为一偈。

译文

得心禅师云游到一个村庄化斋，这村里的人都很刻薄，恶少年尤其多。他们对得心禅师说："我们村里只施舍酒肉，不施舍蔬笋。如果你真能忍饿三天，那么我们就准备素斋供奉你。"到了第三天，他们请得心禅师去赴斋，但桌子上依旧全是酒肉。这些人是想让禅师饥不择食，好借此恶作剧大笑取乐。得心禅师连拿几个鸡蛋吞下去，说了四句偈语："混沌乾坤一口包，也无皮血也无毛。老僧带尔西天去，免受人间宰一刀。”众人一听，面面相觑，若有所失。于是他们在村中规规矩矩供养起禅师。

狗　儿

申生祥麟者，小字狗儿。居渭南，故农家子，状妍媚而性谌挚[①]，不为父母所悦。会关中饥，将觅食他郡，以祥麟寄邻家。邻人责以治地，怠则鞭挞之，不堪，乘间乃逃入蓝田山，复越秦岭而西。昼食卉木，夜就岩穴栖其身，凡数月。日方熇暑[②]，入山益深。一日坐崇阜，下窥洞穴，林萝蔽之，入其中假寐。须臾黑烟喷入，火燎毛发有声，亟穿穴出，有巨蟒如瓮，不见其首，尾捽洞外[③]，毒雾幕之，高三丈许。祥麟惊仆地，堕土穴中。醒后自视身首，黝黑如漆。就山中乞食，群呼噪指为鬼物，以刃梃殴逐之。自分必死，亡何，见灌莽中有物，若栲栳状[④]，饥甚，剖食之，浆白如乳。数日后，觉体中麻痒，乃入溪涧浴之，忽黑皮蝉蜕，而貌转靡嫚[⑤]。祥麟故习秦声，出山后，由汉中至武昌。其地有胡妲者，艺颇精，求其指示，欲藉以假食。不肯授，转喈同类揶揄之。愤而弃去，佣于金弹儿家，汉阳名倡也。祥麟事之，见其一颦一笑，一举止，一饮食，一寤寐，明姿冶态，备极诸好。居一载，喜曰："吾得之矣！"复请奏技，观者尽倾，如壮悔堂所传马伶演《鸣凤记》故事也。又数月，夜宿旅店，忽有白刃自牖飞入揕其首[⑥]，亟避，出视之，即胡妲也。

知招姐忌，其地不可居，即日返渭南。方祥麟始去也，年十六，又四载归，入室，不知父母所在。有云见之山西者，复弃家渡河，由蒲州售技至太原访之。一日，演剧于沈竹坪观察署，傔从列侍中有老叟[⑦]，似其父。时方登场，瞥眼不觉失声。询其故，令相识认，果然。其母亦在署，闻亟趋出抱持之，各相视，恸不能起。坐中皆泣下。观察感动，厚赠之，令与俱归。返旧居，置田五十亩于酒河川原上，将事亲以终其身焉。

注释

①谌挚：真挚。

②熇 xiāo 暑：酷热。

③捽 zuó：甩；投。

④栲栳：用柳条编成的盛物器具。亦称笆斗。

⑤靡嫚 yuān：柔美。

⑥揕 zhèn：刺。

⑦傔 qiàn 从：侍从；仆役。

译文

申祥麟的小名叫狗儿，家住渭南，原本是农家孩子，长相柔媚而生性真挚，不被父母宠爱。正好关中发生饥荒，父母要去外地谋生，就把祥麟寄养在邻居家。邻居叫他种田，稍有懈怠，就鞭打他。祥麟受不了，于是找个空儿逃进蓝田山，又越过秦岭向西。他白天吃山果野菜，晚上睡在岩洞里，就这样过了好几个月。时节正当酷暑，他往山中越走越深。一天，申祥麟坐在高高的山头，向下看见一个被树木藤萝遮住的洞穴，便进洞小睡片刻。一会儿，有黑烟喷进洞里，火把毛发烧得噼啪响。祥麟急忙跑出洞穴，只见一条瓮口粗的巨蟒，不知它的头在哪里，尾巴甩在洞外，有三丈多高的毒雾笼罩着。祥麟吓得趴在地上，一不小心跌进了土坑里。苏醒后，他看到自己浑身黝黑如漆，只好向山中居民乞讨食物。人们大声尖叫，以为是鬼怪，拿刀棍追打驱赶他。他以为自己必死无疑，不久，看见灌木丛中有笆斗状的瓜，因为饿极了，也不管有没有毒，剖开便吃，里面的浆液白似乳汁。几天后，祥麟觉得身体麻痒，便跳到溪涧中洗澡，忽然身上的黑皮像蝉脱壳似的剥落掉，皮肤转而变得柔美。祥麟原本学过秦腔，出山后，由汉中到了武昌。当地有个胡妲，演唱技艺精湛，祥麟求她指点，想靠此谋生。可是胡妲不但不肯教他，反而叫来同辈，一起嘲笑他。祥麟愤然离开，到金弹儿家做佣工，金是汉阳的名角。祥麟侍奉金弹儿，留心看主人的一颦一笑、举止饮食甚至睡眠时的样子，学习金弹儿诸般明媚优雅的美好姿态。住了一年，祥麟高兴地说：“我学会了。”于是重新请求登台演出，观众都为之倾倒，就像侯方域所写的马伶演《鸣凤记》的情形。又过了几个月，祥麟夜宿在旅店，忽然有一把明晃晃的匕首从窗户飞进来刺向头部。祥麟赶紧躲避，出门一看，原来是胡妲。他知道招来了胡妲的妒忌，此地不宜再留，当天便返回家乡渭南。祥麟起先从家乡逃走时，才十六岁，过了四年回到家里，父母已不知去向。有人说在山西见过他们。于是祥麟又离家渡过黄河，靠表演由蒲州往太原寻亲。一天，他在沈竹坪道台的衙门中演剧。在场的侍从队伍中，有个老人很像他父亲。这时祥麟刚登场，一眼看见老人，不觉失声痛哭。众人询问原因，让他们相认，果然是父子。他母亲这时也在署中，听到消息后急忙奔出，抱住儿子，两人仔细打量，哭得站立不住。座间的人见此情景，也都纷纷落泪。沈竹坪大为感动，赠给他们不少钱，让他们一起回家。祥麟回到旧居，在酒河川原上买了五十亩田，侍奉双亲，养老送终。

续·卷五

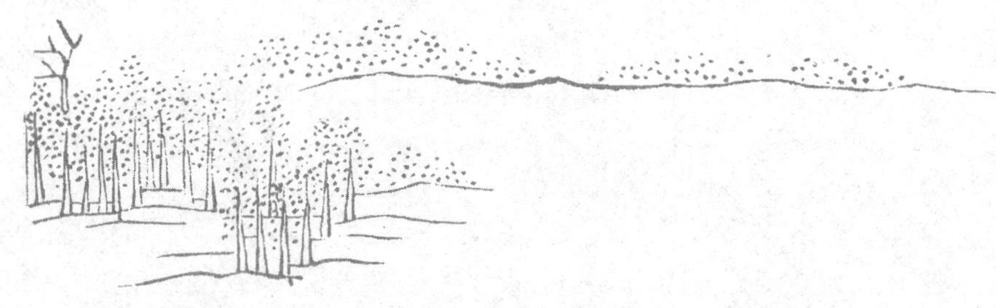

阴沉木

阴沉木，湖广施南府属山中土产[①]。此物悉掘地得之，名阴沉木，质香而轻，体柔腻，以指甲掐之，即有陷纹，少顷复合，如奇楠。然土人云，其木为棺，入土则日重，重则沉，葬千年后，其棺陷入地数十丈，亦坚重如铁。故宝贵之。施南买，不过六七十金，可得佳料一具。载至汉口，非千金不易购，以出水脚费大也。盘古以前无可考，有相传近混沌之上代，乃脱高龙汉也[②]。老聃生于龙汉元年，见道书。

注释

①施南府：雍正十三年（1735）置，治所在恩施县（今湖北恩施市）。

②龙汉：道教谓元始天尊年号之一。又为五劫之始劫。

译文

阴沉木，是湖广地区施南府的山区土特产。这东西全都是从地下挖掘出来的，所以名叫“阴沉木”。木料又香又轻，质地柔腻，用指甲一掐，就留下掐痕，过一会儿，掐痕处又恢复原状，如同奇楠木。然而当地人说，用阴沉木做的棺材入土后便一天比一天加重，重则往下沉，埋葬千年以后，棺材陷入地下数十丈，而且像铁一样坚硬厚重。所以人们把阴沉木看成宝贝。在施南购买，不过六七十两银子，就可买到一具上好的木料。如果运到汉口，非得花千两银子，否则不易买到，因为水陆运费很高。盘古以前已无法考查，据说此木生于近乎宇宙混沌的时期，即道家所谓的脱高龙汉时代。老聃生于龙汉元年，这一记载见于道书。

程嘉荫

赵衣吉曰：予幼与程嘉荫同学。嘉荫有巧思，性好道，与范羽士交，得其《奇器录》一本，能为木牛。亲见其制，外式人尽能之，惟中设机各异。其喉舌下横直木，一系舌根，一坠心，心以铅为之。木四边有孔窍，悉用絙穿[①]，贯通于足。行则心摇，铅体重坠，则木一头下垂，少则舌本间又复下垂，则铅心又为所举而向上。如是俯仰，则足上所贯絙，曳足屈伸而行，但甚缓，不能驰，加重物于背，则行亦钝滞。程云：尚有九风轮，木加内五以合五藏[②]，外四以像四肢，则行疾如飞，数百斤皆可负。捻其舌转，则铅机横搁腰上，贯绳曳起，足即曲卧，与俗传武侯木牛式及壬遁诸书、西洋木牛法皆异。亦能造寄话筒，筒间寸许，有闸隔之，内有机闭气，人向筒语毕，则闸之，闸有次第，若乱开则不成句矣。据程云，此法可贮百日，过百日则机微气散。惜早夭。父母以其用心过甚，呕血死，故其所得诸书，悉焚去，勿留以祸弟也。

注释

①絙gēng：粗绳索。

②藏：内脏。后作“脏”。

译文

赵衣吉说：我小时候与程嘉荫是同学。嘉荫头脑灵活，生性爱好道术，与范道士结交，得到范的一本《奇器录》，能够造出木牛。我亲眼见过那木牛的构造，外表式样人们都能制造，只是中间设置的机关各不相同。那木牛的喉舌下横放着一根直木，一边系在舌根上，一边用绳子吊住心，心用铅做成。横木四边有孔眼，都用绳子贯穿，与脚连通。走路时，心便摇动，铅体因重力下坠，横木的一头因而下垂。一会儿舌根也跟着下垂，这样，铅心又因舌根的牵动而向上运动。如此上下牵动，脚上所贯穿的绳子便拉着脚一屈一伸地行走，不过速度很缓慢，不能奔跑。如果在背上加了重物，行走就更为迟钝缓慢。程嘉荫说：还有九风轮，在牛中间加五块木头，以合乎五脏；外面加四块木头来仿拟四肢，安装上去之后，木牛便可奔走如飞了，数百斤的东西都可装运。转动它的舌头，铅制的机关便横搁在牛腰部位，贯穿着的绳子拽起牛脚，脚随即弯曲，牛便卧下来。这与世间所传的诸葛亮的木牛样式，以及王遁等书、西洋人的木牛法，都不相同。他也会制造寄话筒，筒的空间约有一寸多，内有闸隔开，里面有机械将气锁闭，人们朝寄话筒讲完话，便把闸放下。闸有顺序，如果将闸乱开，那么传出来的话就不成句了。据程嘉荫说，这种方法能够把话音存在筒内一百天，超过一百天，则机关失灵，气体散尽。可惜程嘉荫英年早逝，父母以为他是用心过度吐血而死，所以把他得到的各种书籍全都烧毁，以免留下来祸害他的弟弟。

水　虎

《尔雅》：虎，有角曰虒[1]，能行水中。而不知水中实有虎也。康熙中，朱鹿田先生曾见松江提督养一虎在池中，以铁栅围之，名曰水虎。饲以鱼虾，不食生肉。《象山志》：里民渔于海，网得一雄虎，在网中犹活，出水即死。剖之，腹中有三小虎。此盖鲨鱼感气而化也，未登陆，即为网获。

注释

①虒 sī：传说中的兽名，似虎而有角，能行于水中。

译文

《尔雅》上说：有角的老虎叫虒，能在水中游。殊不知，水中确实有虎生活着。康熙年间，朱鹿田先生曾见松江提督在水池中养了一头虎，四周用铁栅栏围着，名叫水虎，可用鱼虾喂养，不吃生肉。《象山志》说，有村民在海边捕鱼，网到一头雄虎，在网中还是活的，一出水就死了。剖开它的肚子，里面有三头小虎。这应当是鲨鱼感气变化而成的动物，还没有登陆就被渔人捕获。

狐仙正论

献县令明晟[①]，应山人[②]。尝欲申雪一冤狱，而虑上官不允，疑惑未决。门役有王半仙者，与一狐友，言小休咎多有验[③]，遣往问之。狐正色曰："明公为民父母，但当论其冤不冤，不当问其允不允。独不记制府李公之言乎？"门役返报，明为惧然。因言制府李公卫未达时，尝同一道士渡江，适有与舟子争诟者，道士太息曰："命在须臾，尚较计数文钱耶！"俄其人为帆脚所扫，堕江死。李公心异之。中流风作，舟欲覆，道士禹步诵咒[④]，风止得济。李公再拜谢更生，道士曰："适堕江者，命也，吾不能救。公贵人也，遇厄得济，亦命也，吾不能不救。何谢焉？"李公又拜曰："领师此训，吾终身安命矣！"士曰："是不尽然。一身之穷达，当安命。不安命则奔竞排轧，无所不至。李林甫、秦桧，即不倾陷善类，亦作宰相，彼自增罪案耳！至国计生民之利害，则不可言命。天地之生才，朝廷之设官，所以补救气数也。身握事权，束手而委命，天地何必生此才，朝廷何必设此官乎？晨门曰'是知其不可而为之者'，诸葛武侯曰'鞠躬尽瘁，死而后已'，此圣贤立命之学，公其识之！"李公谨受教。拜问姓名，道士曰："言之恐公骇。"下舟行数十步，翳然灭迹。

注释

①献县：县名。在今河北献县。

②应山：地名。今属湖北省。

③休咎：吉凶，善恶。

④禹步：此指巫师、道士作法的步法。

译文

献县县令明晟，是应山人。他曾想平反一桩冤狱，又担心上司不同意，因此犹豫不定。他的守门差役中有个叫王半仙的，与一狐仙为友。狐仙说的一般的吉凶，多数有灵验，明晟便派王半仙去问那狐仙。狐仙严肃地说道："明先生作为百姓的父母官，只应当论案子冤枉不冤枉，不应当问上司允许不允许。难道独独忘了李巡抚的话了吗？"守门的差役回来禀报，明晟听了很吃惊，于是回忆说，巡抚李卫未显贵时，曾同一个道士一起渡江，正巧看到有人与船工争吵。道士叹息说："命都快没了，还在计较几文钱呀！"一会儿，那人被帆竿绊了脚，跌到江中淹死了。李先生暗暗称奇。船到江心，刮起大风，眼看船就要沉了，道士踏着禹步，念诵咒语，风果然停了，李卫安全渡过河。他再三拜谢道士的救命之恩。道士说："刚才掉进江中的人，是他命该如此，我救不了。先生是贵人，遇困难时得到解救，也是命中注定，我不能不救。何必谢我！"李卫又拜谢道："领受师父的教诲后，我终身安于命运的安排。”道士说：“也不完全如此。一生的困厄显贵，当安于命运的安排，不安于命则钻营排挤，无所不至。李林甫、秦桧，即使不去陷害好人，也是做宰相，只是他们增加了自身的罪孽罢了！至于国计民生的重大事宜，则不可以说也是命定。因为天地孕育人才，朝廷设置百官，是为了补救气数。如果身握大权，却束手听凭命运，那么天地何必孕育这种人才，朝廷何必设此官职呢？晨门说‘是知其不可而为之者’，诸葛亮说‘鞠躬尽瘁，死而后已’，这些都是圣贤们处世立命的说法，先生应该谨记！”李卫恭敬地接受了道士的教诲，拜问他的姓名，道士说：“说出来怕惊动你。”说完，下船才走了几十步，就一下子消失了。

作势渡水

张灏游真州竹林寺，寺隔小河二丈，僧驾板桥来往[①]。张到时，日暮，桥已撤矣。张奋身踏水而渡，至僧庵，但湿半鞋。僧大惊，以为仙。张笑曰："我非仙也。少时曾有师授法，用厚砖高尺馀，横排于地，铺三丈许，跃上飞走，砖不倾倒，再换薄砖试之，往来而砖不动摇，则用朽烂布绢。布绢受足不穿，再换豆腐，最后用棉纸[②]、竹纸[③]。能踏竹纸不破，便可踏水矣。但起步须在二十步之外，一鼓作气，即作虎势腾空如飞，鞋头着水，不过五六寸，即上岸矣。若到水边才鼓气，便不能起势。然极其量，亦不过二丈而止。"余按王莽用兵，募能飞者，有人应召，缚鸟羽为翅，飞数十步乃坠，莽知不可用，即此类也。

注释

①板桥：木板架设的桥。

②棉纸：用树木的韧皮纤维制的纸，色白，柔软而有韧性，纤维细长如棉，故称棉纸。

③竹纸：用嫩竹做原料制成的纸。

译文

张灏游览真州竹林寺，寺庙隔着一条两丈宽的小河，僧人架起板桥来往。张灏到达时，天已黑，桥撤除了。张灏奋身踏水渡河，到竹林寺时，鞋子仅湿了一半。僧人大惊，以为他是神仙。张灏笑着说：“我不是神仙。少年时曾有师傅传授轻功，用一尺多高的厚砖，横排在地上，铺成三丈左右长，在上面疾步飞走，如果砖不被踢倒，再换薄砖试着练习，来回飞走而砖不动摇，就换用朽烂的布绢。布绢受脚踏而不穿裂，再换用豆腐，最后用棉纸、竹纸。如果能不踏破竹纸，便可踏水行走了。但起步须在二十步之外，一鼓作气，就像老虎一样腾空如飞，鞋头着水不过五六寸，便上岸了。如果到了水边才鼓气，便没有冲力。然而最长限度，也不过二丈远就到极点了。”我考察王莽打仗，招募能飞的人。有人应聘，把鸟羽做成的翅膀缚在身上，飞了数十步便坠落下来。王莽才知这种办法行不通。古人所说的飞行，也属于这一类。

刘迂鬼

刘羽冲者，沧州人。性孤僻，好讲古制，实迂阔不可行。尝倩董天士画《秋林读书图》[1]，纪厚斋先生题云："兀坐秋树根，块然无与伍。不知读何书，但见须眉古。只愁手所持，或是《井田谱》。"盖规之也。偶得古兵书，伏读经年，自谓可将十万。会有土寇，自练乡兵与之角，大败。又得古水利书，伏读经年，自谓可使千里成沃壤，绘图列说于州官。州官使试于一村，沟洫甫成[2]，水大至，顺渠灌入，人几为鱼。由是抑郁不自得，恒独步庭阶，摇首自语曰："古人岂欺我哉！"如是日千百遍，惟此六字。不久发病死。后风清月白之夕，每见其魂在墓前松柏下，摇首独步，侧耳听之，所诵仍此六字。

注释

①倩qìng：请，恳求。

②沟洫：田间水道。

译文

刘羽冲是沧州人。他性情孤僻，喜欢讲古代的典章制度，其实迂腐行不通。他曾请董天士画过一幅《秋林读书图》，纪厚斋先生在画上题道："枯坐在秋树根旁，孤零零没有同道。不知他所读何书，只见他古心古貌。只恐怕手头拿的，还是《井田谱》。”其实是在规劝他不要太古板。他曾偶然得到一部古代兵书，埋头读了一年，自以为可统领十万兵。恰逢土匪作乱，他按照兵书组织乡兵与土匪打仗，结果大败。他又得到一本古代的水利书，苦心读了一年，自称可使千里荒土变成良田，就绘了图去官府游说。官员让他先在一个村做试验，田间的水道刚造好，水突然涌来，顺着水渠灌入，村人差点成了水里的鱼。从此刘羽冲抑郁不得志，总是独自徘徊在庭中台阶上，摇着头自言自语：“难道古人骗我！”每天这样千百遍，只说这六个字。不久他发病死了。后来每到风清月白的晚上，会看见他的魂在墓前的松柏下面，摇头独步。侧耳听去，他念叨的仍是这六个字。

痴鬼恋妻

京师有媪能视鬼，常告人云：昨于某家见一鬼，可谓痴绝，然情状可怜，亦使人心脾凄动。鬼名某，住某村，家亦小康，死时年二十七八。初死百日后，妇邀我相伴，见其恒坐院中丁香树下，或闻妇哭声，或闻儿啼声，或闻兄嫂与妇诟谇声[①]，虽阳气逼烁不能近，然必侧耳窗外，凄惨之色可掬。后见媒妁至妇房，愕然惊起，左右顾。后闻议不成，稍有喜色。既而媒妁再至，来往兄嫂与妇处，则奔走随之，皇皇如有失[②]。送聘之日，坐树下，目直视妇房，泪涔涔如雨。自是妇每出入，辄随其后，眷恋之意更笃。嫁前一夕，妇整束奁具，复徘徊檐外，或倚柱泣，或俯首如有思。稍闻房内嗽声，辄从隙私窥，营营彻夜。媪太息曰："痴鬼何必如是！"若弗闻也。娶者入，秉火前行，鬼避立墙隅，仍翘首望妇。吾偕妇出，回顾，见其远远随至娶者家，为门神所阻，稽颡哀乞乃得入[③]，则匿墙隅，望妇行礼，凝立如醉状[④]。妇入房，稍稍近窗而窥，至灭烛就寝，尚不去，为中霤神所驱[⑤]，乃狼狈出，仍至妇室。妇留一儿在家，闻儿索母啼，趋出环绕儿四周，以两手相搓，作无可奈何状。俄嫂出，挞儿一掌，更顿足拊心，遥作切齿状。媪视之不忍，乃径归。

注释

①诟谇suì：辱骂。

②皇皇：惶恐的样子；彷徨不安的样子。皇，通“惶”。

③稽颡：古代一种跪拜礼，屈膝下拜，以额触地，表示极度的虔诚。

④凝立：屹立不动。

⑤中霤神：指宅神。

译文

京城有个老妇人能看见鬼，曾对人说：昨天在某家看到一鬼，可谓绝对痴迷，然而情形可怜，也使人心里凄然感动。鬼名某，住在某村，也算小康之家，死时二十七八岁。刚死一百日之后，他的妻子邀我陪伴。我见他总是坐在院中的丁香树下，时而听见他妻子的哭声，时而听见他儿子的啼闹声，时而听见他兄嫂与他妻子的吵架声，虽被阳气所逼而不能近前，但他总在窗外侧耳倾听，满脸凄惨的神情。后来见媒婆到他妻子房中，大惊失色，左顾右盼。接着听说议婚不成，稍稍露出喜色。没多久，媒婆又来了，往来于兄嫂和他妻子的住处，他就跟着媒婆奔走，惶惶然失魂落魄。男方送来聘礼那天，他坐在树下，两眼直盯着妻子的房间，泪如雨下。从此以后，妻子每次进出，他便跟随在后面，眷恋之意更为深切。再嫁前一夜，妻子整理香奁用具，他又徘徊在檐外，时而倚着廊柱哭泣，时而低头若有所思。稍微听到房内咳嗽声，便从缝隙中窥看动静，整整一夜。老妇人当时叹息道：“痴情鬼，你何必这样！”他好像没有听到。新郎来迎娶的时候，有灯火开道，痴鬼躲开站在墙角，仍仰起头望他妻子。我陪着新娘出门，回头见他远远地跟随到新郎家。他被门神拦住，叩头哀求才得以进门。他躲在墙角，望着妻子举行婚礼，他呆呆地站着，像喝醉的样子。新娘进入洞房，他稍稍走近窗前窥看，到熄灯入睡时分，还不肯离去，因而被中霤神驱赶，这才狼狈出来，仍回自己家中的妻子房内。妻子留下一个孩子在家，他此时听到儿子哭喊母亲，急忙出来，围着儿子打转，搓着双手，显出无可奈何的样子。一会儿嫂子出来，打了他儿子一巴掌，他更顿足捶胸，远远地咬牙切齿。老妇人看不下去，于是径直回家了。

有子庙讲书

西江周驾轩太史[①]，新举孝廉，赴北闱会试[②]。路过邹鲁间，梦人引至一处，栋宇巍峨，上书“有子庙”三字。心疑之，以为有子配享圣人久矣，此地何以另立有庙？俄而召入，上坐有古衣冠者，年五十许，发眉苍秀，揖而进之，命之旁坐，曰：“汝西江名士，可知《论语》第二章‘孝弟也者[③]，其为仁之本欤’作何解？”周曰：“仁为五德之首，孝弟又为仁德之首。”有子曰：“非也。古字‘人’与‘仁’通。我首句‘其为人也孝弟’，末句‘孝弟也者，其为人之本欤’其义一也。汉宋诸儒不识‘仁’字即‘人’字，将个‘孝弟’放在‘仁’外，反添枝节。汝到世间，为我晓示诸生也。”周唯唯而出。是年即中进士，入词林。余案“井有仁焉”之“仁”，即“人”字，则此章“仁”之为“人”，当亦无疑。

注释

①西江：地名。今属江西。

②北闱：这里代指顺天（今北京）。

③弟tì：通“悌”，顺从和敬爱兄长。

译文

江西周驾轩太史，当初刚考中举人时，往京城参加会试。路过山东境内，梦见被人带到一处地方，房屋巍峨，上面写着“有子庙”三字。他心中起疑，觉得有子配享圣人已经很久了，这里怎么有单为有子建的庙呢？一会儿他被召进庙堂，看见上面坐着一位穿古装的人，年龄约五十岁，头发眉毛苍劲文秀。周驾轩拜揖进见，庙主请他坐在一旁，说道：“你是江西名士，可知《论语》第二章‘孝弟也者，其为仁之本欤’应该怎样解释？”周驾轩回答：“仁处在五种德行的首位，孝悌又处于仁德的首位。”有子说：“不对。古字‘人’与‘仁’通假。我首句是‘其为人也孝弟’，末句‘孝弟也者，其为人之本欤’，两句的意义是一样的。汉宋以来的众多儒生，不知‘仁’字即‘人’字，把‘孝弟’放在‘仁’外，反而增添了枝节。你到世间去为我告知读书人。”周驾轩应声退出。这年他便考中进士，进入翰林院。我考察“井有仁焉”的“仁”即“人”字，那么这一章“仁”解作“人”，当然也没有疑问。

米元章显圣

芜湖鲍某工画，专学米元章①，竟能得其大概，且又能烘染纸作旧色，识者莫辨。南北骨董家②，购者甚多，因之致富。一日作画倦矣，坐而假寐。忽见一人唐巾宋服，登其庭骂曰："我米元章也！汝学我画，仅得皮毛，而欺世取财。将来千百世后，道元章之画不过如此，则我之身分姓名，俱为汝糟塌矣！"因袖中出一石，击其右肱。鲍觉酸痛，一惊而醒。从此握笔腕痛难胜，执箸、数钱，依然无恙。

注释

①米元章：米芾（1051—1107），字元章。北宋书法家、画家。

②骨董：即古董。

译文

安徽芜湖的鲍某人，擅长作画，专学米芾，竟然能学到米芾的大概，而且会烘染纸张，使之像古董的样子，即便识货的人也分辨不出。南北两地的古董家，买了他很多的画，他因而致富。一天，他作画累了，便坐着打起盹来。忽然梦见一个戴着唐代头巾、穿着宋朝衣服的人到他院子里，骂道："我是米元章。你学我的画，仅仅学得些皮毛，便来欺骗世人，谋取钱财。将来千百年之后，人们会说我米元章的画不过如此，那么我的名望不都被你糟蹋了？”于是从袖子里拿出一块石头，打中他的右臂。鲍某觉得酸痛，一下惊醒了。从此，他一握起笔，手腕就疼痛难忍，可是拿筷子、数钱，却依然和以前一样好好的。

麒麟喊冤

有邱生者，吴人也。幼习时文，屡试不售，怒曰："宋儒误我！"乃尽烧其讲章语录，而从事于考据之学，奉郑康成、孔颖达为圣人，而渺视程、朱。家贫，游学楚蜀，过峨嵋山，坐古松之下，温习《仪礼注疏》，有白额虎衔之而去。行数里，乃掷于深谷中，虎竟去。邱心悔："当是背宋儒之报也。"方懊恼间，见谷旁有石门大开，邱走入，则殿宇巍峨，署曰"文明殿"。两旁罗列书籍百万，莫知其数。邱掀翻书目，谓必以六经冠首，不意翻毕，竟无有也。心疑之。旁有古衣冠者，倚门而立，邱揖而问曰："此处何神所居？"曰苍圣。邱问："苍圣始制文字，自该万卷横陈，独无古六经，何耶？"古衣冠者曰："向来原有此书，但名《诗》《书》《周易》，不名经也。自汉人多事，名曰六经，造作注疏，穿凿附会，致动上帝之怒，责苍圣造字，生此厉阶[1]，从此文明殿中，撤去注疏，致汝掀翻不得。"邱问："注疏何以上干天怒？"曰："此事原委甚长，汝且静听我言。汝可知万国九州，只有一天乎？自盘古开辟以来，三皇五帝[2]，莫不钦若昊天[3]，天亦安享郊牛数千年矣[4]。忽然东汉末年，有五妖神头戴冕旒，身穿龙衮，闯入天宫，各称名号。其自称赤熛怒者[5]，红面蝟髯，状尤狞恶。其他兄弟四人，衣青者号灵威仰，衣黄者号含枢纽，衣白者号白招拒，衣黑者号汁光纪，竖眉昂首，哓哓嚷嚷，竟欲篡夺上帝之位，分据为五国。上帝盘问五人得姓受命所由来，皆瞪目不能答。帝命神兵擒之，与斗未决，适苍圣朝天，奏曰：此五神姓名，皆谶纬妖言[⑥]，汉人郑元师弟所传[⑦]。但召郑元来，则不斗而自伏矣。帝无可奈何，即命九幽使者召郑元师弟上殿，见其举止老成，饮酒三百杯不醉，遂署文明殿功曹，五妖神始帖服不动。凡郑所奏，帝亦颁行世间。久之，其教有必不能行者：天子冕旒用玉二百八十八片，天子之头几乎压死；夏祭地示[⑧]，必服大裘，天子之身几乎暍死[⑨]；只许每日一食，须劝再食，天子之腹几乎饿死；丧礼含殓[⑩]，用米二升四合[⑪]，君大夫口含粱稷四升，如角柶不能启其齿[⑫]，则凿尸颊一小穴而纳之，凡为子孙者，心俱不忍。以讹传讹，习而不察，将及千年。一日，天帝坐紫薇宫，见云中飞下一兽来，龙鳞马鬣，喊冤奏曰：'臣麒麟也。不食生虫，不践恶草，人人称为仁兽，必待圣人出，臣才下世。不料有妄人郑某、孔某者，生造注疏，说郊天必驳麒麟之皮蒙鼓[⑬]，方可奏乐。信如所言，人主郊天一回，必杀一麒麟，麒麟何罪，遭此屠毒？此等议论，只好吓骗黄巾贼，见老郑便一齐下拜。使麒麟见之，必唾其面！'言未毕，又见空中云鬟霞佩，率领数妇人，珊珊来者，跪奏曰：'妾姜氏，周王妃也。当时周王劝农[14]，妾并不随行。今有妄人郑某，说天子劝农，必与王后同行。妾想妇人幽闺弱质，行不逾阈[15]，岂有披霜冒雨，出来劝农之理？北魏王肃曾言其非，唐人孔颖达，将王大加呵斥，党同诬妄，一至于此！’诸妇人齐奏曰：‘妾南国诸侯、大夫之妻也。夫君外出，妾等心忧。“亦既觏止[16]，我心则降”，言既见而心安，此人情也。郑训觏为交媾之媾，言交精而心降。又训“五日为期，六日不詹”，云妇人五日不御，必有思男子而不得之病。妾等皆公侯淑女，不应贪淫至此！’麒麟在旁，踢足大笑。帝问何笑，麟曰：‘诸夫人但知责郑元，不知责戴圣。圣造礼经，其罪更大。臣在周文王灵囿中[17]，与振振公子同游，见文王宫女，原无定数，多不过二三十人，并无九嫔[18]、二十七世妇、八十一御妻之名号，亦从不见有金环进之、银环退之之条例。文王日昃不暇，乐而不淫，那得有工夫十五夕而御百馀妇哉？戴圣本系赃吏，造作宫闱经典，以媚昏主，而郑元师弟又从而附会之，致后世隋宫每日用烟螺五石[19]，开元宫女六万馀人，皆其作俑也。且注《诗经》“昏椓靡供[20]”，言椓是椓妇人之阴。此是《景十三王传》中之事，三代无此惨刑。’天帝闻之大悔，啃曰：‘朕用人过矣！’召苍圣谓曰：‘卿造字原有功于万世，大圣人周公、孔子，皆出汝门下。不料后来俗儒流弊，一至于斯，何以救之？’苍圣奏曰：‘臣兄弟三人同造字，臣所造之字，都是下行，臣弟沮诵[21]、佉卢所造之字[22]，或右行，或左行。左、右行者，行于东西二方，下行者行于中华。今东西方只一教，而中华之教如此纷张，惟有召西方明心见性之人，学佛未成者来，大显神通，将此辈一扫而空之。'帝曰：'召佛是矣，何以要召学佛不成者？'苍圣曰：'佛无夫妻父子，故名异端，恐来中国人多不服。惟有少时借佛书参究一番，中年遁归周孔者，墨行儒名，人才肯服。宋朝某某最佳。'麒麟在旁争之曰：'楚固失矣，而齐亦未为得也。据汉儒麟鼓郊天之说，不过麒麟晦气，而天帝尚得一顿饱餐。若宋儒主持名教，训天命之谓性，云天即理也。古帝王只有祭天者，无祭理者，将来天帝血食，不从此而斩断乎！不但此也，恐尖嘴雷神还要来闹。'帝曰：'何也？'曰：'朱注"有盛馔"二句云："敬主人之礼，非以其馔也。"下文注"迅雷必变"云敬天之怒，岂非下文暗藏不以其雷耶？从此雷公没人怕了，雷公岂肯甘心！'天帝笑曰：'汝言亦是。但气运各有盛衰，朕亦不能作主，姑且召明心见性之人，试其伎俩何如？'俄见苍圣带领宋儒上殿，有褒衣博冠手执太极圈者，有闭目指心自称常惺惺者，有拈花弄月自号活泼泼地者。最后四人扛一大桶，上放稻草千枝，曰：'此稻桶也。自孔孟亡后，无人能扛此桶。唐人韩愈妄想扛桶，被我取他与大颠和尚书札，搜出真赃，把他所扛之桶，多掀翻了。何况郑孔，敢与我四人为难乎？’言未毕，果见赤熛怒、白招拒五妖神爬墙穴洞，偃旗息鼓而逃。天帝大喜，即命此四人权摄文明殿功曹。此汉学所以不昌，而文明殿之所以无注疏也。”邱问：“既如此，何以架上不收宋儒注疏乎？”曰：“一误岂容再误？宋儒此座，亦恐终不能久。现在陆王二姓，本朝颜息斋、李刚主、毛西河等，都与为难。”方谈论间，忽闻钟鼓声，内闻苍圣传旨云：“朕命白虎驮邱生来，原恶其自矜汉学，凌蔑百家，挟天子以令诸侯，故有投畀豺虎之意[23]。今闻渠已悔误，可赐山中云雾茶一杯，领其出山，俾述所闻，可以晓世。”古衣冠者引行曲涧中，邱因问曰：“据苍圣之言，汉学不可从；据麒麟之言，宋儒又不足取。然则我将安归？”神曰：“随之时，义大矣哉！士君子相时而动，故曰顺天者昌。即如神道设教，蒋帝既衰，关帝自兴，此眼前之明证也。当汉学盛时，晋朝王弼注《易》，骂郑康成为老奴，康成白昼现形，立索其命而去。元行冲有言：今人宁道孔圣误，讳言郑孔非。亦怕康成作祟故也。今气运既衰，其鬼不灵，而人亦少谈孔郑矣！当宋学盛时，元朝祭朱考亭，至于呼太祖御名成吉思而祭，尊与天同。明祖登极，又聘宋金华四先生等讲学，皆考亭之小门生也。一脉相传，颁行《四书大全》，通行天下，捆缚聪明才智之人，一遵其说，不读他书。杨升庵有言：虫有应声者。今之儒生，皆宋儒之应声虫也。子不作应声虫，安能拾取科名，上报君父乎？”邱曰：“然则上帝亦好时文八股耶？”古衣冠者大笑曰：“上帝非秀才，安用时文？不特帝所无时文，即嫏嬛洞[24]、二酉山[25]，亦从无此腐烂之物。细字小板，古书亦无此恶模样。”邱曰：“然则时文科甲中，何以出许多豪杰？”神曰：“士如鱼也，钓之可得，射之可得，网之亦可得。大者蛟鳌，小者鲂鲤，皆水所生，不因钓射网罟而有异焉。历代以经学取为名臣者若而人，以诗赋策论取为名臣者若而人，以时文取为名臣者若而人，豪杰之士，岂为功令所束，而遂淹没哉！汝试看吕蒙拔于盗贼，郭子仪起于缧绁，盗贼罪人中尚且有人，而况乎时文科目耶！”邱问上帝何好，曰：“好诗文。”问何以知之，曰：“汝试想上帝白玉楼成，何以不召老成人马季常、井大春作记，而召一少年佻达之李长吉耶？海上仙龛、芙蓉城主，何以不召周程张朱聚徒讲学者居之，而召一好酒及色之白居易、豪纵不羁之石曼卿耶？”邱恍然大悟，乃再拜曰：“如神人所言，某将弃汉学、宋学而从事于诗文，何如？”神曰：“子又误矣！人之资性，各有短长。著作之才，水也，果有本源，自成江河；考据讲学，火也，胸中无物，必附物而后有所表彰，如火之必附于薪炭也。子天性中本无所有，焉得不首鼠两端？且子既精汉学矣，试问帝王所食之米何名？”邱不能答。神曰：“康成注‘释之溲溲’云，舂之播之，使趋于凿。粟一石为粝，舂一斗为粺，又去八升为凿，又去九升为侍御。侍御者，王所食也。子试思米舂至八九次，其粝粺糠粃，将何所归？天故专生此一流飧糠覈而饱稊粺之人[26]，或琐屑考据，或迂阔讲学，各就所长，自成一队。常见孔圣、如来、老聃空中相遇，彼此微笑，一拱而过，绝不交言。此天地之所以为大也。”邱闻之，色若死灰，意流连不出。神曰：“子休矣！子被虎衔落山洞，袖中所带《仪礼注疏》，螬食者过半矣[27]！盍速归乎？”邱再拜出洞，至今犹存。

注释

①厉阶：祸端。

②三皇五帝：传说中的上古帝王。所指说法不一。三皇如伏羲、神农、燧人；五帝如黄帝(轩辕)、颛顼(高阳)、帝喾(高辛)、唐尧、虞舜。

③昊天：苍天。

④郊牛：古帝王郊祭时尚未卜日祭祀的牛。

⑤赤熛 biāo 怒：古谓五方帝之一，指南方赤帝，司夏。其余为：东方青帝叫灵威仰，司春。中央黄帝叫含枢纽。西方白帝叫白招拒，司秋。北方黑帝叫汁光纪，司冬。

⑥谶纬：汉代流行的神学迷信。“谶”是巫师或方士制作的一种隐语或预言，作为吉凶的符验或征

兆。“纬”指方士化的儒生编集起来附会儒家经典的各种著作。

⑦郑元：即郑玄，东汉经学家。后为避清帝玄烨讳，改玄为元。

⑧地示：“地祇”的省文。即地神。

⑨暍yē死：中暑而死。

⑩含hàn殓：古代丧礼，纳珠玉米贝等于死者口中，并易衣衾，然后放入棺中，曰“含殓”。

⑪合gě：量词。一升的十分之一。

⑫角柶sì：古礼器。角制，形状和功用如匙，用以舀取食物。

⑬驳：用同“剥”。

⑭劝农：巡行乡间，劝课农桑，鼓励农耕。

⑮阈：门槛。

⑯觏gòu止：相遇。

⑰灵囿：周文王的苑囿名。

⑱九嫔：宫中女官，也是帝王的妃子。后文世妇、御妻都是宫中女官名。

⑲烟螺：即螺子黛。旧时妇女画眉用的青黑色颜料。

⑳椓zhuó：宫刑。

㉑沮jū诵：相传为黄帝的四个史官之一。

㉒佉卢：佉卢虱吒的省称。《出三藏记集》卷一：“昔造书之主凡有三人：长名曰梵，其书右行；次曰佉卢楼，其书左行；少者苍颉，其书下行。”

㉓投畀bì：抛弃，放逐。
㉔嫏嬛洞：神话中天帝藏书处。
㉕二酉：指大酉、小酉二山。在今湖南省沅陵县西北。二山皆有洞穴。相传小酉山洞中有书千卷，秦人曾隐学于此。后即以“二酉”称丰富的藏书。
㉖飧sūn：用汤水泡饭。表示已吃饱。糠覈hé：指粗劣的食物。稊稗：一种形似谷的草。
㉗螬cáo：蛴螬，金龟子的幼虫，此处泛指蛀虫。

译文

有个姓邱的书生，是吴县人。小时候学习八股文，屡试不中。他发怒说：“宋代儒生耽误我！”于是把宋儒的讲章语录全部烧掉，转而从事汉唐考据之学，尊奉郑玄、孔颖达为圣人，而藐视二程、朱熹。他家境贫困，在湖北、四川游学；经过峨嵋山时，坐在古松下温习《仪礼注疏》，忽然被一只白额虎衔去。行了数里，邱生才被扔在深谷中，老虎竟然跑开了。邱生后悔地说：“这是我背弃宋儒的报应啊。”正在懊悔的时候，只见山谷旁有扇石门大开着，邱生便走了进去。里面楼宇巍峨，上面的题字是“文明殿”，两旁罗列了上百万卷书籍，无法测知具体有多少。邱生翻阅书目，以为肯定是把六经放在开头，不料翻阅完毕，竟然没有这类书，不禁心生疑惑。一旁有位穿戴古代衣冠的人倚门站着，邱生向他作揖，问道：“什么神仙居住在这里？”回答说是仓颉圣人。邱生问："仓圣人创造了文字，自应该有万卷藏书，但为何独独没有古时的六经呢？"穿古装者说："向来本有这些书的，但书名是《诗》《书》《周易》，不尊称为经。自从汉人多事，取名六经，加以注疏，穿凿附会，以致激怒上帝，责怪仓圣造字，开了这样的祸端。从此文明殿中撤去了注疏，所以你翻阅不到。"邱生问："这些注疏怎么会冲犯上天，使其发怒呢？"答道："这事说来话长，你且静听我详细道来。你可知道万国九州只有一个天吗？自从盘古开天辟地以来，三皇五帝，无不敬拜上天，天也安享了数千年来帝王郊祀的祭品。忽然东汉末年，出现五位妖神，头戴皇冠，身穿龙袍，闯入天宫，各有名号。其中，自称赤熛怒的，红脸皮、络腮胡，相貌尤其狰狞。其他兄弟四人，穿青袍的叫灵威仰，穿黄袍的叫含枢纽，穿白袍的叫白招拒，穿黑袍的叫汁光纪。他们竖眉昂头，吵吵嚷嚷，竟想篡夺上帝宝座，将天下分裂成五个国家。上帝盘问五妖神名号的由来，他们都瞪着眼睛答不上来。于是上帝命天兵天将捉拿他们，正打得难分难解，恰巧仓颉朝见上帝，他上奏说：'这五位神的姓名，都是谶纬书中的妖言，是汉人郑玄师弟所造。只要召郑玄来，便不用和他们打斗，他们自动降服。'上帝无可奈何，便命九幽使者召郑玄师弟上殿。上帝见郑玄举止老成，喝三百杯酒也不醉，于是让他做文明殿的功曹，这五个妖神才服帖听命。凡是郑玄上奏的，天帝也颁行到人间。久而久之，郑玄的那一套里面，有万万行不通的：比如，天子的皇冠要用二百八十八片玉，天子的头几乎被压垮；夏天祭地神，必须穿厚厚的裘皮衣服，天子几乎中暑而死；只许每天一餐，必须有人相劝，才吃第二顿，真要这样，天子几乎要被饿死；丧礼含殓，要用二升四合米，士大夫则口含四升稻谷，如果用角柶撬不开牙齿，便要在死者面颊上凿一小洞，把稻谷塞进去。凡是做子孙的，心中肯定都不忍这样做。诸如此类，以讹传讹，相沿而不去理会，将近千年。一天，天帝坐在紫薇宫里，看见云中飞下一头兽来，长着龙鳞马鬃，喊冤启奏说：'臣是麒麟。不吃活虫，不踏恶草，人人称我是仁兽，必须等到圣人出世，臣才下临人间。不料有妄人郑某、孔某，生造注疏，说帝王到郊外祭天，必须剥麒麟皮蒙鼓，才可以奏乐。真要像这么说，皇帝祭一次天，必杀一头麒麟。麒麟有什么罪，要遭这样的荼毒？这些议论，只好去吓骗黄巾军，他们看见老郑便一齐下拜。要是我麒麟见了他，一定要往他脸上吐唾沫。'话还没说完，又见空中有位云鬟霞帔的妇人，率领几位女子，缓缓来到殿上，跪奏道：'我姜氏，是周王的妃子。当时周王劝农，妾身并不随行。今有无知的郑某人，说天子劝农必须与王后同行。我想妇人是房中的弱女子，通常足不出户，哪有披露冒雨出来劝农的道理？北魏时，王肃曾指出郑玄的错误，唐人孔颖达却将王肃大加呵斥，他们党同伐异，欺骗世人，竟到了这种地步！'其余几位妇人一齐奏道：'我等是南国诸侯大夫的妻子。夫君外出，我等心中常常担忧。《诗·召南·草虫》说“亦既觏止，我心则降”，是说见了面之后心才安定下来，这是人之常情。郑玄把觏字解释成交媾的媾，说交媾之后心才安。他又解释《诗·小雅·采绿》“五日为期，六日不詹”说，妇人五天不与男子交，必有思念男子而不得的病。我等都是公侯的淑女，不会如此贪淫！’麒麟在一旁，踏脚大笑。天帝问它笑什么。麒麟说：‘众夫人只知责怪郑玄，却不知责怪戴圣，戴圣造礼经，其罪名更大。臣在周文王的灵囿中，曾与振振公子同游，见到文王的宫女，人数原不固定，最多不过二三十人，并无九嫔、二十七世妇、八十一御妻的名号，也从不见有得到金环就陪伴君王，得到银环就退出的条例。太阳下山时，周文王的公务还没办完。他的娱乐有节制，哪有工夫十五晚与一百多位妃子寻欢呢？戴圣本是个贪官，生造宫闱典籍来投合昏君，而郑玄师弟又跟着附会，以致后世隋代宫中每天要耗用五石烟子螺，唐代开元时的宫女达到六万余人。这些都是从他开始的。况且戴圣注《诗经》“昏椓靡供”，说“椓”是对妇女施以宫刑。这是《汉书·景十三王传》中的事，上古三代并没有这种酷刑。’天帝听了很后悔，叹息道：‘朕用错了人。’召仓颉说道：‘卿创造文字，原是有功于万世，大圣人周公、孔子都出于你的门下。想不到后来庸俗儒生的流弊，到了这种地步。怎样挽救呢？’仓圣人奏道：‘臣兄弟三人都造了字。臣所造的字，都是往下写的；

臣的兄弟沮诵、佉卢所造的字，或往右书写，或往左书写。往左、右书写的，流行于东西二方；往下书写的，流行于中华。如今东西方只有一个教派，而中华的教派却如此纷繁。只有召西方明心见性的人，学佛但还未成佛的人前来，大显神通，将此辈一扫而空。’天帝道：‘这么说，召来成佛的人就是了，为什么要召学佛而没有学到家的人？’仓颉奏道：‘佛教没有夫妻父子的名分，所以被称为异端，恐怕他们来中华，人们大多不服。只有少年时借佛书参阅研究一番，中年时转学周公、孔子的人，所谓阳儒而阴墨的人，人们才肯信服。宋朝某某最好。’麒麟在旁争辩道：‘楚固然错了，但齐也不对。据汉儒用麒麟皮包的鼓在郊外祭天的说法，不过是我晦气，而天帝尚且得到一顿饱餐。倘若宋儒主持教化，把天命解释为性，说天就是理，而古代帝王只有祭天的，却没有祭理的，那么，将来天帝的祭祀，不从此就被斩断了吗？不但如此，恐怕尖嘴的雷公还要来闹。’天帝问：‘他来闹什么？’麒麟说：‘朱熹注《论语·乡党》“有盛馔”两句，说这是被主人的礼遇而感动，不是因为有美食而感动。下文解释“迅雷必变”，说这是敬畏上天的威力。那么，下文难道不是暗藏“这不是因为敬畏雷神的威力”了吗？从此雷公就没有人怕了，雷公怎么肯罢休？’天帝笑道：‘你说的也是。但气运各有盛衰，朕也做不了主。姑且召那些明心见性的人来，试试他们的本领怎样？’一会儿，仓颉带领宋儒上殿，有宽衣大帽，手拿太极圈的；有闭目指心，自称‘常惺惺’的；有拈花弄月，自命‘活泼泼地’的。最后四人扛着一个大桶，桶上放着很多稻草，说：‘这是稻桶。自从孔子、孟子去世以后，无人能扛这桶。唐代韩愈妄想扛桶，被我从他与大颠和尚的书信中搜出真实证据，把他所扛的桶掀翻了。何况郑玄、孔颖达，敢向我们四人发难吗？’话音未落，果然见赤熛怒、白招拒等五个妖神，全都爬墙钻洞、偃旗息鼓而逃。天帝大喜，就命这四人暂且执掌文明殿功曹的职务。这便是汉学不能兴盛，而文明殿没有注疏一类书籍的原因所在。”邱生问：“既然如此，为什么书架上不收宋儒的注疏呢？”穿古装者说：“哪里允许一错再错？宋儒现在坐的位子，恐怕最终也不会长久。现有陆、王两家，本朝的颜习斋、李刚主、毛西河等，都向他们发难。”正在谈论间，忽然传来钟鼓声，听到里面仓圣人传旨说：“朕命白虎去驮邱生来，原是讨厌他自满于汉儒之学，蔑视百家，挟天子以令诸侯，所以才有投弃给豺虎的意思。如今听说他已悔悟，可赐山中云雾茶一杯，领他出山，让他向世人讲述所听到的，得以醒世。”穿古装的人带着邱生行走在曲折的山涧中，邱生于是问道：“据仓圣人所说，汉学不可从；据麒麟所述，宋学又不足取。既然这样，我将皈依什么？”天神说：“与时俱进，其中有大道理！读书人察看时势而行动，所以说顺天者昌。就好比神道创设教派，蒋帝既已衰落，关帝新兴起来，这便是眼前的明证。

当汉学盛行时，晋朝王弼注《周易》，骂郑玄为老奴。郑玄白天现形，立即要了他的命而去。唐代元行冲曾说：如今的人宁愿说孔圣人的错误，不愿说郑玄、孔颖达的不是。这也是怕郑玄出来作祟的缘故。如今他们的气运已衰，其魂也不灵，而人们也较少谈论郑玄和孔颖达了。当宋学兴盛时，元朝人祭奠朱熹，甚至直呼太祖成吉思汗的御名而与他并列，尊崇齐天。明太祖登基，又聘请宋金华等四先生讲学，他们都是朱熹的后学。于是一脉相传，颁行《四书大全》通行天下。捆缚聪明才智的人，全都遵循其说，不读他书。杨升庵有言:虫有应声的。现在的儒生，都是宋儒的应声虫。你不做应声虫，怎能中举，报答君王、父亲呢？”邱生说：“如此说来，上帝也喜好时文八股吗？”穿古装者大笑道：“上帝不是秀才，哪用时文？不但上帝这儿无时文，即使嫏嬛洞、二酉山也从没有这类腐烂的东西。况且字细板小，古书也没有这种低劣的版式。”邱生问：“既然这样，那么八股科第里面，为什么出了许多豪杰？”天神道：“读书人好比是鱼，可以钓取，可以射取，也可以网取。大的如鲨鱼、鳌鱼，小的如鲂鱼、鲤鱼，都生在水中，不因钓、射、网罟的捕捉方法不同而变了种类。历代以经学取为名臣的若干人，以诗赋策论取为名臣的若干人，以时文取为名臣的若干人。豪杰之士哪里会被功名束缚而湮没无闻呢！你看，吕蒙是从盗贼中选拔出来的，郭子仪是从牢狱中选拔出来的，盗贼和罪犯中尚且有豪杰，何况时文与科目中的人呢！”邱生问上帝爱好什么。回答说:“爱好诗文。”邱生问:“你怎样知道的？”回答道:“你试想，上帝白玉楼落成，怎么不召老成人马季常、井大春去写记，而要召一个少年好戏谑的李长吉呢？海上仙龛、芙蓉城主，为何不邀请周敦颐、二程、张载、朱熹等聚徒讲学的人去居住，却请一个好酒又好色的白居易，以及豪放不羁的石曼卿呢？”邱生恍然大悟，便拜了又拜，说:“按照您所说的，我将抛弃汉学、宋学，而去从事诗文的学习，如何？”天神说:“你又错了！人的资质禀性，各有其长处与短处。创作的才能，好比是水，果真有源头的，能够自成江河;考据和讲学，好比是火，胸中无物，必须附在别的事物上而有所体现，如同火必须附在柴炭上一样。你天性中本来一无所有，怎么能够不摇摆不定呢？况且你既然已精于汉学，试问帝王所食用的米叫什么名称？”邱生回答不出。天神说:“郑玄注解‘释之溲溲’时说:‘舂米又播米，使它渐趋于凿。粟一石为粝，舂一斗为稗，又去掉八升为凿，又去掉九升为侍御。侍御，是帝王所食用的。’你试想:米舂到八九次，那些粝、稗、糠、粃等，将到哪里去呢？老天因此专门生出些吃糠粃的人，或从事琐屑的考据，或作迂阔的讲学，各自靠自己的长处，列为一队。曾见孔圣人、如来佛、老子，他们在空中相遇，彼此微笑，互相一拱手而走过，绝不交谈。这便是天地之所以伟大啊。”邱生听了，面如死灰，想流连在此不愿出去。天神道:“你算了吧！你是被老虎衔着跌落在山涧的,现在袖中带的《仪礼注疏》已被蛀虫吃掉一大半了。还不赶快回去！”邱生拜了两拜,出了山洞,至今还活着。

大通和尚

吴门某进士，通禅理，立志成佛。闻天台山僧名大通者，年一百二十岁矣，乃徒步访焉。两扣茅蓬，辞不见。进士跪门一日。僧召入，问："汝来何为？"曰："愿学佛。"曰："君非某尚书之子欤？"曰："然。""今尚在乎？"曰："在。""有妻子乎？"曰："有。"僧曰："君误矣！佛性慈悲，汝父尚在，妻尚存，而忍心别父弃妻，贪图作佛，此心可以见得佛否？"进士不能答。僧又问："成佛必须功德，汝立何功？"曰："我遇荒年，必倡捐振粥，遇棺椁必掩埋，年年买活物放生。"僧曰："凡有心积德以徼福者[①]，与无德者同。犹之律上过失杀人，虽杀，不抵命也。汝贪成佛，而强为诸善，何功之有？汝果要学佛，当先学我，便从此刻学起，我坐则坐，我食则食，我溲溺则溲溺，我眠则眠。汝能照样行乎？"曰："能。"僧长叹一声，便闭目坐榻上，一日不语、不饮、不食、不眠、不起溲溺。进士骨节酸楚，腹中雷鸣，溲溺俱下，而僧不知也。不得已起跪僧前，愿且还家，僧亦不答，拱手微笑而送出焉。

注释

①徼 yāo：通“邀”，招致，求取。

译文

苏州有个进士，通晓禅理，立志成佛。他听说天台山有位大通和尚，已经一百二十岁了，便徒步前去寻访。两次去敲门拜访，和尚都推辞不见。进士跪在门外一整天，和尚才把他召到房中，问：“你来做什么？”进士回答：“我想学佛。”和尚问：“你难道不是某尚书的儿子吗？”答道：“是的。”和尚又问：“尚书还健在吗？”回答：“健在。”和尚说：“你有妻子吗？”进士答道：“有。”和尚道：“你错了！佛性慈悲，你父亲还健在，妻子也在，却忍心抛弃父亲、妻子，贪图自己成佛。这种心境见得了佛么？”进士回答不上。僧又问：“要想成佛，必须积功德。你立了哪些功德？”答道：“我遇到荒年，必倡议捐钱赈粥。遇到暴露的棺椁，必把它掩埋好。年年买活物去放生。”和尚道：“凡是有心积德而想借此求取福德的，与没有积德是一样的。这犹如法律上的过失杀人，虽杀了人，不抵命的。你贪心成佛，而勉强去做各种善事，有什么功德可言呢？你果真要学佛，应当先学我，从此刻便开始学起。我坐，你也坐；我吃，你也吃；我上厕所的时候，你才能上厕所；我睡觉的时候，你才能睡觉。你能照着做吗？”进士道：

“能。”和尚长叹一声，便闭目坐在榻上，一整天没有讲话，不饮水，不吃饭，不睡觉，不起身上厕所。进士坐得浑身骨节酸痛，腹中饥肠像雷鸣，大小便齐下。和尚却没有一点知觉。进士不得已站起身，跪在和尚面前，希望暂且回家。和尚也不回答，只是拱手微笑着，把他送出门。

续·卷六

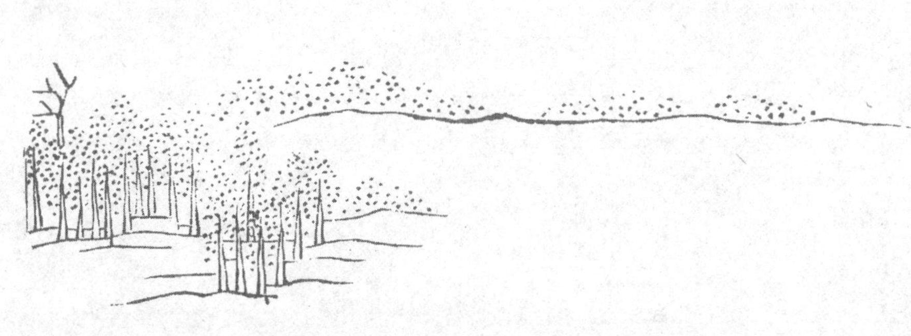

京中新婚

北京婚礼与南方不同。邵又房娶妻，南方诸同年贺之，意欲闹房拜见新人也。不料花轿一到，直进内房，新郎弯弓而出，向轿帘三发响箭，然后抱新人出轿，则乱鬓蓬松，红绸裹首。新郎以秤杆挑下红巾，不行交拜之礼，便对坐床上。伴婆二人，持红毡将四面窗槅通身遮蔽，进大饺一个，剖之，中藏小饺百馀。两新人饮酒啖饺毕，脱衣交颈而睡。次日鸡鸣，公公秉烛早起，礼拜天地、灶神、祖庙。过五日后，方才宴客。本日贺者，全无茶酒，饥渴而退。或嘲之曰："京里新婚大不同，轿儿抬进洞房中。硬弓对脸先三箭，大饺蒸来再一钟。秤杆一挑休作揖，红毡四裹不通风。明朝天地祖宗灶，拜得腰疼是阿公。"

译文

北京的婚礼和南方不同。邵又房娶妻的时候，南方的同科们来祝贺他，本想闹洞房，拜见新娘。不料花轿一到，就直接往新房抬去，新郎拿着一张弓走出来，向轿上的帘子连发三支响箭，然后把新娘抱出轿子。新娘的头发乱蓬蓬，头上裹着红绸巾。新郎用秤杆挑下红巾，不进行交拜的礼仪，两位新人便对坐在床上。伴婆二人，拿着红毡把四面窗户全都遮蔽起来，然后送上一个大饺子，掰开大饺，里面藏着百余个小饺子。新人喝过酒，吃完饺子，便解衣入寝。第二天鸡叫时分，公公点起蜡烛早早起床，礼拜天地、灶神、祖庙。五天过后，才摆酒席。婚礼头一天来拜贺的人，一点茶酒也吃不到，都是又饥又渴地回家。有人写打油诗嘲笑说：“京里新婚大不同，轿子抬进洞房中。硬弓朝脸射三箭，大饺蒸来酒一钟。秤杆一挑不交拜，红毡四裹不通风。明早天地祖宗灶，拜得腰疼是阿公。”

续·卷七

梦墨

武进钱文敏公，戊午应顺天试，场前梦至正阳门外，见一人貌岸然，支布帐而陈墨若干于其下。先有一髯买墨，公亦就买。售墨者熟视公，予墨两丸，继予髯一丸，遂醒。后谒座主孙文定公，俨然售墨者。次一同年来谒，则髯至焉，是为无锡李君时乘。盖墨两丸者两榜，李以一榜，终于昌平州牧[①]。

注释

①昌平州：明正德元年置，治所在今北京市昌平区。

译文

江苏武进的钱维城先生谥号文敏，乾隆三年，他参加顺天府试。考试前，他梦见自己走到正阳门外，见一人相貌严肃，支着布帐篷，下面摆着若干方墨块。先是有一个长胡须的人来买墨，钱先生也跟着去买。卖墨的人仔细打量着钱先生，给了他两方墨，继而给了长胡须的一方。梦到这儿，钱先生就醒了。后来，他去拜见主考官孙文定先生，孙先生恰和梦中的卖墨者长得一样。接着，一位同科也来拜访，竟然就是梦中长长胡须的人，他是无锡的李时乘先生。原来两方墨预示他连中两榜。李时乘只中一榜，官位最后做到昌平知府。

续·卷八

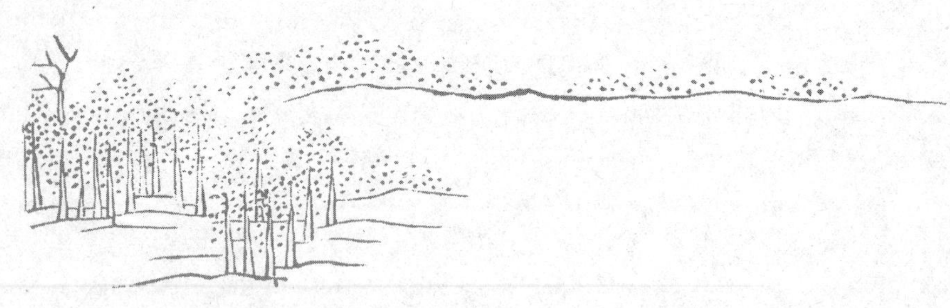

鸡毛烟死蛇

李金什言：鸡毛烧烟，一切毒蛇，闻其气即死；凡蛟蜃属皆然[1]，无能免者。究不知相制之性，何自而然。或曰：此易知耳。凡蛟蜃与蛇类皆属阴，鸡本南方积阳之象，性属火，为至阳。故至阴之类，触至阳之气，无不立毙。此正《阴符经》注所谓“小大之制，在气不在形”耳！

注释

①蛟蜃：蛟与蜃。亦泛指水族。

译文

李金什说：把鸡毛烧出烟来，所有的毒蛇，闻到这种烟气马上就会死。凡是蛟蜃之类的动物都是这样，没有能够幸免的。终究不知道这种相克制的能力，是什么原因造成的。有人说：这也容易解释。凡是蛟蜃与蛇类动物都属阴性，鸡本是南方阳气累积的物象，性质属火，为纯阳之物。所以纯阴的物类碰到纯阳的气息，没有不马上死亡的。这正是《阴符经》注里所说的“大小生物之间的相互克制，关键在于彼此的气息，而不在于各自形体的大小”的道理啊！

多角兽

僧志定居天目，言其山深处，长亘一二十里，榛莽森列，无道路。产沙木可为枋。豪猪多构巢树隙，为木工所患。忽一年绝迹，不知所往，山民喜，乃大纵斧斤。有匠某入一荒谷，见一物为藤罥[1]，死树上，视之，状如牛，而形大逾倍，遍体皆短角，长二三寸，灰黑色，如羊角，数以千计，顶上一角红如血，长二三尺。盖巨藤多蔓大木，此兽偶从崖上误跃而入，角为藤缠，四足架空，且藤性柔韧，无所施力，卒致饿死。始知豪猪悉为所啖，究不知此兽何名。

注释

①罥juàn：缠绕。

译文

志定和尚住在天目山。他说，天目山深处绵亘一二十里，都是茂密的丛林杂草，没有道路。山里出产的沙木可以做建筑用的长方形木材。不过，豪猪多在沙木树缝里做窝，是伐木工人的祸害。有一年，豪猪忽然不见踪影了，不知迁去了哪里。山民们很高兴，于是大举砍伐沙木。有工人某走入一处荒谷中，看见一只动物被野藤缠挂，死在树上。靠近细看，它形状像牛，但体形却比牛大一倍，浑身长着二三寸长的灰黑色短角，像羊角一样，数以千计。头顶上有一根血红色的角，二三尺长。原来，由于巨大的藤蔓缠绕着大树生长，这只野兽从山崖上不小心跳进树丛，身上的角就被藤蔓缠挂，四脚悬空，加上野藤柔软坚韧，野兽有力没处使，最终饿死。山民这才知道豪猪都是被这只野兽吃掉了，不过始终不清楚这野兽叫什么名。

续·卷九

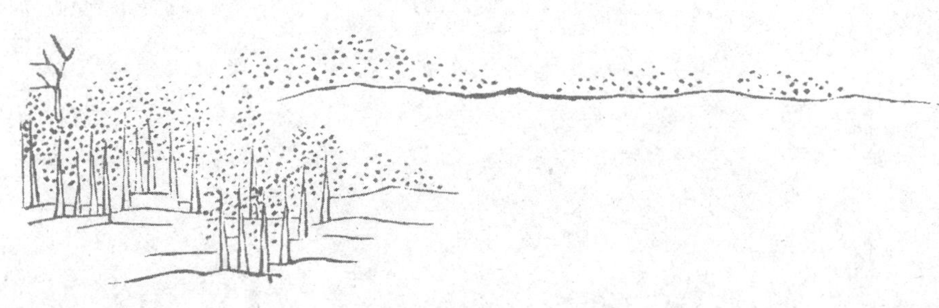

谷佛

湖州沈书记[①]，号讷庵，有谷佛一尊。弆以玻璃之椟[②]，椟长半寸。椟下有座，高二分许，中藏大谷一颗，长一分有半。谷有芒，亦长分许，谷旁有窍，晴明于赤日之中，闭一目觑之，其窍渐大如门，觑之久，由门见堂，由堂见殿，现三宝如来像。像高数丈，缨络庄严[③]，见胸前卍字纹盈尺[④]。旁立文殊、普贤，阴深若闻人语[⑤]。眼少瞬，欻忽不见[⑥]，仍大谷一颗而已。据沈云，此物传留湖州某尚书家，系明时利西公从西洋墨瓦腊泥迦州带来者，遂入中国。彼国秋熟时，此谷生田亩中，千里赤荒。门人王昙亲见此谷，不知今归何处。

注释

①书记：从事公文、书信工作的人员。

②弆jǔ：收藏。

③缨络：同“璎珞”。同用珠玉串成戴在颈项上的饰物。多作颈饰。

④卍wàn：古印度宗教的吉祥标记。像火焰上升，梵文音室利靺蹉。佛教中以“卍”为佛陀“三十二相”之一。武则天时，定其读音为“万”。

⑤阴深：昏暗。

⑥欻 xū 忽：忽然；迅疾的样子。

译文

湖州沈书记，号讷庵，有一尊谷佛，收藏在一个玻璃盒子里。盒子长半寸，下面有二分多高的底座。盒中藏着一颗大谷粒，有一分半高。谷粒上有芒刺，芒刺也有一分多高。谷旁有小孔。天气晴朗时，把谷粒放在太阳底下，闭上一只眼睛仔细朝小孔里看，小孔会渐渐变大到一扇门的形状。看久了，从门里可以看见堂，由堂又可以看到殿，殿里现出三宝如来佛像。佛像高好几丈，戴着璎珞，面貌庄严，还可看见佛像胸前尺把长的卍字纹。旁边站立着文殊、普贤两位菩萨。昏暗处好像听到有人说话。眼睛一眨，刚才的景象瞬间就都不见了，仍旧不过是一颗大谷粒。据沈讷庵说，这件宝物相传藏在湖州某尚书家里，是明朝时利西公从西洋墨瓦腊泥迦州带来的，于是留在了中国。那个国家在秋收时，这种谷子如果生长在田亩中，那么千里之内都会颗粒无收。我的弟子王昙曾亲眼看到这颗谷粒，现在不知在谁手里。

狗熊写字

乾隆辛巳，虎邱有乞者，养一狗熊，大如川马，箭毛森立，能作字吟诗，而不能言。往观者一钱许一看，以素纸求书，则大书唐诗一首，酬以一百钱。一日乞丐外出，狗熊独居，人又往，与一纸求写。熊写云："我长沙乡训蒙人，姓金名汝利。少时被此丐与其伙伴捉我去，先以哑药灌我，遂不能言。先畜一狗熊在家，将我剥衣捆住，浑身用针刺之，热血淋漓，趁血热时，即杀狗熊，剥其皮，包在我身上。人血狗血交粘生牢，永不脱落。用铁链锁我以骗人，今赚钱几数万贯矣。"书毕，指其口，泪下如雨。众人大骇，将丐者擒送有司，照采生折割律立杖杀之。押解狗熊至长沙，交付本家。余按：己未年，京师某官奸仆妇，被妇咬去舌尖。蒙古医来，命杀狗取舌，带热血镶上，戒百日不出门。后引见奏对如初。元某将军入阵，受刀箭伤无算，血涌气绝。太医某命杀马剖其腹，抱将军卧马腹中，而令数十人摇动之，如食顷，将军浴血而立。皆一理也。

译文

乾隆二十六年，虎丘有个乞丐养了一头狗熊，像川马大小，身上箭状的毛森然竖立。这狗熊能写字作诗，但不会说话。去观赏的人花一文钱可以看一次，拿白纸请狗熊写字，它便大书一首唐诗，酬金是一百文。一天，乞丐外出，狗熊独自在那儿，人们又去观看，给它一张纸要它写字。狗熊写道："我是长沙乡间的启蒙先生，叫金汝利。小时候被这个乞丐和他的同伙捉去，先用哑药灌我，于是我哑了。他们在家先养了一头狗熊，把我衣服剥掉，捆起来，浑身用针刺得热血淋漓，趁鲜血正热的时候，杀死狗熊，剥下熊皮包在我身上。人血和狗熊血粘在一起，生长牢固，永不脱落。他们就用铁链锁着我来行骗，至今已赚了几乎有数万贯钱。"写完，指着自己的嘴巴，泪如雨下。众人大惊，将乞丐捉拿押送衙门。衙门依据取生人而折割其肢体的法律条文，立即将乞丐用棍打死；把狗熊押送到长沙，交给他的本家。我听说在己未年，京城某官员强奸女仆，被女仆咬去了舌尖。蒙古医生来医治，叫人杀狗取狗舌，趁着血热镶在人舌上，告诫他一百天不要出门。后来，那官员待人接客、奏事应对，和原先一样。元朝某将军冲锋陷阵，身上受的刀剑伤数不清，流血过多而气绝。一位太医叫人杀马，剖开马肚子，把将军抱到马腹中躺下，再叫几十个人摇动马腹。过了有一顿饭的时间，将军满身是血地站了起来。这些都是一个道理。

续·卷十

屈丐者

苏州枫桥镇，乃客商粮艘聚集处。村尽头有古庙，为屈丐者所居，两足不仁[①]，朝出暮归，不离枫桥左右。一日晨起，见厕傍有遗囊，拾而阅之，中藏白金数百。因思是过客所遗，吾薄命人，安能享此？且不知其作何勾当，一旦失之，有关性命，亦不可知，乃复归庙坐待。午间果有人飞步而来，顿足捶胸，状甚惶急。因问之曰："君得无失物者乎？"客曰："然。汝拾耶？"屈曰："有之。但须陈说不谬，方可还君。"客大喜，为述若干封若干数，是何银色，是何包裹，果相符合，屈乃携出付之。客见原银大喜，愿分半相赠，屈笑曰："君痴耶？予不拜君全惠，而乃贪其半乎？且君损半，又不能了大事，请即速去，勿误我乞！"客不得已，检拾锭与之而别。丐至街口，忽见一垂髫女[②]，貌绝美，依父而哭，观者如堵。因问于众，或告曰："是曹氏索债者，将欲夺此女为偿，故悲耳。"问欠几何，众曰："十金。"屈闻怒曰："盘剥私债，凶恶如此，设欠官项[③]，又将如何？且十金亦小事，何为富不仁，竟至于此！"讵知债主在旁，闻言而怒，指屈问曰："似汝填沟壑者，亦来说仁义耶？既出大言，可能为彼偿否？"屈慨然即将前客所赠，为之代偿，取归某之欠约而散。曹之本意，原在女不在金，恨屈破其奸谋，乃贿捕役，指屈为贼，锁屈送官。吴县陈公，深疑其冤。遗金客闻之，又即奔县，代为昭雪。陈公闻之，喜曰："此义丐也！"照反坐例[4]，重惩捕役，并传枫桥各米行至，谕曰："所有日收米样，俱着赏给屈丐，免其朝夕沿门求乞之苦。"且为披红，令肩舆送归。于是此丐享日收石米之利，遂渐延求名医，遇道者与干荷瓣、茅术各药煎洗，不数日，足病竟愈，与常人等。不十年间，便居然置大屋，娶妻室，作富翁矣。

注释

①不仁：肢体麻木，不灵便。

②垂髫：儿童。髫，儿童垂下的头发。

③官项：官府的钱款。

④反坐：把被诬告的罪名所应得的刑罚加在诬告人身上。

译文

苏州有个枫桥镇，是客商粮船聚集的地方。村庄尽头有座古庙，是乞丐屈某的住处。屈丐两脚行动不便，每天早出晚归，只在枫桥附近行乞。一天早晨起来，屈丐看见厕所旁边有遗失的钱袋，拾起来一看，里面放着几百两银子。于是他想，这是过路客遗失的，我是个薄命汉，哪里能享用这笔钱？况且不知道失主拿这钱做什么，一旦丢了银子，也许关系到性命，也未可知。于是屈丐又回到庙里坐着等待失主。午间，果然有人飞奔而来，顿足捶胸，样子很着急。屈丐便问他说："你是不是失主啊？"那人说："是的。你拾到我的东西了吗？"屈丐说："有这回事。但你得说明正确，才能还给你。"那人很高兴，说了银子有多少封，总数多少，成色如何，包裹如何，果然相符合，屈丐就拿出钱袋交给他。过客见了自己的银子，大喜，愿意拿出一半赠给屈丐。屈丐笑着说："你傻呀？我不拿你全部的钱，又怎会贪图一半银子？况且你少了一半银子，就办不成大事了。请你赶紧去忙你的，不要耽误我乞讨！"过客不得已，拿出十锭银子给屈丐，告别而去。屈丐走到街口，忽然看见一个女孩子，容貌很美丽，依着她父亲啼哭，围观的人很多。屈丐就问众人怎么回事，有人告诉他说："曹家来讨债的人，想夺走这女孩子作抵偿，因而她才悲伤地哭。"问欠多少钱，众人说："十锭银子。"屈丐听了发怒道："私自放债，高利盘剥，如此凶恶。要是欠了官府的款项，又将如何呢？况且十锭银子也是小事，为什么为富不仁，竟然到这种地步？"不料债主就在旁边，听屈丐这话，也动了火，指着屈丐问道："像你这样死了只能填沟壑的人，也配来谈论仁义？既然你大言不惭，你能替他们还债吗？"屈丐立即慷慨地拿出刚才过客赠给他的银子，为那父女还了债，取回了欠债的契约，众人也散了。姓曹的本来意图是抢夺那个女孩，并不在银子上。因此他痛恨屈丐破坏了他的奸计，就贿赂衙门捕快，指认屈丐是小偷，锁起来送到官府。吴县的陈县令很怀疑屈丐是被冤枉的。先前那丢了银子的过客听说这事，随即奔赴县衙，替他申冤。陈县令听了，高兴地说："这是个讲道义的乞丐啊！"于是依照诬告反坐的条例，重惩捕快，并传令枫桥各米行的老板来县衙，告知说："你们米行每天收的米样，都赏给屈丐，免去他早晚挨家挨户乞讨的辛苦。"还给屈丐披红挂绿，派轿子送回家。从此，这名乞丐每天享有一石米的收入。慢慢地，他请名医治病，遇到一位道士，给了他干荷瓣、茅术等药，煎水洗脚。没几天，足病竟然痊愈，和常人一样健康。不到十年，居然还买了大房子，娶了妻子，成了富翁。

图书在版编目（CIP）数据

子不语译注 /（清）袁枚著；叶天山译注．—北京：北京联合出版公司，2015.7（2023.8重印）

ISBN 978-7-5502-3954-8

Ⅰ.①子… Ⅱ.①袁… ②叶… Ⅲ.①笔记小说－小说集－中国－清代②《子不语》－译文③《子不语》－注释 Ⅳ.①I242.1

中国版本图书馆CIP数据核字（2015）第143125号

子不语译注

作　　者：（清）袁枚
译　　注：叶天山
出 品 人：赵红仕
选题策划：梁明德　邵鹏军
责任编辑：王　巍
特约编辑：刘文硕
封面设计：格林文化
版式设计：格林文化

北京联合出版公司出版
（北京市西城区德外大街83号楼9层　100088）
天津丰富彩艺印刷有限公司　新华书店经销
字数130千字　960毫米×640毫米　1/16　印张25.5
2015年9月第1版　2023年8月第3次印刷
ISBN 978-7-5502-3954-8
定价：58.00元